BOOKS BY FRITZ PETERS

AVAILABLE THROUGH
VANITAS VANITATUM PUBLISHING

NOVELS
The World Next Door
Finistère
The Descent

～～～

MEMOIRS
Boyhood with Gurdjieff
Gurdjieff Remembered

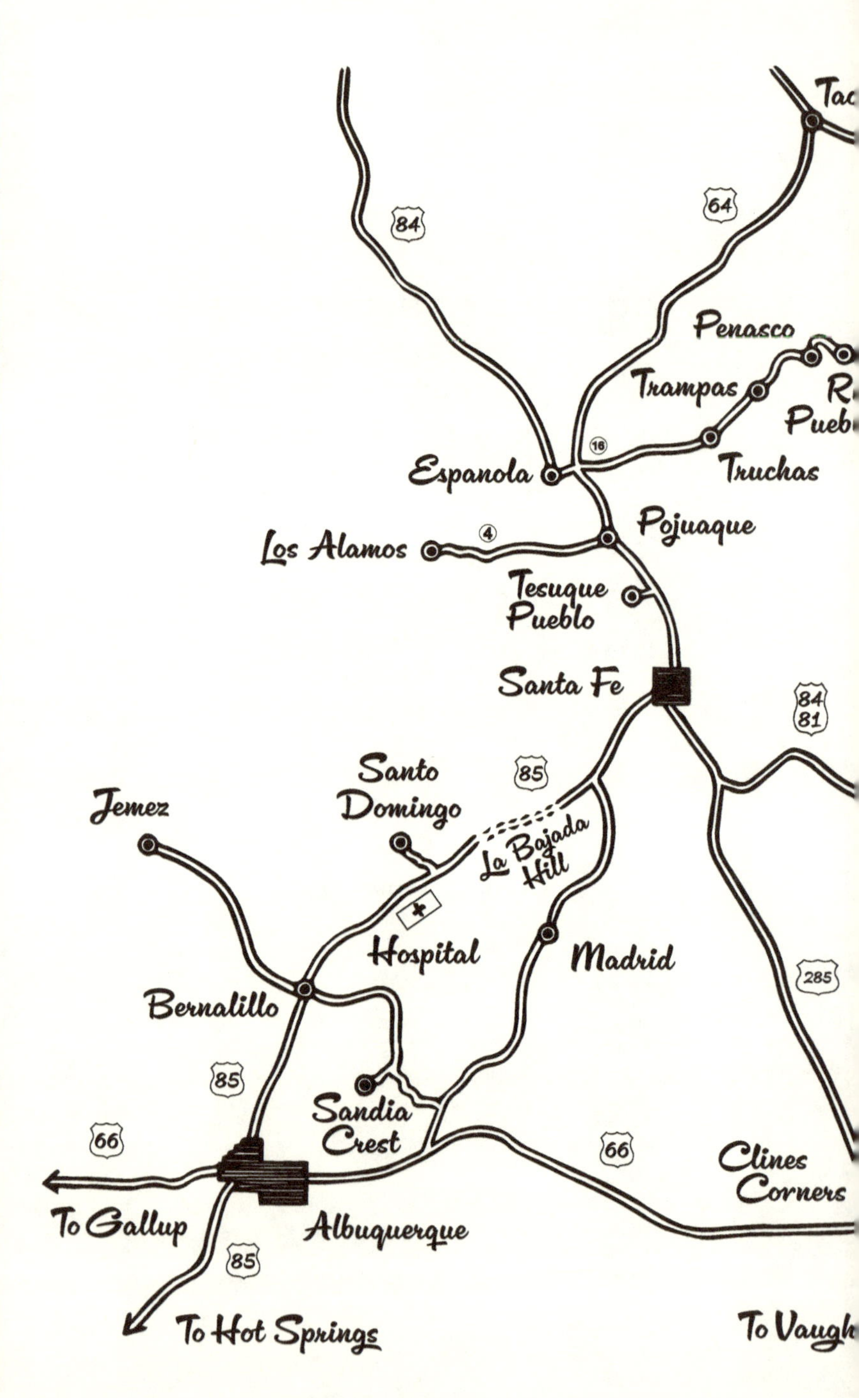

Tao
64
Penasco
Trampas
R
Pueb
Truchas
16
Espanola
Pojuaque
4
Los Alamos
Tesuque
Pueblo
Santa Fe
84
81
85
Santo
Domingo
Jemez
La Bajada
Hill
Hospital
Madrid
285
Bernalillo
85
Sandia
Crest
66
66
Clines
Corners
To Gallup
Albuquerque
85
To Hot Springs
To Vaugh

KAPITEL 1

Sommer 1813

Phillipa Montgomery hatte viele Dinge in ihrem Leben erwartet, aber einen Bigamisten zu heiraten, beinahe von ihm ermordet zu werden und dann einer seiner anderen Gattinnen zu helfen, sich auf ihre Hochzeit vorzubereiten… nun, damit hätte sie nie gerechnet.

Und doch stand sie hier im Haus ihres verstorbenen… Ehemannes? Es war einfacher, ihn weiter ihren Ehemann zu nennen, obwohl er es eigentlich nie gewesen war.

Sie half Celeste Montgomery dabei, den wunderschönen weißen Feder-Perlen-Kopfschmuck aufzusetzen, während Abigail Montgomery die hübsche Saphirkette nahm, die Celestes zukünftiger Ehemann ihr geschenkt hatte und die zu ihren Augen passte, und sie ihr umlegte.

„Du siehst so glücklich aus", schwärmte Abigail, und ihr angespanntes Lächeln entsprach den Gefühlen, die Phillipa empfand, als sie ihre Freundin ansah.

Nicht, weil sie Celeste ihr Glück missgönnte. Niemand verdiente es mehr als sie! Sondern einfach nur, weil Glück ein Gefühl war, das dank Erasmus Montgomery und seinen bitteren Lügen schon vor Jahren aus Pippas Leben verschwunden war, und weil sie, das konnte sie zugeben, wenn auch nur vor sich selbst… ein bisschen eifersüchtig war.

„Ich bin so glücklich", hauchte Celeste. „Als Owen vor nicht allzu langer Zeit an meine Tür klopfte und meine Welt mit der Nachricht von Erasmus' Doppelleben zerstörte, hätte ich mir nicht vorstellen können, dass ich jemals so glücklich sein könnte."

Pippa lächelte und diesmal fühlte es sich weniger angespannt an. Owen Gregory, der von Erasmus' Bruder Rhys Montgomery, Earl of Leighton, angeheuerte Ermittler, war ein wunderbarer Mann.

Pippa schluckte schwer bei dem Gedanken an den Earl. Der Gedanke an ihn weckte Gefühle, die sie nicht empfinden durfte.

„Ich glaube nicht, dass sich irgendjemand vorstellen kann, wie es uns allen in den letzten Monaten ergangen ist", seufzte Abigail, als sie sich auf das Sofa im Ankleidezimmer sinken ließ. „Von der Erkenntnis, dass unser vermeintlicher Ehemann mehrere Frauen hatte, von denen jede seines Mordes verdächtigt wurde, bis hin zur Enthüllung, dass er doch nicht tot war."

„Und dann hat er noch versucht, uns umzubringen", fügte Pippa kopfschüttelnd hinzu. „Und jetzt ist er tot und du heiratest wieder. Es ist ein wilder Strudel." Erschöpfung überwältigte sie schon allein bei dem Gedanken daran.

Celeste wandte sich vom Spiegel ab und sah die anderen beiden Frauen an. „Ja, all diese Dinge sind wirklich schrecklich. Ich bestreite es nicht. Aber ich möchte auch darauf hinweisen, dass das, was wir durchgemacht haben, uns zusammengebracht hat." Sie streckte die Hand aus und ergriff Pippas Hand, dann bedeutete sie Abigail, ihre andere zu nehmen. Als sie sich ihrem Kreis angeschlossen hatte, lächelte Celeste unter Tränen. „Ich bin so glücklich, euch beide zu kennen. Euch meine Freundinnen zu nennen, ihr seid mir so nah wie Schwestern, trotz all der schrecklichen Dinge. Ich kann also nicht alles Schlimme bereuen, da es mir so viel Glück gebracht hat."

Abigail beugte sich vor, um sie auf die Wange zu küssen. „Und es wird dir nur mehr Glück bringen, denke ich." Sie warf einen Blick auf die Uhr auf dem Kaminsims. „Meine Liebe, es ist beinahe Zeit."

Celestes Wangen röteten sich vor Vergnügen. „Ich kann es kaum erwarten."

Pippa lächelte über ihren Eifer und drückte ihre Hand. „Ich werde dem Vikar und Mr. Gregory Bescheid geben, dass du fast fertig bist, während Abigail dir den letzten Schliff verleiht."

„Danke", hauchte Celeste mit einem Lächeln, das der Sonne Konkurrenz machte.

Pippa schlüpfte aus der Wärme der Freude ihrer Freundin in den Flur und holte tief Luft, als sie die Tür hinter sich zuzog. Ihre Hände zitterten, und sie strich damit über ihren Seidenrock.

„Phillipa?"

Sie erstarrte vor der geschlossenen Tür. Sie kannte diese Stimme gut. Zu gut, um ehrlich zu sein. Sie schluckte schwer, versuchte alle Emotionen aus ihrem Gesichtsausdruck zu verbannen, und drehte sich um.

Rhys Montgomery, Earl of Leighton, stand im dämmrigen Licht des Gangs vor ihr, und ihr stockte der Atem wie immer, seit sie ihm zum ersten Mal begegnet war. Er war ein schöner Mann, das war nicht zu leugnen. Er war groß, sehr groß, mindestens einen Kopf größer als sie. Er hatte dunkles Haar, das ihm in perfekten Wellen über die Stirn fiel, und blaue Augen. Das tiefste Blau, das sie je gesehen hatte.

Er war nie zerzaust, wirkte nie benommen. Nein, dafür war er zu gesittet. Zu ernst, dank der Hölle, die sein Halbbruder entfesselt hatte. Obwohl sie dachte, dass Rhys… Lord Leighton… wahrscheinlich schon immer ein eher in sich gekehrter Mensch gewesen war.

Seine perfekt geformte Kinnlinie straffte sich, und seinen blauen Augen flackerten auf. „Geht es Euch gut, Philippa?"

Weil in letzter Zeit so viele Mrs. Montgomerys aufgetaucht

waren, hatten sich die Mitglieder des engeren Kreises angewöhnt, die Frauen zumindest unter sich beim Vornamen zu nennen, um Verwirrung zu vermeiden. Aber sie würde sich nie daran gewöhnen, wie Leighton *Phillipa* sagte. Es rollte fast wie eine Liebkosung über seine Zunge und ließ ihren Magen auf eine Art und Weise flattern, die bestimmt nicht schicklich war.

„Mir geht es gut", keuchte sie mit einem gezwungenen Lächeln. „Ich wollte dem Bräutigam nur versichern, dass die Braut in Kürze bereit sein wird."

Er nickte. „Und ich wurde von besagtem Bräutigam hergeschickt, um nach der Braut zu sehen."

Ihr Lächeln wurde breiter. „Mr. Gregory ist also ungeduldig."

„Sehr sogar." Ein Lächeln huschte über seine Lippen, und sie schluckte bei dem Anblick. Der Mann war wirklich äußerst gutaussehend, und sie hatte kein Recht, sich so sehr damit zu beschäftigen. Aus zu vielen Gründen.

Er räusperte sich. „Eigentlich bin ich froh, dass ich Euch allein antreffe. Es gibt etwas, das wir besprechen müssen."

Ihr Herzschlag beschleunigte sich, und sie kämpfte darum, es sich nicht anmerken zu lassen, während sie ihn durch den Flur zur Treppe führte. Wenn sie Seite an Seite gingen, konnte er sie zumindest nicht so intensiv ansehen. „Worum geht es?"

Er hielt inne, als wäre ihm diese Unterhaltung unangenehm. „Um den Sohn meines Bruders."

Sie stolperte, und er griff nach ihrem Ellbogen. Es war nur eine winzige Berührung, die in dem Moment verschwand, in dem sie wieder Halt gefunden hatte, aber sie spürte, wie sie heiß durch ihren Körper schoss, genau wie seine Worte.

Der Sohn war nicht ihr Kind, obwohl sie sich um das Baby gekümmert hatte, seit seine Mutter verschwunden war. Pippas ehemalige Dienerin, eine Frau, die sich als langjährige Geliebte von Erasmus Montgomery herausgestellt hatte. Seine wahre Liebe. Sie hatten ein Kind bekommen, das Erasmus als Druckmittel verwendete und das Rosie, die Mutter, wirklich liebte, selbst wenn sie eine

Reihe schrecklicher Entscheidungen getroffen hatte, die sie von ihrem Sohn getrennt hatten.

Aber nun war Erasmus tot. Erschossen von Rosie, die sofort die Flucht ergriffen hatte.

„Kenley", hauchte sie und versuchte, nicht zu sehr an seine pausbäckigen Wangen zu denken, die sie so liebte. Sie hatte den Jungen seit Wochen nicht gesehen, obwohl sie regelmäßig von den Dienern, in deren Obhut er war, Nachricht erhielt.

Rhys zuckte zusammen. „Er hat ihn… Kenley genannt?" fragte er und seine Stimme überschlug sich auf eine Weise, die Emotionen offenbarte, die er nicht auf seinem markanten Gesicht zeigte.

„Ja."

Er schüttelte den Kopf. „Das war der Vorname unseres Vaters. Abgeleitet vom Mädchennamen unserer Großmutter."

„Das… das wusste ich nicht. Wie sich herausgestellt hat, wusste ich vieles nicht. Aber es tut mir leid für den Kummer, den all das verursacht hat."

„Ich weiß, dass es Euch leid tut, auch wenn es das nicht tun muss."

Sie hob ihren Blick, und er erwiderte ihn einen Moment lang. Alles andere um sie herum verschwand, und was übrig blieb, war er, der ihre Aufmerksamkeit fesselte, der sie vergessen ließ, dass irgendetwas anderes auf der Welt existierte.

Sie blinzelte und gab sich Mühe, das bisschen Würde zu bewahren, das ihr noch geblieben war. „Ich weiß Eure Freundlichkeit mehr zu schätzen, als Ihr ahnt, Mylord. Was das Kind angeht, so könnte ich Vorkehrungen treffen, nach Bath zurückzukehren. Wegen der Hochzeit wurden meine Pläne auf den Kopf gestellt, aber ich bin mir sicher, dass ich übermorgen aufbrechen und vor Ablauf der Woche wieder zu Hause sein könnte. Ich könnte Euch einen vollständigen Bericht über den Jungen zukommen lassen, und wir könnten eine Vereinbarung treffen, die Euch seine Gesundheit und sein Wohlbefinden garantiert."

Sie erwartete, dass er zustimmen würde und damit alles gesagt sei. Sie freute sich nicht gerade auf die Rückkehr, aber sie hatte immer gewusst, dass sie eines Tages zurückkehren müsste. Natürlich hatte sie zu Hause Pflichten zu erfüllen. Sie konnte nicht ewig im Wunderland London leben.

Aber zu ihrer Überraschung schüttelte er den Kopf. „Nein."

Ihre Stirn runzelte sich. „N-Nein?" wiederholte sie.

„Ich muss die Situation selbst einschätzen."

Sie starrte ihn an. „Aber Ihr... Ihr müsst Euch hier um so viel kümmern. Ich weiß, dass Eure Angelegenheiten durcheinander gebracht wurden, Rhys..." Sie schüttelte den Kopf. „Lord Leighton. Ihr könnt unmöglich die Zeit dafür erübrigen."

„Er ist noch ein Kind", beharrte er, und wieder sah er sie an. „Sein Leben und seine Zukunft sind die wichtigsten Angelegenheiten, um die ich mich kümmern muss. Ich könnte mich nicht auf frivolere Dinge konzentrieren, solange ich mich nicht zuerst mit ihm befasse."

Ihre Lippen öffneten sich angesichts der Leidenschaft, mit der er über ein Baby sprach, das er noch nie zuvor gesehen hatte. Von dessen Existenz er bis vor zwei Wochen nicht einmal gewusst hatte. „Ihr seid wirklich ein anständiger Mann."

Sein Kiefer spannte sich an, und seine leuchtend blauen Augen huschten wieder über sie. „Ich bin nicht anständig, das versichere ich Euch." Er strich seine perfekt sitzende Jacke glatt, was wie eine Verlegenheitsgeste wirkte, und begann dann, weiter den Flur entlang zu gehen, was sie zwang, ihm zu folgen. „Begleitet Ihr mich nach Bath?", fragte er.

Ihr Herz stockte, und sie musste schwer schlucken, um überhaupt zum Sprechen anzusetzen. „Ja", quiekte sie. „Natürlich."

„Ich weiß, dass Ihr ohne Begleitung hergekommen seid", fuhr er fort, und sein Blick wanderte geradeaus, als sie gemeinsam die Treppe zum Salon hinabgingen, wo ihre Freunde für die Hochzeit versammelt waren.

„Nein, ich... es ist kompliziert", seufzte sie. „Ich bin allein hergekommen."

„Dann werde ich jemanden anheuern, der Euch auf der Reise begleitet", schloss er. „Des Anstands halber."

Sie lachte fast schon bei der bloßen Vorstellung, unterdrückte aber die undamenhafte Reaktion. An der Tür zum Salon blieb sie stehen „Ich bin mir nicht sicher, ob Anstandsregeln für mich noch gelten, aber wenn es Eurem Behagen dient, Mylord. Ich werde mich darauf vorbereiten, nach Bath zurückzukehren, wann immer Ihr möchtet."

„Danke", erwiderte er leise.

Sie senkte den Kopf und berührte die Türklinke. „Wir werden die Einzelheiten sicher später besprechen können."

Er nickte und sie betrat den Salon. Er folgte ihr nicht, aber sie spürte seinen Blick auf sich, als sie durch den Raum ging. Sie fühlte ihn wie eine Flamme in ihrem Rücken brennen. Und sie wusste, wie vorsichtig sie sein musste, denn die Wärme seines Feuers war für sie tabu. Jetzt und bis in alle Ewigkeit.

~

Rhys nahm einen langen Schluck vom Champagner, der ihm für den Toast in die Hand gedrückt worden war, und rieb sich die Nase, weil ihn die Blasen gekitzelt hatten. Es war ein festliches Getränk und ein festlicher Anlass, und er freute sich für das Paar. Er hatte begonnen, Owen Gregory als Freund zu betrachten, und Celeste – nun, jetzt war sie Celeste Gregory, nicht Montgomery – verdiente die Liebe, die sie offensichtlich gefunden hatte.

Alle Frauen, deren Leben sein Bruder zerstört hatte, verdienten Glück und wahrscheinlich noch viel mehr.

Sein Blick huschte durch den Raum zu Phillipa Montgomery. Sie war bei Abigail Montgomery und der Braut, die Köpfe in einer ernsthaften Unterhaltung zusammengesteckt. Bei Gott, sie war wunderschön. Er hatte es nie so deutlich sehen wollen, aber wie konnte er das nicht?

Diese Frau hatte einfach etwas Besonderes an sich, und es waren nicht ihre blonden Locken, die trotz ihres hübschen Stils nie ganz gezähmt wurden, oder der lange Hals, der einen Mann dazu brachte, ihn mit seinen Fingerspitzen nachzeichnen zu wollen. Es waren nicht ihre grünen Augen, die voller Intelligenz waren. Es war nicht nur ihre schöne Figur oder ihr strahlendes Lächeln.

All diese Dinge waren natürlich wunderbar und unbestreitbar in ihrer Anziehungskraft. Aber da war etwas Tieferes, das Rhys immer dazu brachte, den Kopf nach ihr umzudrehen, wenn sie einen Raum betrat. Die ihn immer dazu gebracht hatten, sie wie ein Falke zu beobachten.

Es war ihr Funke. Trotz der schrecklichen Situation, in der sich die Frau befand, war da immer dieses Licht in ihr. Wie eine nie endende Kerze, die in ihrer Seele brannte. Ein kleines Lächeln umspielte fast immer ihren Mund, selbst wenn sie sich ausruhte, als wüsste sie ein Geheimnis. Wie sehr wünschte er sich, er könnte dieses Geheimnis lüften und ihr ein paar neue Geheimnisse schenken, damit sie weiterhin so lächelte.

Nur… er konnte es nicht. Niemals. Weil sie die Witwe seines Bruders war. Nun, sie war es nur, wenn man seine Bigamie außer Acht ließ, aber er konnte es nicht einfach ignorieren. Sein Bruder hatte bereits seine Welt zerstört. Seine Zukunft. Seinen Namen.

Und deshalb musste er aus mindestens zwei Dutzend schrecklichen Gründen die Sehnsucht ignorieren, die sich jedes Mal, wenn Phillipa einen Raum betrat, in seiner Brust zusammenzog. Er musste sich jedes Mal schämen, wenn er nach Träumen von ihr verschwitzt und erregt aufwachte. Er musste aufhören, sich ihren Duft einzuprägen und die Art, wie sie ihren Kopf nach hinten neigte, wenn sie lachte.

„Leighton." Rhys' bester Freund, der Duke of Gilmore, trat neben ihn und blickte mit ihm auf die drei Damen. Gilmores Schwester war vor Erasmus' Tod das letzte anvisierte Opfer von Rhys' Bruder gewesen. Gilmore hatte Owen Gregory angeheuert, um den Mann auf Herz und Nieren zu prüfen, der es auf das Vermögen seiner

Schwester abgesehen hatte. Und als Erasmus vermeintlich ermordet worden war, hatte Rhys ihn seinerseits angeheuert, um den Täter zu finden.

Es war gelinde ausgedrückt kompliziert, aber er war froh, dass seine Freundschaft zu Gilmore keinen Schaden genommen hatte. Er stand nur wenigen Menschen nahe und wollte den Duke nicht verlieren.

„Gilmore", erwiderte er und sie prosteten sich zu, ohne aus ihren Gläsern zu trinken. Bevor sie weitersprechen konnten, trat Owen Gregory zu ihnen, und Rhys lächelte ihn an. „Das war eine schöne Zeremonie. Meine aufrichtigsten Glückwünsche. Mrs. Gregory ist eine wundervolle Frau."

„Das ist sie", schwärmte Gregory mit einem glücklichen Lächeln, das sich wie ein Schlag in Rhys' Magen anfühlte. „Ich bin der glücklichste Mensch auf der Welt."

Rhys stieß die Luft aus seinen Lungen. „Werdet Ihr in London bleiben?"

„Ja. Ich habe vor, sie im Winter auf Reisen mitzunehmen und sie ganz für mich allein zu haben, aber im Moment habe ich noch zu tun. Also werden wir uns hier in meinem kleinen Stadthaus niederlassen und uns darin üben, frisch verheiratet zu sein."

Wieder einmal glitt Rhys' Blick dorthin, wo er nicht hingehörte: Zu Phillipa.

„Und was ist mit Euch, meine Herren? Nun, da die Situation mit Montgomery geklärt ist, was sind Eure Pläne?", wollte Gregory wissen.

Rhys schüttelte den Kopf. „Für mich ist wenig geklärt, fürchte ich. Es sind nur neue Probleme dazugekommen. Wir konnten den Mord erfolgreich vertuschen. Mein Bruder war, soweit es das Gesetz betrifft, ein Selbstmörder."

Gilmore brummte unzufrieden. „Und es brauchte nur ein paar Bestechungen und Schmiergelder. Nicht, dass ich es dir verübeln würde. Es war wirklich eine geschmacklose Geschichte."

Rhys zuckte zusammen. „Alles daran ist geschmacklos. Aber das Gerücht von Mord oder Selbstmord oder irgendetwas anderem, das seinen Tod umgibt, ändert nichts daran, dass die Welt weiß, was er vor seinem Ende getan hat. Sie wissen von den mehreren Ehefrauen, den Schulden und seinen Untaten. Es gibt noch viel zu tun, sowohl im Öffentlichen… als auch im Persönlichen."

Gilmore und Gregory wechselten einen besorgten Blick. „Kann ich irgendwie behilflich sein?", fragte Gregory.

Rhys spürte, wie Hitze durch seinen Hals strömte und ihm angesichts der Demütigung ins Gesicht kroch. „Ihr habt schon so viel getan", erwiderte er. „Und ich schätze Eure Freundlichkeit, Euren Rat und Eure Freundschaft. Das gilt für beide. Aber was noch zu bewältigen ist, muss ich, so fürchte ich, allein tun."

Gregory sah aus, als wollte er widersprechen, aber bevor er dazu kam, wanderte sein Blick zu den drei Mrs. Montgomerys. Nun, jetzt zwei Mrs. Montgomerys und eine Mrs. Gregory. Es musste eine wortlose Kommunikation zwischen Mann und Frau gegeben haben, die Rhys nicht verstand, weil sich alles an Gregorys Verhalten änderte. Er entspannte sich, lockerte sich und Rhys beneidete ihn dafür.

„Ich werde noch Zeit genug haben, um über mein zerstörtes Leben nachzudenken", schloss Rhys und gab Gregory einen spielerischen Schubs in Richtung seiner neuen Frau. „Heute ist Feiern angesagt. Geht zu Ihr, wie Ihr es offensichtlich wünscht, und denkt nicht weiter an mich."

Gregory grinste über seine Schulter, tat dann wie geheißen und bewegte sich auf Celeste zu wie ein Durstiger auf eine Oase. Als er gegangen war, trat Gilmore näher und stieß Rhys mit der Schulter an.

„Was genau musst du noch klären?", fragte Gilmore. „Ich schwärme nicht um eine neue Braut herum, also kann ich vielleicht helfen."

Rhys seufzte. „Als erstes muss ich mich um meinen Neffen

kümmern." Er schluckte bei der Idee. „Das Kind sollte nicht für das leiden, was seine Eltern getan haben. Also werden wir wahrscheinlich übermorgen nach Bath fahren, und dort werde ich beurteilen, was in dieser Situation das Beste ist."

Gilmore zog eine Augenbraue hoch. „Wir? Wer ist wir?" Rhys schwieg anscheinend zu lange, denn der Duke beantwortete seine eigene Frage. „Du und Philippa?"

Etwas in seinem Ton ließ Rhys den Kopf einziehen. „Tu das nicht", knurrte er.

Gilmore stellte sich vor ihn, damit Rhys ihm ins Gesicht sehen musste und jeden Fluchtversuch vereiteln konnte. Weil sein Freund ihn so verdammt gut kannte.

„Wie lange sind wir schon befreundet?", fragte er leise, fast sanft.

Rhys schüttelte den Kopf und weigerte sich, Gilmores Blick zu erwidern. „Ich weiß nicht. Zu lange. Ein Leben lang. Lang genug, um dir zu sagen, dass ich deine Meinung nicht brauche."

Gilmore verdrehte die Augen. „Nun, das hat mich nie davon abgehalten, sie zu äußern."

Trotz allem konnte Rhys nicht anders, als über den Scherz zu lächeln. Er entspannte sich ein wenig. „Nein, das hat es wohl nicht. Und da du ohnehin tust, was du für richtig hältst, sag mir, was du denkst. Aber du sollst wissen, dass ich nicht auf dich hören werde."

Gilmore schnaubte, aber sein Verhalten wurde schnell ernster. „Rhys", begann er und Rhys versteifte sich, als er seine Vornamen hörte. Sie sprachen sich immer formell an, seit sie nicht mehr kurze Hosen trugen. Es verlieh der Situation eine Dringlichkeit, die alles andere nur noch verstärkte. „Sie ist faszinierend."

Rhys runzelte die Stirn. Er hatte nicht erwartet, dass sein Freund das sagen würde. *Faszinierend.* Ja, so könnte man Phillipa beschreiben, und ein Anflug von Eifersucht war seine unmittelbare Reaktion, die er aber hastig verdrängte.

„In der Tat", stimmte er zu, weil Gilmore auf irgendeine Antwort auf seine Bemerkung zu warten schien.

Der Duke kam etwas näher. „Aber wenn du an ihr interessiert bist, und ich formuliere es vorsichtig, obwohl ich weiß, dass daran kein Zweifel besteht, dann könnte… das nichts Gutes bringen."

Rhys' erster Instinkt war der brennende Wunsch, Gilmore von sich zu stoßen. Als würde etwas Abstand das, was er sagte, weniger wahr machen. Als würde er damit diese Mahnung irgendwie auslöschen, und er könnte so tun, als wäre sie nicht geäußert worden.

Aber sobald dieses plötzliche und heftige Gefühl vorüber war, setzte sich eine verhaltenere Reaktion in seiner Brust fest. Gilmore lag nicht falsch. Ein Interesse an Phillipa wäre… nichts Gutes. Es war schlecht, und ihm blieb nichts anderes übrig, als dagegen anzukämpfen und es vor anderen und sich selbst zu leugnen, bis es verschwinden würde. Es musste irgendwann verschwinden.

Er räusperte sich. „Ich bin nur daran interessiert, das Richtige für sie und den Jungen zu tun."

Gilmore hob die Brauen. „Wenn du das sagst."

Rhys funkelte ihn an. „Ja, das sage ich!", schnappte er hitziger, als es die beschwichtigende Antwort des Dukes verdiente.

Gilmore hob kapitulierend die Hände. „Wenn du es sagst", wiederholte er.

Rhys schlang seine Finger fester um sein halbvolles Champagnerglas, das er immer noch in der Hand hielt, und holte tief Luft. „Und was ist mit dir?", lenkte er ab.

Er bemerkte, dass Gilmores Blick durch den Raum dorthin wanderte, wo Abigail Montgomery jetzt allein stand. Seine Lippen wurden schmal, denn jeder wusste, dass die beiden einander verachteten.

„Ich bin nur ein interessierter Beobachter", brummte er. „Hier gibt es nichts anderes für mich."

Rhys zog eine Augenbraue hoch, weil er sich nicht ganz sicher war, ob das stimmte. Dann hob er sein Glas. „Dann geht es uns gleich. Es gibt nichts Interessantes für uns in dem Kartenhaus, das mein Bruder gebaut hat. Lass uns also auf das glückliche Paar anstoßen."

Gilmore stieß mit seinem Glas an, ohne ihn anzusehen. „Auf das glückliche Paar", grummelte er.

Und sie tranken beide, ohne zu lächeln, verloren in Gedanken an Damen, die für sie durch die Umstände, durch das Schicksal, durch welche Macht auch immer unerreichbar waren.

KAPITEL 2

Pippa betrat den Salon und suchte nach ihrem Buch, damit sie es dem ständig wachsenden Stapel von Dingen hinzufügen konnte, die sie für ihre Rückkehr nach Bath bereitlegte. Sie stockte, als sie bemerkte, dass Abigail am Fenster stand und in die verblassende Nachmittagssonne hinaussah.

Sie waren von dem Moment an, als sie einander vorgestellt worden waren, Freundinnen gewesen und Pippa war froh darüber. Sie wusste, dass sich einige Frauen unter den Umständen, die sie zusammengeführt hatten, gehasst hätten. Sie hätten sich um den Schurken gestritten, der sie alle verraten hatte, anstatt zusammenzuhalten.

Aber Abigail hatte das nicht getan. Celeste auch nicht. Ihre Freundschaftsbande waren stark und aufrichtig. Aber vor Kurzem waren sie auf die Probe gestellt worden, denn Pippa hatte herausgefunden, dass Abigail vor allen anderen Frauen von den anderen Ehen gewusst hatte, und das hatte ihre Freundschaft ein wenig getrübt.

Jetzt wandte sich Abigail ihr zu, und in ihren dunklen Augen standen Tränen. „Ich finde es furchtbar, dass du fortgehen musst. Zumal ich weiß, dass du wütend auf mich bist."

Pippa durchquerte mit ein paar langen Schritten das Zimmer und schlang ihre Arme um ihre Freundin. „Ich war vor allem erstaunt, als ich erfuhr, dass du von Erasmus' Machenschaften wusstest. Ich wünschte wohl, du hättest mich genauso gerettet, wie du versucht hast, Gilmores Schwester aus den Fängen unseres Mannes zu retten." Sie folgte Abigail, als diese sie zum Sofa führte, und sie setzten sich nebeneinander. „Aber du hattest genauso wenig wie ich die Möglichkeit, das alles aufzuhalten. Es war ungerecht von mir, so heftig zu reagieren."

Abigail stieß ein kleines Lachen aus. „Als ob irgendetwas an dieser Geschichte gerecht wäre."

„Nein, nichts war gerecht."

Sie saßen eine Weile schweigend da, bis Abigail ihren Kopf auf Pippas Schulter legte. „Aber macht es dir nicht Hoffnung zu sehen, wie Celeste die wahre Liebe gefunden hat? Eine Zukunft jenseits dieses Albtraums?"

Pippa bewegte sich unwohl. „Es freut mich natürlich für sie. Aber ihre Umstände sind einzigartig. Owen kannte uns alle, er wusste, was passiert war, aber er verurteilte sie nie. Ich bezweifle, dass es einfach sein wird, einen weiteren Mann mit einem so offenen Herzen zu finden. Zumal es keine Mitgift mehr gibt, um eine Verbindung auf andere Weise schmackhaft zu machen."

Abigail stieß einen Seufzer aus. „Da hast du recht."

Pippa setzte sich auf. „Es tut mir leid, dass ich so düstere Gedanken hege. Ich versuche, einen Weg zu finden, das für mich zu akzeptieren, aber es ist unfair, dir diese Last aufzubürden."

„Nein, mich halten ja dieselben Gedanken bis spät in die Nacht wach, während ich an meine Decke starre." Abigail zuckte mit den Schultern. „Es ist, als ob… als ob…"

„Als ob die Zukunft nur eine leere Seite ist", flüsterte Pippa. „Ich konnte sie mir immer vorstellen, aber jetzt ist einfach alles… weg."

Abigail verzog das Gesicht. „Gott, das ist eine schreckliche Vorstellung. Du musst doch etwas in deiner Zukunft sehen können.

Immerhin brichst du in wenigen Stunden nach Bath auf und wirst dort viel zu tun haben. Du und Lord Leighton."

Pippa hörte die Veränderung in Abigails Ton, als sie Rhys' Namen erwähnte, und sie schloss kurz die Augen. „Du tust so, als würden wir während seines Aufenthalts dort ständig zusammen sein. Er hat eine Menge zu erledigen – ich bin dabei nur nebensächlich. Er denkt nur an mich, wenn es darum geht, was er uns allen für die Taten seines Bruders und für das Wohl seines Neffen schuldet."

„Du denkst wirklich, dass das alles ist?", wunderte sich Abigail und beobachtete, wie Pippa aufstand und davonging.

„Natürlich", beharrte Pippa, blieb vor dem Kamin stehen und sah in die Flammen. „Mehr könnte nie sein, selbst wenn ich es wollte. Lord Leighton muss seinen Ruf wiederherstellen und sich mit mir einzulassen wäre dem alles andere als zuträglich. Er muss eine Dame mit tadellosem Ruf und Tugendhaftigkeit finden. Eine Frau, die die Gesellschaft vergessen lässt, was Erasmus getan hat, und sie nicht jedes Mal daran erinnert, wenn sie einen Raum betritt."

„Pippa…", begann Abigail.

Pippa schüttelte den Kopf und sah sie mit einem Lächeln an, das sich so gezwungen anfühlte wie alles andere. „Er wird in Kürze hier sein und ich muss noch viel vorbereiten. Würdest du mir helfen?"

Abigail musterte sie einen Moment lang, dann stand sie auf. „Natürlich. Ich würde alles für dich tun, meine Liebe. Alles."

Pippa wusste, dass es wahr war, als sie sich bei Abigail unterhakte und zu ihrem Zimmer gingen, um die letzten Dinge zusammenzusuchen und Schubladen und Schränke zu überprüfen. Nur so konnte Abigail ihr jetzt helfen. Der Rest, was sie tun musste und wie sie sich verhalten musste, ruhte vollständig auf ihren eigenen Schultern.

Und sie war entschlossen, nicht zu versagen oder der Versuchung zum Opfer zu fallen, die es nie geben durfte.

~

R hys' Kutsche traf ein paar Stunden später pünktlich ein, und Pippa sah zu, wie Rhys mit den Dienern plauderte, die ihr Gepäck aufluden. Er war sehr freundlich, sogar fröhlich. Ein paar Mal lächelte er und sie war wie hypnotisiert.

Rhys hatte in der kurzen Zeit, in der sie ihn kannte, nicht oft gelächelt – aus offensichtlichen Gründen.

Schließlich war alles bereit und der Zeitpunkt zum Aufbruch war gekommen. Rhys gesellte sich zu ihr auf die Stufen, wo sie sich von Abigail verabschiedeten.

„Passt gut auf sie auf, Mylord", mahnte Abigail mit einem spitzen Blick in seine Richtung, der Pippa erröten ließ.

„Das werde ich, Abigail", versprach er, als er kurz ihre beiden Hände ergriff. „Ich werde bei meiner Rückkehr eine Menge mit Euch zu besprechen haben. Ich habe Euch trotz allem anderen nicht vergessen."

Pippa wandte sich leicht ab. Rhys kannte Abigail im Gegensatz zu den anderen Ehefrauen schon lange, denn sie war die einzige rechtmäßig Angetraute in der Gruppe. Die beiden schienen eine lockere Freundschaft zu pflegen, was zu erwarten war.

Dennoch brachte der Anblick der beiden Pippas Herz ein wenig in Aufruhr.

„Ich weiß, dass Ihr mich nicht vergessen habt. Wir sprechen nach Eurer Rückkehr darüber." Abigail wandte sich mit Tränen in den dunklen Augen an Pippa. „Oh nein. Das ist so schwer für mich. Du musst mir versprechen, dass du nach London zurückkommmst."

In Abigails Ton lag eine Wildheit, eine Verzweiflung, die Pippa nur selten von ihr gehört hatte. Sie nickte, obwohl sie sich nicht sicher war, ob sie bald zurückkehren würde. „Das werde ich."

Sie umarmten sich und klammerten sich zitternd aneinander, aber schließlich löste Abigail sich von ihr und wandte sich ab. „Verzeih mir, ich glaube nicht, dass ich es ertragen könnte, der Kutsche nachzusehen."

Sie floh ins Haus, und Pippa hob eine Hand an ihren Mund, um ein Schluchzen zu unterdrücken. Sie starrte auf die Tür, die Abigail in ihrer Eile offen gelassen hatte, und ihr Atem ging flach, während ihre Gefühle sie überwältigten.

„Kommt", sagte Rhys leise, und sie zuckte zusammen, als er sie am Arm nahm.

Sie blickte zu ihm auf und ihr Atem stockte aus einem ganz anderen Grund. Er sah sie an, voller Fürsorge und sanftem Verständnis, und für einen kurzen Moment wollte sie sich an seine Brust schmiegen. Sie wollte, dass seine Arme sie umschlossen. Sie wollte seinen Duft durch seinen Mantel einatmen und wissen, wie sich seine Wärme anfühlte.

Er wandte seinen Blick ab, als könnte er ihre unschicklichen Gedanken lesen, und führte sie zur Kutsche. „Ich habe eine Zofe für Euch eingestellt, wie wir besprochen haben", erklärte er, als sie die Kutschentür erreichten. „Also seid nicht überrascht."

Sie holte tief Luft und wischte sich die Tränen von den Wangen. „Ich bin bereit", log sie.

Er hielt weiter ihren Arm, öffnete den Schlag und half ihr in den Wagen. Eine zierliche junge Frau saß dort bereits auf der Bank, und Pippa musterte sie einen Moment lang. Sollte sie sich neben diese Fremden setzen oder ihr gegenüber? Aber ihr gegenüber zu sitzen bedeutete, neben Rhys zu sitzen, und sie glaubte nicht, dass sie dazu bereit war.

Also ließ sie sich neben der jungen Frau nieder, als Rhys ihr auch schon folgte. „Mrs. Montgomery, das ist Nan Feeley."

„Guten Tag", sagte Pippa und streckte zur Begrüßung eine Hand aus. „Ich weiß es sehr zu schätzen, dass du diese Anstellung so kurzfristig angenommen hast."

„Natürlich, Ma'am", erwiderte die junge Frau sanft, als sie sich die Hand schüttelten. „Ich freue mich, Euch zu Diensten zu sein."

Die Art, wie sie kurz zu Rhys sah, machte deutlich, dass sie wusste, wer ihr wahrer Arbeitgeber war, aber was spielte das schon für eine Rolle? Sie wirkte freundlich, und es stimmte, dass Pippa eine Zofe brauchte. Ihr letztes Mädchen hatte…

Nun, Pippas letzte Zofe hatte mit ihrem Mann ein Kind bekommen, Ende der Geschichte. Sie versuchte, die Bitterkeit dieser Wahrheit zu verdrängen, als die Kutsche sich auch schon in Bewegung setzte und sie auf die Straße rollten.

„Ich werde eine Weile mit Euch Damen fahren", erklärte Rhys. „Obwohl ich danach vielleicht eine Zeitlang mein Pferd reiten werde."

„Das Wetter ist wunderschön dafür", bekräftigte Pippa und zog den Vorhang zurück, sodass die Nachmittagssonne funkelnd durch das Glas strahlte. „Ich glaube, dass ich mich seit Jahren an keinen schöneren Spätsommer erinnern kann."

Eine Weile plauderten sie über das Wetter, und sie freute sich, dass Rhys die Unterhaltung in diese Richtung gelenkt hatte. Sicherlich hatte Nan von Pippas Geschichte gehört, und vielleicht hatte Rhys ihr sogar etwas mehr zahlen müssen, um für eine derart tief gefallene Frau zu arbeiten. Aber das Thema Wetter war harmlos und erlaubte Pippa, sich zu entspannen.

Außer wenn sie Rhys ansah. Wenn sie diesen Fehler beging, stolperte ihr albernes Herz jedes Mal.

Schließlich ließen sie jedoch den Londoner Stadtrand hinter sich und das Tempo der Kutsche nahm zu. Nan griff nach einer Stickerei, um sich die Zeit zu vertreiben, und Pippa blieb nichts anderes übrig als den Mann, den sie seit einer Stunde nicht direkt ansehen wollte, erneut anzuschauen.

Er lächelte und sein Blick huschte zu Nan, bevor er wieder zu ihr zurückkehrte. Ihr war klar, was er andeutete. Obwohl er die junge Frau eingestellt und wahrscheinlich bis auf die Nieren überprüft hatte, war sie immer noch eine Fremde. Sie würden vorsichtig sein müssen, worüber sie in ihrer Gegenwart sprachen.

„Freut Ihr Euch darauf, nach Bath zurückzukehren?", fragte er.

Pippa schürzte die Lippen. Wahrscheinlich hielt er das für eine harmlose Frage, so unverfänglich wie das Wetter. Sie wusste es zwar besser, aber das musste sie ihren Mitreisenden ja nicht zeigen. Immerhin war sie sehr wohl zu etwas Geplauder fähig.

„Ich bin dort aufgewachsen", erklärte sie. „Ich kenne es sehr gut."

Seine Stirn runzelte sich ein wenig über ihre ausweichende Antwort. Natürlich hatte er ihr Zögern bemerkt. Er war zu schlau und zu aufmerksam, um es nicht zu erkennen. „Ich war ein paar Mal dort zu Besuch", erwiderte er. „Es wird erwartet, dass man dorthin reist, um zu baden und die Aussicht zu genießen."

Sie nickte langsam. „Ja, es ist eine geschäftige Stadt. Dank des regen Tourismus gibt es dort viele Abwechslungen. Mein Vater hat sehr davon profitiert."

„Richtig, er besitzt einen…"

Sie füllte die Lücke. „Einen Ballsaal. Einen sehr beliebten noch dazu. Er wird von allen besucht, die in die Stadt kommen. Wenn Ihr in Bath wart, wart Ihr wahrscheinlich selbst dort."

Was für eine Vorstellung! Der Gedanke, dass Rhys durch die Säle gewandelt war und sie sich womöglich nur knapp verfehlt hatten, ließ sie erschauern.

Sie versuchte, eine gefasste Miene zu bewahren, aber es war fast unmöglich. Es wurde noch schlimmer, als er meinte: „Ihr freut Euch sicher darauf, Eure Eltern wiederzusehen."

Sie schluckte und versuchte, ihren Atem und ihre Stimme zu kontrollieren, bevor sie mit einer Schulter zuckte. Ja, das war eine nonchalante Geste. „Das könnte man wohl annehmen."

Er runzelte erneut die Stirn und öffnete den Mund, als wolle er nachhaken. Aber dann sah er zu Nan. Sie nähte immer noch, aber gelegentlich huschte ihr Blick zu Pippa. Er schloss seinen Mund und schüttelte den Kopf.

„Es war eine interessante Erfahrung, an einem solchen Ort aufzuwachsen", fuhr sie fort, um das Unbehagen zu zerstreuen, das ihre Antwort verursacht hatte. „Unser kleines Haus lag direkt hinter dem großen Saal, und während der Hochsaison klang die Musik weit, sodass ich sie hören konnte." Sie lächelte, denn diese Erinnerungen waren nicht unangenehm.

„Und hat die junge Miss Phillipa Windridge heimlich einen Blick auf diese Veranstaltungen riskiert?"

Sie blinzelte. „Ihr kennt meinen Mädchennamen?"

Er zuckte mit den Schultern. „Natürlich."

„Natürlich", wiederholte sie kopfschüttelnd. „Nun ja, ich schlich mich immer an die Fenster heran und huschte durch den Flur, versteckte mich hinter Möbeln, damit ich die feinen Kleider sehen und den Tanz beobachten konnte. Als ich einen Tanzlehrer hatte, war ich mit Drehungen und Quadrillen bereits bestens vertraut."

„Und mit dem Walzer?", fragte er leise.

Sie errötete. „Nein, mein Vater hat niemandem in Windridges Assembly erlaubt, Walzer zu tanzen. Er sagte, das sei zu skandalös, und machte einen großen Aufruhr, weil Almack's ein solches Spektakel erlaubte."

„Er war also ein strenger Zeremonienmeister?", gluckste Rhys. Er zog sie auf, aber auf eine sanfte Weise, die sie zum Lächeln brachte.

„Manchmal", bestätigte sie. „Er achtete sehr genau auf das Auftreten und das Verhalten der Gäste in seinen vier Wänden. In allen vier Wänden, in denen er das Sagen hatte."

Rhys nickte langsam, als hätte er verstanden, dass sie versuchte, ihm etwas über das Leben hinter dem Ballsaal zu erzählen. Das Leben in dem kleinen Haus, in dem ihre Lebensfreude als Gefahr angesehen worden war, als ein Problem, das mit allen Mitteln beseitigt werden musste. In dem Haus, in dem sie eine Ware und eine Enttäuschung gewesen war.

Nan hatte ihren Kopf jetzt an die Kutschenwand gelehnt und döste, was Rhys ein wenig mehr Mut beim Sprechen zu geben schien. „Es überrascht mich, dass er meinen Bruder in seine heiligen Hallen gelassen hat, wenn er sie so gut verteidigt hat."

Pippa schluckte und ihre Gedanken trugen sie zurück zu jener Nacht vor Jahren, als Erasmus Montgomery den Ballsaal betreten hatte. Zu jener Zeit nahm sie an jeder Veranstaltung teil und stolzierte in der Hoffnung herum, einen Mann an Land zu ziehen, der ihre Stellung verbesserte und noch ihrem Vater noch mehr Prestige brächte.

Sie war ihr ganzes Leben lang zurechtgestutzt worden, und sie erinnerte sich, dass sie Erasmus angesehen und gedacht hatte, er sei frei. Sie war eifersüchtig und fasziniert gewesen. So sehr, dass sie die Warnzeichen und die Verzweiflung ignorierte, die sein Werben um sie getrübt hatten.

„Erasmus war sehr gut darin, sich als Schaf zu präsentieren, obwohl er in Wirklichkeit ein Wolf war", erklärte sie. „Und mein Vater wollte wohl getäuscht werden." Sie stieß einen leisen Seufzer aus. „Aber dafür kann ich ihn nicht verurteilen, schließlich habe ich mich selbst auch täuschen lassen."

Rhys' Wange zuckte und seine Hand hob sich leicht an seinem Oberschenkel, als würde er erwägen, nach ihrer Hand zu greifen. Das tat er selbstverständlich nicht. Im Gegensatz zu seinem Bruder, der ungestüm und manchmal ungehobelt gewesen war, war Rhys immer anständig. Immer gefasst. Und das respektierte sie sehr, auch wenn die Vorstellung, dass er ihre Hand nahm, ihr eine Gänsehaut am ganzen Körper bereitete, die alles andere als unangenehm war.

Sie war einsam, das war alles. Deshalb war ihre Anziehung gegenüber diesem gutaussehenden Mann so stark. Sobald sie bei ihren Dienern und Kenley zu Hause war, würde sie verblassen. Sie würde sich wieder in ihren Alltag einfinden und diese Schwärmerei würde verschwinden.

Sie ignorierte die Tatsache, dass ihr Alltag äußerst unbefriedigend gewesen war.

„Es tut mir… leid", murmelte er leise.

Sie runzelte die Stirn. „Ihr entschuldigt Euch immer schnell für etwas, mit dem Ihr nichts zu tun hattet."

„Hatte ich das nicht?", gab er zurück und sein Kiefer zuckte erneut. „Ich habe ihm die finanzielle Unterstützung gestrichen. Hat das nicht erst alles in Gang gesetzt? Und da er… er nun tot ist, bin ich jetzt nicht der einzige verbleibende Schuldige?"

Sie zuckte bei dem Schmerz in seiner Stimme zusammen, der Schuldgefühle und Trauer direkt unter der kühlen und gesammelten Oberfläche dieses Mannes verriet. Sie hatte diese Reue immer gespürt, wenn sie mit ihm sprach, hatte sich immer gewünscht, sie könnte sie zerstreuen. Aber das stand ihr nicht zu.

„In meinen Augen macht Euch das nicht schuldig", entgegnete sie.

Er erwiderte ihren Blick lange und das leuchtende Blau seiner Augen zog sie in seinen Bann. Dann räusperte er sich und drehte sich zum Fenster um. „Es scheint, als hätten wir London verlassen. Ich vergesse immer, wie lange es dauert. Vielleicht wäre jetzt ein guter Zeitpunkt, anzuhalten und uns etwas die Beine zu vertreten, dann reite ich ein bisschen, damit Ihr Zeit habt, Eure neue Begleiterin kennenzulernen und etwas Ruhe zu genießen."

Sie schluckte betreten darüber, wie eilig er es hatte, ihrer Gesellschaft zu entkommen, und doch konnte sie nichts anderes tun, als zu nicken, bevor er gegen die Wand hinter sich klopfte, um dem Fahrer zu signalisieren, dass er anhalten sollte.

„Es gibt ein sehr nettes Gasthaus an der Straße, wo wir in ein paar Stunden anhalten werden", erklärte Rhys, als die Kutsche langsamer wurde und zum Straßenrand fuhr. „Wir werden morgen vor dem Abendessen in Bath ankommen."

Sie zwang sich zu einem Lächeln. „Das ist gut. Nochmals vielen Dank für die Kutsche und die Gesellschaft."

Er senkte den Kopf, als die Kutsche anhielt, und stieg aus, um mit seiner tiefen Stimme mit dem Kutscher zu sprechen und sein Pferd zu satteln. Pippa zog ein Buch aus ihrer Handtasche, bevor sie sie auf den Sitz ihr gegenüber legte.

Sie musste wieder Vernunft annehmen und sich konzentrieren, anstatt auf unziemliche Weise über einen Mann nachzudenken, den sie aus einem Dutzend guter Gründe nicht haben konnte. Sie musste sich dazu zwingen, denn sie konnte nichts anderes in Bezug auf ihn unternehmen.

KAPITEL 3

Rhys saß an einem Tisch im Speisesaal des Gasthauses, wo die Reisegruppe vor einer Stunde Halt gemacht hatte. Er klopfte mit seinem Daumen in einem unruhigen Rhythmus auf die hölzerne Tischplatte, während sich seine Gedanken, wie es ihm vorkam, endlos im Kreis drehten. Er mochte es nicht, sich so verloren, so hilflos zu fühlen. Es lag nicht in seiner Natur – das hatte es noch nie getan.

Und doch blieb ihm keine Wahl. Die Welt um ihn herum stand in Flammen, entfacht von einem Mann, den er ein Leben lang gleichzeitig geliebt und gehasst hatte. Rhys musste den Brand allein bekämpfen und die Gedanken daran hatten ihn den ganzen langen Tag geplagt, als er der Kutsche vorausgeritten war.

Aber auch Gedanken an etwas anderes hatten ihn geplagt. An *jemand* anderes. An die Frau, die gerade den Speisesaal betrat und sich nach ihm umsah. Er stand auf, damit sie ihn leichter erkennen konnte, und holte tief Luft. Phillipa.

Es war schockierend, wie schön sie war. Jeder Mann im Raum bemerkte es. Er sah, wie die Blicke ihr folgten, die Rundungen ihrer Figur bewunderten, die Neigung ihres zarten Halses, die leuchtende, kaum gezähmte Pracht ihres goldenen Haares und ihre lebhaften grünen Augen.

Dabei kannten sie sie nicht einmal. Sie wussten nicht, wie tief diese Schönheit unter ihrer zarten Haut reichte. Sie wussten nicht, dass ihre Worte und Gesten genauso verlockend waren wie ihr Äußeres.

Es war nicht gerecht, dass er sie wollte, und zu wissen, dass er sie niemals haben konnte, bereitete ihm sogar körperliche Schmerzen.

Sie lächelte, als sie ihn erreichte, und er zog ihr einen Stuhl zurück. Sobald sie Platz genommen hatte, sagte er: „Ich hoffe, Ihr findet Eure Unterkunft angenehm."

Sie nickte. „Das Zimmer ist wunderschön, ebenso wie der Rest des Gasthauses. Viel besser als die Unterkünfte, die ich auf dem Weg nach London ausgewählt habe, was mir vorkommt, als wäre es vor einer Ewigkeit gewesen."

Er zuckte zusammen, weil ihre Worte ihm ihre Verzweiflung, ihre Angst, ihren Argwohn vor Augen führten, als sie seinen Bruder nach London verfolgt hatte. Als die Welt durch alles, was Erasmus getan und gesagt und gestohlen hatte, auf den Kopf gestellt worden war.

„Ich wünschte, ich hätte Euch diesen Schmerz ersparen können, Phillipa", bemerkte er sanft.

Sie griff über den Tisch und berührte seine Hand. Es war die kürzeste und leichteste aller Berührungen, aber er spürte, wie ihre Wärme seinen Arm hinaufglitt und durch sein Blut in jeden Teil von ihm strömte.

„Ich sage es noch einmal, es war nicht Eure Schuld." Sie schüttelte ihren Kopf, als sie ihre Hand wieder in ihren Schoß legte und die Finger schloss. „Ich weiß nicht, wie ich Euch vom Gegenteil überzeugen soll, wenn Ihr so hartnäckig darauf besteht, die Schuld auf Euch zu nehmen."

Er stieß einen langen Atem aus. „Ich nehme an, es ist eine alte

Gewohnheit von mir. Ich versuche, meinen Wert zu beweisen, indem ich niemals versage."

Sie wurden kurz von der Kellnerin unterbrochen, die das Abendmenü aufsagte. Als sie ihre Wahl getroffen hatten und er eine Flasche Wein bestellt hatte, ging das Mädchen und Phillipa sah ihn an.

„Würdet Ihr mir ein wenig darüber erzählen?", bat sie.

Er griff nach der Flasche, die das Mädchen auf dem Tisch gelassen hatte, und öffnete sie, bevor er antwortete. „Über meine Familie? Mein Leben?"

Sie nickte. „Ihr wisst eine Menge über mich. Ich bin sicher, Owen hat Euch viele und umfassende Berichte geliefert."

„Nicht so umfassend, wie Ihr vielleicht denkt", murmelte er, weil er genau über diesen Berichten gebrütet hatte, nachdem er sie kennengelernt hatte, und sich immer nach mehr Informationen über sie gesehnt hatte, nach mehr persönlichen Verbindungen, an die er sich klammern konnte. „Aber ich verstehe, was Ihr meint. Tatsache ist, dass Ihr das Opfer einer sehr langen Geschichte seid, die im Tod meines Bruders gipfelte. Und Ihr verdient es, den Grund zu kennen, denke ich. Ihr verdient es zu sehen, wie ein Schleier gelüftet wird, nachdem Ihr so viele Enthüllungen ertragen musstet."

Sie schürzte die Lippen, als wollte sie dieser Aussage widersprechen, aber ihre Neugier musste die Oberhand gewonnen haben, denn schließlich nickte sie.

Er holte tief Luft, schenkte sich Wein ein und nahm einen großen Schluck. „Der verstorbene Earl of Leighton, mein Vater, war ein komplizierter Mann. Die Hochzeit mit meiner Mutter war arrangiert. Er heiratete sie fast unmittelbar nach ihrem Debüt in der Gesellschaft und schwängerte sie praktisch genauso rasch."

Phillipa rutschte bei dem heiklen Thema etwas unbehaglich auf ihrem Stuhl umher. „Sie müssen eine große Leidenschaft füreinander empfunden haben."

„Im Gegenteil", widersprach er kopfschüttelnd. „Ich denke, der Earl wollte einfach seine Pflicht so schnell und effizient wie möglich erledigen, damit er sie beiseiteschieben und mit seinem Leben fortfahren konnte."

„Das muss schwer mit anzusehen gewesen sein."

Er nahm noch einen Schluck Wein. „Das wäre es sicher gewesen, aber meine Mutter starb, als ich zwei Jahre alt war. Ich erinnere mich nicht an sie. Ich weiß nur dank eines Porträts, das als Hochzeitsgeschenk an das Paar von ihr gezeichnet wurde, wie sie ausgesehen hat. Mein Vater hat das Bild auf einem Dachboden versteckt, aber jetzt hängt es in der Diele in Gramtham Hills, meinem Anwesen in Leighton."

„Das tut mir leid. Ich wusste, dass Eure Mutter gestorben ist, denn Erasmus sprach immer davon, dass Ihr verschiedene Mütter hattet –, aber ich wusste nicht, dass Ihr so jung wart."

Rhys zuckte mit den Schultern, als wäre es egal, obwohl das nicht stimmte. „Innerhalb von sechs Monaten nach ihrem Tod heiratete mein Vater erneut. Erasmus' Mutter verachtete mich, weil ich das erben würde, was ihrer Meinung nach ihren Kindern zustand. Sie war nie freundlich zu mir und bestand darauf, dass ich sie Lady Leighton oder Mylady nenne."

„Aber Ihr wart doch noch ein Kind", hauchte Phillipa. „Wie konnte sie bei Eurem Anblick keine Wärme oder Zuneigung spüren?"

Er war froh, dass die Kellnerin sie einen Augenblick lang unterbrach, um das Abendessen zu servieren. Das erlaubte ihm, seine Gedanken zu ordnen und seine Emotionen zu kontrollieren. Darin war er immer gut gewesen, aber seine Fähigkeit ließ in der Nähe dieser Frau deutlich nach.

Als sie wieder allein waren, erwiderte er ihren Blick. „So wie es Euch mit dem Sohn meines Bruders ergangen ist?", fragte er. „Stört Euch denn seine Herkunft, die Tatsache, dass er ein Beweis für einen Verrat ist, nicht?"

Nun war sie diejenige, die einen Schluck Wein trank. „Ich will nicht behaupten, dass ich nicht am Boden zerstört war, als mir klar wurde, dass er der uneheliche Sohn Eures Bruders ist. Aber das ist nicht seine Schuld. Und wenn ich ihn jetzt ansehe, sehe ich nur seine Pausbacken und sein süßes Lächeln. Alles, was ich will, ist ihn zu beschützen und dafür zu sorgen, dass er glücklich ist."

Er sah sie lange an, bevor er einen Atemzug ausstieß, von dem er hoffte, dass er eher wie ein Lachen als wie ein Schluchzen klang. „Nun, dann seid Ihr eine doppelt so gute Frau wie Lady Leighton es war. Es wurde immer schlimmer, als sie meinem Vater einen zweiten Sohn gebar, seinen Ersatzerben. Sie verhätschelte Erasmus und drängte mich umso mehr aus ihrem Familienkreis."

„Hatte Euer Vater denn nicht den Wunsch, Euch zu beschützen?", fragte sie.

„Seine erste Frau war ihm gleichgültig gewesen, aber mit seiner zweiten war es ganz anders. Er betete sie und ihr Kind an. Sie waren seine Wunschfamilie, und er ließ ihr freie Hand, mich so zu behandeln, wie sie es für richtig hielt. Alles, was ihn interessierte, war, dass ich richtig darauf vorbereitet wurde, Earl zu werden. Als ich es wagte, mich mit zehn oder elf Jahren über ihre Kälte zu beklagen, schlug er mich so hart, dass meine Ohren klingelten, und meinte, ich solle ihr dankbar sein."

„Ihr solltet ihr dankbar sein?", wiederholte sie mit zitternder Stimme. „Wofür?"

„Dafür, dass sie mich nicht verweichlicht hat", antwortete Rhys. „Er sagte mir, Konkurrenz sei gut für einen Mann, einschließlich des Wettstreits um Zuneigung. Dass ich nie den Sieg davongetragen habe, läge an mir, nicht an meiner Stiefmutter oder meinem Halbbruder oder ihm. Ich müsste mich eben mehr anstrengen."

„Das tut mir sehr leid", hauchte Phillipa und berührte erneut seine Hand. Diesmal ließ sie sie verweilen, und er starrte auf ihre Finger, die auf seiner Haut lagen. Sie zog sie zurück und errötete.

„Was sagt Ihr immer wieder zu mir?", fragte er. „Dass ich mich nicht für die Taten anderer entschuldigen soll?"

„Es kann mir dennoch leidtun, dass Euch das passiert ist", entgegnete sie. „Ihr habt eine so schreckliche Vernachlässigung nicht verdient. Ihr wart ein Kind und Eure Familie hätte das

Bedürfnis haben sollen, Euch zu beschützen und sich Eurer anzunehmen."

„So wie Eure Familie es mit Euch getan hat?", gab er zurück.

Sie kaute kurz auf ihrer Unterlippe, und er tat so, als würde er sich auf sein Essen konzentrieren, sowohl um sie zu beruhigen als auch um aufzuholen, da sie gegessen hatte, während er gesprochen hatte, und sein eigenes Essen kaum angerührt war.

„Mein Vater wünschte sich einen Sohn, der sein Vermögen vergrößern könnte. Ich war zwar eine Enttäuschung, aber er glaubte dennoch, von mir profitieren zu können, wenn er mich nur richtig erzöge", erklärte sie. „Während Eure Familie Euch durch Vernachlässigung geschadet hat, hat meine Familie übermäßig in mein Leben eingegriffen. Sie drängten mich, trieben mich an und sagten mir, ich müsse mich ändern, alles besser machen, selbst besser werden… bis es mir gelang, den zweiten Sohn eines Earls zu heiraten."

Er schüttelte den Kopf. „Großer Gott. Was für ein Durcheinander daraus entstanden ist."

„Oh ja. Mein Vater schrieb mir wütend, als ich in London war. Er gab mir die Schuld an dem, was Erasmus getan hat. Er hat mir jegliche Unterstützung entzogen. Deshalb wollte ich in der Kutsche nur ungern darüber sprechen."

Rhys zuckte zusammen. Er hatte gehofft, Phillipa zu einer liebevollen Familie zurückzubringen, die sie in dieser schwierigen Zeit unterstützen konnte. Aber es schien, als wäre er nicht der Einzige auf der Welt, der allein und einsam war.

Und doch durften ausgerechnet sie beide einander nicht trösten.

„Ich hätte nicht nachfragen sollen", entschuldigte er sich und schob sein halb aufgegessenes Essen beiseite.

„Warum nicht? Ich habe ja auch nachgefragt", erwiderte sie.

„Aber Ihr habt einen Anspruch auf Antworten. Mein Bruder hat Euch belogen."

Sie runzelte die Stirn. „Ja, das hat er. Oft und mit großem Talent. Aber Ihr habt mich nie belogen."

Etwas in ihrem Ton veranlasste ihn dazu, sie noch eingehender zu studieren. Ihre Blicke verschmolzen miteinander, und einen Moment lang fühlte es sich an, als ob außer dieser Frau alles auf der Welt verblasste. Es gab nur noch diese bemerkenswerte Frau.

„Ich bin mir sicher, dass ich auch gelegentlich lüge", wandte er ein und hasste es, wie belegt seine Stimme klang. Belegt vor Verlangen. Würde sie es bemerken? Würde sie ihn dafür verabscheuen?

„Nein", wisperte sie. „Nicht, dass ich wüsste. Ihr seid… ein guter Mann, Rhys." Etwas flatterte in seinem Magen, als sie ihn beim Vornamen nannte. „Es ist nicht gerecht, dass Ihr diesen Schaden beheben müsst", schloss sie.

Er schüttelte den Kopf, während er nachdachte. Über den Begriff der Gerechtigkeit hatte er sich in den letzten Wochen und Monaten viele Gedanken gemacht. „Das Leben ist nicht gerecht."

„Das haben wir wohl beide am eigenen Leib erfahren", räumte sie ein.

Er wollte sie berühren. Er wollte nicht nur ihre Hand nehmen, was noch einigermaßen schicklich wäre, nein. Er wollte ihre Wange streicheln. Wollte seine Finger unter ihr Kinn legen, sie auf seinen Schoß ziehen und seine Arme um sie schlingen. Er wollte fühlen, dass sie echt war, und so tun, als gehörte sie ihm. Es wäre eine Illusion, die bei näherem Hinsehen sofort verschwinden würde, aber wen interessierte das schon? Die Augenblicke, in denen es sich echt anfühlte, wäre es unglaublich.

Er blinzelte und brach so den Bann. „Wir werden morgen sehr früh aufbrechen, und es war ein langer Tag", sagte er und legte seine Serviette auf die Tischplatte. „Vielleicht sollte ich Euch nach oben begleiten."

Sie wandte ihren Blick von ihm ab. „Ich denke, das wäre das Beste."

Sie stand auf und er tat es ihr nach. Er wollte ihr einen Arm anbieten, tat es aber nicht. Sie gingen zusammen durch den lauten Speisesaal, ohne sich zu berühren, und dann die Treppe hinauf, die zu den Gästezimmern führte. Sie deutete in die Richtung ihres

Zimmers und blieb vor einer Tür stehen, die nur drei von seiner entfernt war.

So nah. Und doch so weit entfernt.

Es gelang ihr, ihn noch einmal anzusehen, obwohl sie ihm nicht in die Augen sah. „Danke für Eure Gesellschaft", flüsterte sie so leise, dass es selbst in dem engen Flur kaum zu hören war. „Und für Eure Freundlichkeit."

Er neigte den Kopf. „Darauf könnt Ihr immer zählen. Gute Nacht."

„Gute Nacht", erwiderte sie, wandte sich dann ab und verschwand im Zimmer.

Er stand einen langen Moment da und sah die Tür an, bevor er es schaffte, seine Füße in Richtung seines Zimmers zu lenken. Noch während er hineinstolperte, stieß er den Fluch aus, der ihm die ganze Nacht über die Kehle verstopft hatte.

„Verdammt nochmal."

Phillipas Duft hing immer noch in seiner Nase, und er konnte fast den Druck ihrer Finger auf seiner Hand spüren. Er wünschte sich nichts sehnlicher, als zu ihrer Tür zurückzukehren, sie in seine Arme zu ziehen und ihren Geschmack zu kosten. Er wollte sich in ihrem Körper ertränken, bis er sich nicht einmal mehr an all die triftigen Gründe erinnern konnte, die sie voneinander fernhielten.

Aber er konnte es nicht, also blieb ihm nur eine wachsende Erektion und eine Sehnsucht, die nur in seiner Fantasie gestillt werden konnte.

Der würde er sich nun hingeben.

Er ging zum Bett und öffnete seine Hose mit einer schnellen Bewegung aus dem Handgelenk. Sein Schaft, der von den Gedanken an sie schon halb hart war, sprang hervor, und er packte ihn und streichelte ihn, während er sich gegen die Kante der hohen Matratze lehnte. Wie gern hätte er sie hier bei sich und sähe dabei zu, wie sich ihre Finger in die Bettdecke krallten, während er sie auszöge. Wie gern würde er spüren, wie sich ihr Hinterteil einladend gegen ihn drückte.

Er spuckte auf seine Hand und rieb härter, wölbte seine Hüften vor, als würde er Phillipa für sich beanspruchen. Er würde außer Kontrolle geraten, wenn er sie berührte. Er würde ihre Hüften packen und ihren Rücken an sich reiben, während sie keuchte.

Er würde sie kommen lassen. Mit seiner Zunge, mit seinen Fingern, mit seinem Schwanz. Er würde sie immer wieder kommen lassen, bis sie schweißnass war. Bis sie vor Anstrengung zitterte.

Er war jetzt dem Orgasmus sehr nahe und beeilte sich. Bei ihr hätte er es nicht eilig. Er würde sich Zeit lassen, aber seine Fantasie ließ Egoismus zu, und er kniff die Augen zusammen, während er sich vorstellte, es wäre ihr enges, feuchtes Inneres, das ihn umschlang. Er tat so, als würde sie seinen Namen schreien.

Rhys. Rhys. Rhys.

Er konnte ihre Stimme fast hören, so wie sie seinen Namen beim Abendessen gesagt hatte. Er spürte fast, wie sich ihre Beine um seine Hüften schlangen.

Er kam in großen, heftigen Schüben und sank keuchend gegen die Bettkante. Es war einige Zeit her, dass er sich dieses Vergnügen erlaubt hatte.

Er legte seinen Kopf auf seinen Unterarm, während sich sein Herzschlag wieder normalisierte, sobald die Fantasie verblasste und durch die kalte, harte Realität ersetzt wurde.

Was er wollte, konnte er nicht haben.

Es war nicht das erste Mal, dass ihm das geschah, und es würde wohl auch nicht das letzte Mal sein. Das Beste, was er tun konnte, war aufzuhören, sich selbst so zu quälen, denn damit war niemandem geholfen.

Pippa lehnte sich gegen die Tür. Ihre Hände zitterten, und ihre Gedanken überschlugen sich, als sie hörte, wie sich Rhys' Schritte entfernten. Und doch verweilte der Aufruhr, den er in ihrem Körper, in ihrem Herzen und ihrer Seele verursacht hatte, als ob er immer noch da wäre und ihr in die Augen sähe.

Der Earl of Leighton war der Bruder ihres verstorbenen…

Nun, sie konnte Erasmus nicht wirklich ihren Ehemann nennen, oder? Ihr Bund war nicht rechtskräftig gewesen, nicht verpflichtend, nicht echt. Aber der Mann war ihr Liebhaber gewesen und lange Zeit hatte sie sogar geglaubt, ihn zu lieben.

Sich nun nach seinem Bruder zu sehnen, war… mehr als unangemessen. Es war falsch.

„Ich kann das nicht", flüsterte sie, als würde sie es irgendwie besser verstehen, wenn sie es laut ausspräche.

„Ma'am?"

Sie zuckte zusammen, weil sie in ihrer Verwirrung nicht einmal bemerkt hatte, dass Nan auf dem schmalen Bett neben dem Kamin lag. Sie hatte geschlafen, wie es schien, und nun erhob sie sich mit schlaftrunkenen und besorgten Augen.

„Es ist nichts", keuchte Pippa. „Ich habe nur vor mich hingeredet. Entschuldige, ich wollte dich nicht wecken."

„Das macht nichts", erwiderte Nan. „Das Reisen hat mich stark ermüdet und ich bin eingenickt, während ich mein Buch gelesen habe. War das Abendessen schön?"

„Ja", bestätigte Pippa, und es war keine Lüge. „Aber ich denke, die Reise hat mich genauso ermüdet wie dich. Hilfst du mir bitte beim Ausziehen? Vielleicht versuche ich auch, ein bisschen früher schlafen zu gehen."

Nan nickte und beeilte sich, ihrer Pflicht nachzukommen. Dabei plauderte sie unaufhörlich. Pippa hörte halb zu, nickte und gab zustimmende Geräusche von sich, aber in Wahrheit wanderten ihre Gedanken zu ihrer Zeit mit Rhys. Zu den Gefühlen, die er einfach nur durch seine Nähe in ihr auslöste.

Sie dachte daran, dass nichts davon eine Rolle spielte. Sie musste diese Sache auf sich beruhen lassen. Und sie musste es bald tun.

KAPITEL 4

Pippa holte tief Luft, als die Kutsche zum Stehen kam. Sie hatte ein paar Augenblicke Zeit, bevor die Tür geöffnet wurde, und sie musste sich sammeln, damit sie so tun konnte, als wäre alles in Ordnung und normal.

Es war eine lange Reise gewesen, seit sie das Gasthaus vor ein paar Stunden verlassen hatten. Rhys war die ganze Zeit über geritten, als wäre er ebenso entschlossen, Abstand zwischen sie zu bringen, wie sie es war. Sie hätte sich darüber freuen müssen, aber stattdessen war sie rastlos gewesen. Sie hatte versucht zu lesen, konnte sich aber nicht konzentrieren. Wenn Nan mit ihr plauderte, war sie abgelenkt.

Es würde nicht funktionieren, zumal sie nun für ein Picknick anhielten. Sie würde wieder neben Rhys sitzen und so tun müssen, als wäre alles in bester Ordnung.

Bei diesem Gedanken öffnete sich auch schon die Tür und besagter Rhys sah sie an. „Guten Tag, meine Damen", grüßte er ruhig und beiläufig, als wäre er überhaupt nicht so aufgewühlt wie sie.

Und wahrscheinlich war er es auch nicht. Hin und wieder sah er sie zwar an, als würde er die gleiche Verbundenheit wie sie spüren, vielleicht fand er sie sogar attraktiv, aber das schien ihm nicht unangenehm zu sein. Vermutlich bedeutete ihm das alles gar nichts.

„Mylord", erwiderte sie und hörte, wie kalt ihr Ton klang.

Er streckte ihr eine Hand entgegen, und sie schluckte schwer, bevor sie sie ergriff. Obwohl sie beide Handschuhe trugen, durchzuckte sie immer noch ein Blitz von seiner Berührung. Sie ließ ihn so schnell wie möglich wieder los und ging auf das weite Feld zu, auf dem der Fahrer und der Stallknecht das Essen ausbreiteten, das sie am Morgen im Gasthof eingepackt hatten.

Sie holte tief Luft.

„Es ist ein schöner Tag, nicht wahr?", fragte Rhys und deutete auf die Decke.

Sie nickte. „Wir hatten an beiden Tagen sehr viel Glück mit dem Wetter. So spät im Sommer hätte ich Regen erwartet."

Sie setzten sich auf die Decke und alle begannen zu essen. Entgegen ihrer Befürchtung, dass sie in der Stunde, die sie vielleicht für das Picknick aufwenden würden, Konversation mit Rhys betreiben müsste, plauderte dieser stattdessen mit der Dienerschaft, erkundigte sich nach ihren Familien und lachte über ihre Witze. Sie konnte nicht anders, als sich darüber zu wundern.

Männer von Rhys' Rang waren nicht oft so freundlich zu denen, die sie als untergeordnet betrachteten. Am Rande seiner Welt aufzuwachsen hatte ihr das immer wieder deutlich gemacht. Viele Männer mit Adelstitel oder Vermögen kümmerten sich nicht um ihre Angestellten.

Aber dieser Mann war anders, er war in tausend kleinen Dingen besser. Nett und freundlich, offen für andere Meinungen und respektvoll gegenüber denen, die mehr Informationen oder Erfahrung hatten, auch wenn sie nicht seinem Rang entsprachen. Er entschuldigte sich für seine Fehler und leistete Wiedergutmachung für Taten, die nicht einmal er begangen hatte.

Und während sie dort saß und ihn beobachtete, spürte sie erneut den Gefühlsaufruhr, den er in ihr auslöste. Es war Verlangen, ja. Und das hätte sie sich verzeihen können. Immerhin war er gutaussehend. So manche Frau spürte wohl ein Kribbeln in den Lenden, wenn sie ihn sah.

Das eigentliche Problem waren die tieferen Gefühle, die sie empfand. Regungen in ihrem Herzen, die sie dazu brachten, Dinge zu wollen, die sie mit Sicherheit nicht haben konnte. Sie und Rhys konnten nie etwas anderes sein als Bekannte mit dem gemeinsamen Ziel, das Kind zu beschützen, für das sie die gemeinsame Verantwortung trugen.

Sie blinzelte, während sie sich aufrappelte.

„Das war ein nettes Essen", warf sie ein. „Ich denke, ich werde einen kurzen Spaziergang machen, wenn das unser Zeitplan erlaubt. Ich würde mir gern etwas die Beine vertreten."

„Es wird ohnehin einen Moment dauern, bis wir das Mittagessen abgeräumt haben", bemerkte Nan.

„Aye, Ma'am, wir haben einiges zu erledigen, bevor wir weiterfahren", fügte der Kutscher hinzu. „Nehmt Euch ruhig Zeit."

Sie nickte, warf einen letzten verstohlenen Blick auf den Mann, der so verwirrende Gefühle in ihr auslöste, und machte sich dann auf den Weg über das grüne Feld. Sie versuchte, sich zu beruhigen, indem sie sich auf ihre Umwelt konzentrierte. Auf die Art, wie das hohe Schilf ihre Röcke streifte, auf den Geruch von Heidekraut, auf das Zwitschern der Vögel und auf den Anblick eines klaren, blauen Sees, der auftauchte, als sie einen kleinen Hügel erreichte, und der den wolkenlosen Himmel über ihr spiegelte.

Wasser hatte schon immer eine beruhigende Wirkung auf sie gehabt. Sie hatte das Meer die wenigen Male, die sie es besuchen konnte, geliebt. Und obwohl dieser winzige See sicherlich mit dem Meer nicht zu vergleichen war, bewegte sie sich dennoch darauf zu, in der Hoffnung, dass das Plätschern der kleinen Wellen am kieseligen Ufer helfen würde, ihren aufgewühlten Geist zu beruhigen.

Sie erreichte das Ufer, stand dort und sah über die Weite hinaus. Ja, das war besser. Ein paar Augenblicke hier würden ihr helfen, und dann wäre wieder alles in Ordnung.

Aber diese Erholung wurde ihr nicht gewährt, denn hinter sich hörte sie eine Stimme im Wind.

„Phillipa?"

Sie drehte sich um und sah niemanden, aber nach einem kurzen Moment tauchte Rhys über der Anhöhe auf, die die Sicht auf die Kutsche einige hundert Meter entfernt versperrte. Ihr Herz schlug ihr bis zum Hals, und sie schürzte verärgert die Lippen darüber, wie schnell sie wieder dieser bösen Sehnsucht verfallen war.

„Mylord", erwiderte sie und drehte ihm den Rücken zu, um wieder auf den See zu blicken. „Mir war nicht klar, dass Ihr vorhattet, Euch mir anzuschließen."

Er blieb neben ihr stehen, in angemessenem Abstand, aber immer noch zu nah. Sie konnte den Sandelholzduft auf seiner Haut auch so riechen.

„Ich fand Eure Idee, sich die Beine zu vertreten, gut", rechtfertigte er sich. „Es ist herrlich hier – ich hatte keine Ahnung, dass es hier einen See gibt, sonst hätten wir vielleicht unser Picknick am Ufer gemacht."

Sie brummte eine Antwort und weigerte sich, in seine Richtung zu schauen. Er schwieg einen Moment und drehte sich dann zu ihr um. „Ich habe doch nichts getan, um... Euch zu beleidigen, oder?", erkundigte er sich.

Ihre Schultern sackten nach vorn. Verdammt noch mal, jetzt würde er ihr auch noch Schuldgefühle einreden, weil sie gereizt war, obwohl er ihr gegenüber immer nur freundlich gewesen war, seit sie sich zum ersten Mal begegnet waren. Hatte er das verdient, nur weil sie sich nicht beherrschen konnte? Natürlich nicht.

Sie holte tief Luft. „Ich entschuldige mich, wenn Ihr eine Veränderung in meinem Verhalten gespürt habt. Je näher wir Bath kommen, desto ängstlicher scheine ich zu werden. Dort gibt es viele Aufgaben und Pflichten für mich, und mich erwarten Erinnerungen, die nicht alle angenehm sind."

Das war natürlich nur ein Teil der Wahrheit, aber den Rest

brauchte er nicht zu wissen. Das würde die Sache nur verkomplizieren.

Er neigte den Kopf. „Selbstverständlich."

„Ich hoffe, Ihr erwartet nicht, von einem prächtigen Anwesen begrüßt zu werden", fügte sie hinzu und legte besorgt ihre Hände übereinander. „Das Haus, das Euer Bruder in Bath gekauft hat, ist keineswegs schrecklich, aber es ist auch nicht das beste. Ich habe es so gut wie möglich gepflegt, aber Ihr werdet Kenley wahrscheinlich hören können, wenn er nachts weint. Die…" Sie schluckte. „Zimmer der Angestellten liegen sehr nahe bei den Herrschaftsräumen."

Seine Pupillen weiteten sich etwas und seine Augen schweiften für eine Sekunde hitzig über ihren ganzen Körper. Verdammt, sie wünschte, er würde das nicht tun, denn sie spürte das Verlangen, ihre Beine um diesen Mann zu schlingen.

„Ich hoffe, ich störe nicht", warf er mit etwas rauerer Stimme ein.

„Oh nein, das wollte ich damit nicht andeuten", widersprach sie.

Jetzt sprachen sie gleichzeitig. Er entschuldigte sich dafür, dass er nicht nachgedacht hatte, und bot ihr an, eine andere Unterkunft zu finden, und sie versuchte, das Gesagte zu relativieren, weil ihr jetzt klar wurde, dass es unhöflich geklungen hatte.

Er streckte die Hand nach ihrer aus und sie verstummte. Nicht etwa, weil er sie beruhigt hatte, sondern weil die Wucht der Erkenntnis sie zum Schweigen brachte. Sie starrte auf ihre Hand in seiner und dann zu seinem Gesicht hinauf.

„Phillipa", raunte er leise.

Sie kniff die Augen zusammen. Er nannte sie immer beim Vornamen, weil es zu verwirrend gewesen war, drei Mrs. Montgomerys im selben Haushalt zu haben. Aber er hatte keine Ahnung, was es mit ihr anstellte, ihren Namen von seinen Lippen zu hören. Irgendwie klang ihr Name mit seiner Stimme wie eine Liebkosung.

„Bitte tut das nicht", hauchte sie. Sie hätte ihre Hand wegziehen sollen, aber sie tat es nicht.

Er zögerte kaum, bevor er fragte: „Was soll ich nicht tun?"

Sie öffnete ihre Augen und stellte fest, dass er sie jetzt intensiv musterte. Die Welt verschwand im Blau seiner Augen, und sie hielt den Atem an, während sie versuchte, Worte zu finden. Gedanken. Aber da war nichts.

„Ihr wisst, wovon ich spreche", flüsterte sie. „Ihr seid ein Mann mit Erfahrung, ein Mann von Welt. Ihr müsst wissen, was Ihr gerade tut."

Er schluckte und sie sah trotz seines Halstuchs, wie sich sein Kehlkopf regte. Es fühlte sich an, als würde sich der Moment bis zur Ewigkeit hinausdehnen, und dann trat er näher, und der Abstand zwischen ihnen war plötzlich nicht mehr angemessen.

„Phillipa", wiederholte er. Sie senkte ihren Kopf, aber er nahm ihr Kinn und hob ihren Kopf sanft wieder. „Phillipa", sagte er noch einmal, aber diesmal hörte sie nichts, sondern sah nur, wie sich seine Lippen bewegten, um das Wort zu bilden.

„Bitte", murmelte sie, unsicher, ob sie ihn um mehr anflehte, oder ob sie ihn bat, bei diesem Wahnsinn einen kühlen Kopf zu bewahren.

Er interpretierte offensichtlich Ersteres und sein dunkler Kopf beugte sich zu ihr. Sie kam ihm auf halbem Weg entgegen, und ihre Hände ruhten auf seiner breiten Brust, als er ihre Lippen berührte. Dies konnte nicht als Kuss bezeichnet werden, ein Wort, das süß, sogar keusch klang. Nein, das hier war eine Eroberung. Es war das Loslassen eines tierisches Verlangens, das sich seit Wochen aufgestaut hatte. Eine unvermeidliche Kapitulation vor etwas, von dem sie beide wussten, dass es falsch war. Beide wussten, dass daraus nie etwas werden könnte. Sie durften sich nicht küssen.

Aber sie küssten sich dennoch, und Phillipa verbrannte bei lebendigem Leib. Sie streckte sich ihm entgegen und murmelte seinen Namen. Seine Finger glitten über ihren Rücken, in einem Glühen, von dem sie wünschte, es würde für immer andauern, um zu beweisen, dass dies passiert war, wenn sie später versuchte, sich einzureden, dass es nur ein Traum gewesen war. Wenn er ihr Leben verließe, um nie wieder zurückzukehren.

Dieser Gedanke riss sie ein wenig aus dem Bann. Sie erkannte, dass sie im Freien standen, wo sie jeder sehen konnte – das Letzte, was einer von ihnen brauchte.

Und so kehrte ihr Verantwortungsgefühl zurück und sie löste sich von ihm. Ihr Atem ging stoßweise, als sie zu ihm aufsah. Einen Moment lang war keine Klarheit in seinem Gesicht, nur diese tierische Begierde, die sie überhaupt hierzu getrieben hatte. Aber langsam wurde auch er wieder er selbst.

Und sie sah den Moment, in dem ihn die Realität einholte.

Er wich zurück, weit zurück, und starrte sie an. „Phillipa, es tut mir so leid. Ich weiß nicht, was über mich gekommen ist."

Er sah ihr nicht in die Augen. Sonst tat er das immer, aber jetzt weigerte er sich, und ihr wurde flau im Magen. Dieser Moment, so kraftvoll und so wunderbar... hatte alles zwischen ihnen zerstört. Sie sah es klar und deutlich. Er würde aus Pflichtgefühl so tun, als wäre nichts geschehen, weil Schuld auf seinen Schultern lastete.

Sie zu küssen hatte alles schlimmer gemacht, nicht besser.

„Die letzte Zeit... war sehr gefühlsgeladen", stammelte sie und suchte nach einer Erklärung, die die Mauer, die er eindeutig zwischen ihnen errichten wollte, zum Einsturz bringen könnte. „Und ich schätze unsere Freundschaft sehr. Dies war ein Moment der Schwäche, der Verwirrung. Ihr braucht Euch dafür nicht zu entschuldigen. Ich habe mich genauso davon hinreißen lassen wie Ihr."

„Ihr seid zu freundlich", erwiderte er mit einer Verbeugung, plötzlich ganz förmlich. „Obwohl ich nicht weniger als Euren Tadel verdiene. Ich versichere Euch, das wird nicht wieder vorkommen."

Der Nachdruck in seinen Worten schmerzte, als hätte er sie geohrfeigt, und sie wandte ihr Gesicht ab, damit er die Tränen nicht bemerkte, die plötzlich in ihre Augen schossen. Er war nicht unfreundlich. Er war nur ein Gentleman.

Und doch brach er ihr das Herz auf eine Weise, die zu aufschlussreich war.

„Ich verstehe", murmelte sie und wünschte, ihre Stimme hätte nicht dieses leichte Zittern.

„Wir sollten wahrscheinlich zurückgehen", meinte er und bewegte sich unbehaglich. „Die anderen werden inzwischen fertig sein, denke ich."

„Selbstverständlich", stimmte sie zu und ging über die Anhöhe in Richtung Sicherheit. „Ich kann es kaum erwarten, unser Ziel zu erreichen."

Er sagte nichts mehr, sondern folgte ihr den Hügel hinauf. Sie spürte seinen Blick auf sich, als sie gemeinsam über das Feld zurück zur Kutsche gingen, aber er sagte nichts mehr, während sie sich von ihm für die letzte Etappe ihrer Reise in die Kutsche helfen ließ. Er sagte nichts, und das sagte alles.

~

Rhys hatte nie Interesse an den Dingen seines Halbbruders gezeigt. Sein ganzes Leben lang war er genau das Gegenteil seines Bruders gewesen. Während Erasmus protzig und kühn war, war Rhys ruhig, fleißig und bedacht gewesen. Sie hatten noch nie bei irgendetwas den gleichen Geschmack gehabt.

Doch nun, während er auf diesem Pferd neben seiner Kutsche her ritt und die Strecke hinter sich legte, die ihn nach Bath brachten, konnte er nur daran denken, wie sehr er Phillipa begehrte.

Stundenlang hatte er nur an den Kuss gedacht. Nein, das stimmte nicht. Er hatte natürlich viel an den Kuss gedacht. Wie konnte er das auch nicht, wenn er eine so großartige Explosion von Mündern und Zungen und sehnsüchtig wandernden Händen beinhaltet hatte? Die Art von Kuss, die einen Mann dazu brachte, alles andere auf der Welt vergessen zu wollen – etwas, wozu Rhys nicht oft Gelegenheit hatte.

Aber er dachte an mehr als das. Er dachte daran, wozu dieser Kuss hätte führen können, dort im weichen Gras neben dem See. Was gewesen wäre, wenn sie allein gewesen wären, wenn sie sich nicht zurückgezogen hätte, wenn... wenn... wenn...

Dann hätte er vielleicht diesem ungezügelten Teil von sich nachgegeben, den er so gern verbergen wollte. Er hätte weit mehr als einen flüchtigen Kuss bekommen können.

Wenn er ehrlich zu sich selbst war, war dies nicht das erste Mal, dass ihn solche Fantasien heimsuchten. Fast seit dem ersten Moment, in dem er diesen einen Raum betreten und Phillipa mit ihrem wilden Lockenschopf und ihren leuchtend grünen Augen mit dem trotzigen und selbstbewussten Funkeln erblickt hatte, hatte er sie begehrt. Er begehrte sie zutiefst und verzweifelt. Es war die Art von Sehnsucht, die ihn nachts wach hielt, die ihn morgens erregt aufwachen ließ und die ihm den Atem verschlug, wenn er sie sah.

Es war furchtbar. Wenn er sie zuerst kennengelernt hätte, wenn es Erasmus nicht gegeben hätte, dann wäre es nicht so furchtbar gewesen. Dann wäre es vielleicht etwas Wunderbares geworden. Aber es hatte Erasmus geben. Und seine falsche Ehe mit ihr. Und den Skandal.

Also konnte jetzt nichts Gutes mehr daraus werden. Phillipa war das Wichtigste von vielen Dingen, die er nicht haben konnte, nicht wollen durfte.

„Wir sind fast da, Mylord!", teilte ihm der Kutscher mit, als sie einen Hügel erreichten.

Rhys blinzelte, riss sich aus seinen Gedanken und blickte hinab auf die Stadt vor sich. Bath. Ein geschäftiger Ferienort mit einzigartigen Reihenhäusern und Säulenarchitektur und natürlich den berühmten römischen Bädern, die jedes Jahr so viele Menschen anlockten.

Es dauerte nicht lange, bis sie den Stadtrand erreichten, wo das hektische Treiben deutlich zunahm. Rhys hatte den Herzschlag einer Stadt schon immer gemocht. Deshalb blieb er in London, anstatt sich in den Ferien auf sein Landgut zurückzuziehen. Das helle, fröhliche Chaos von Bath schien ihm reizvoll, obwohl die glücklichen Gesichter derer, die durch die Straßen gingen und ihre Ferien genossen, fast eine Beleidigung für die Last waren, die er selbst trug.

Er runzelte die Stirn und warf einen Blick auf die Kutsche. Er konnte Phillipas Gesicht im Fenster sehen. Sie hatte den Vorhang zurückgeschoben und sah auf die Szene um sie herum. Ihre Lippen waren geschürzt, ihre Miene von Sorge gezeichnet. Dann glitt ihr Blick zu ihm und ihre Augen weiteten sich ein wenig. Ihr Mund öffnete sich. Der Vorhang fiel und sie sank zurück in die Polster der Kutsche.

Er runzelte die Stirn, während er seine Aufmerksamkeit wieder auf die Straße vor ihm richtete. Er hatte es verdient, dass sich Phillipa von ihm distanzierte. Genau das hatte er nach ihrem Kuss am See vorgeschlagen. Es war das, was sie beide brauchten, um mit dem komplizierten Leben, das sie erwartete, voranzukommen.

Aber es gefiel ihm nicht.

Sie fuhren aus der eigentlichen Stadt heraus in die dünner besiedelten Gebiete am Rande. Endlich bog die Kutsche eine kurze Auffahrt hinab und hielt schließlich vor einem Häuschen, das von der Straße zurückgezogen war. Ein von Sträuchern gesäumter Weg führte zur Eingangstür, und als er sich von seinem Pferd schwang, öffnete sie sich auch schon.

Zwei Personen traten heraus, ein älterer Mann und eine ältere Frau, die ein kräftiges, lächelndes Baby auf dem Arm trug. Das war also sein Neffe, das Kind, das sein Bruder hinterlassen hatte.

In dem Moment, in dem Rhys den Jungen erblickte, veränderte sich etwas in ihm. Es war, als wäre ihm die Luft aus den Lungen gepresst worden, und er konnte nicht wegsehen, als der Junge näher gebracht wurde. Sein Herz raste und wurde von Gefühlen erfüllt, die er nie gedacht hätte, für ein Kind empfinden zu können.

In diesem Moment wusste Rhys, dass er alles in seiner Macht Stehende tun würde, um dafür zu sorgen, dass der Junge niemals Leid oder Einsamkeit erfuhr und dass es ihm an nichts fehlen sollte.

Koste es, was es wolle.

KAPITEL 5

Pippa wäre beinahe auf dem Hintern gelandet, so schnell verließ sie die Kutsche. Aber was bedeutete ein Mangel an Anstand, wenn Kenley auf sie wartete, nur ein paar Meter entfernt? Sie drängte sich vorwärts, an Rhys vorbei, der am Ende des Weges stocksteif dastand, und rannte auf das Kind zu.

Es war Wochen her, seit sie das Baby gesehen hatte, aber seine Augen leuchteten auf, als sie sich näherte, und er griff nach ihr, während seine pummeligen Arme sich hoben und er aufgeregt brabbelte.

Sie riss Kenley aus Mrs. Bartons Armen, drückte ihn fest an sich und redete zärtlich auf ihn ein, während sie seinen zarten Babygeruch sanft einatmete. Gott, sie könnte ihn in Flaschen abfüllen und ein Vermögen damit verdienen.

„Er ist so groß geworden!", stellte sie mit einem Lächeln an Mr. und Mrs. Barton fest. Ihr Butler war der Ehemann ihrer Haushälterin, und zwei freundlichere Menschen als diese beiden hätte es nicht geben können. „Guten Tag."

Sie erwiderten den Gruß, obwohl Phillipa bewusst war, dass ihre Blicke zum Mann hinter ihr wanderten. Nicht, dass sie es ihnen verübelte. Lord Leighton war nun ihr neuer Arbeitgeber und sie kannten ihn nicht. Sie wussten nicht, dass sie von ihm nichts zu befürchten hatten.

„Lord Leighton, darf ich Euch Mr. und Mrs. Barton vorstellen", verkündete sie und wandte sich Rhys zu. Er starrte Kenley an, nicht die Diener, und sie konnte seinen Gesichtsausdruck nicht deuten. „Mr. Barton ist mein Butler... aber um fair zu sein, war er schon immer viel mehr als das. Er ist ein Alleskönner und ich käme nicht ohne ihn zurecht. Und Mrs. Barton ist meine Haushälterin. Sie haben sich während meiner Abwesenheit sehr gut um Euren Neffen gekümmert."

Rhys blinzelte und es war, als wäre er erst jetzt in die Realität zurückgeholt worden. „Guten Tag", murmelte er. „Es freut mich sehr, Eure Bekanntschaft zu machen."

„Mylord", grüßte Mr. Barton, und Mrs. Barton machte einen leichten Knicks.

Danach stand nur noch eine Begrüßung aus. Phillipa trat ein wenig näher an Rhys heran und lächelte, in der Hoffnung, ihm Mut zuzusprechen, was das Kind anging. „Und das ist Euer Neffe, Mylord. Kenley Montgomery."

Rhys' Hand spannte sich an seiner Seite an und zitterte leicht, als er sanft nach Kenley griff. Kenley verfolgte die Geste, aber als Rhys ihn berühren wollte, zog sich das Baby ein wenig zurück und legte seinen Kopf an Pippas Schulter, um seinen Onkel aus sicherer Entfernung schüchtern anzusehen.

Sie lachte, während sie ihn zum Trost ein wenig herzte, aber ihr Lächeln verschwand, als sie Rhys' verlorenen Gesichtsausdruck sah. „Er mag mich nicht", seufzte er.

Sie schüttelte den Kopf. „Er kennt Euch nicht. Die meisten Kinder sind Fremden gegenüber etwas schüchtern, aber ich versichere Euch, dass er sich wahrscheinlich innerhalb eines Tages für Euch erwärmen wird. Und dann werdet Ihr ihn nicht mehr davon abhalten können, nach Euch zu greifen."

Ein zögerndes Lächeln huschte über Rhys' Lippen, aber es verblasste, als sein Blick wieder auf Kenley fiel.

„Ihr müsst müde von der langen Reise sein", warf Mrs. Barton ein und brach damit den Bann. „Kommt doch bitte herein. Drinnen erwartet Euch heißer Tee, und die Zimmer sind auch vorbereitet, falls Ihr Euch ausruhen wollt."

Pippa wandte sich wieder ihren Hausangestellten zu und lächelte. „Das klingt herrlich. Ich kann es kaum erwarten. Ich habe wochenlang von Euren Himbeertörtchen geträumt, Mrs. Barton. Bitte sagt mir, dass sie heute auf der Speisekarte stehen."

„Ich habe sie heute Morgen frisch zubereitet, nur für Euch, Mrs. Montgomery", beteuerte Mrs. Barton und schnappte nach Luft. „Oder… soll ich… wie soll ich…"

Pippa wurde rot. Sie wusste, dass sich der Skandal über Erasmus' mehrere Ehefrauen in der ganzen Gesellschaft herumgesprochen hatte. Darüber hatte sie sich nie Illusionen gemacht. Aber jetzt musste sie sich erneut damit auseinandersetzen, ausgerechnet vor zwei Menschen, die ihr wichtig waren, und es schmerzte auf eine neue Art und Weise.

„Mrs. Montgomery ist schon in Ordnung", winkte sie ab. „Es ist zu schwierig, uns eine Alternative auszudenken."

„Sehr wohl", erwiderte Mrs. Barton. „Möchtet Ihr, dass ich das Baby nehme, während Ihr esst?"

„Nein", antwortete Pippa rasch und drückte den Jungen fester an sich. Er hatte begonnen, an ihren Locken zu ziehen, und sie hatte vergessen, wie sehr sie diese kleine Angewohnheit liebte. „Ich könnte ihn nicht für alle Himbeertörtchen in England hergeben!"

Sie betraten das Haus, und sie tat ihr Bestes, um Rhys nicht anzusehen. Er war so an feinere Dinge gewöhnt – sie wollte nicht wissen, was er von ihrem schlichten Zuhause hielt. Er sagte natürlich nichts, denn dafür war er zu vornehm. Er folgte ihnen einfach in den Salon, wo der Tee serviert wurde.

Sie nahmen Platz, wobei sie Kenley auf ein Knie setzte, während Mrs. Barton sich beeilte, sie zu bedienen.

„Ich schwöre, er ist in so kurzer Zeit so viel gewachsen", hauchte Pippa, als sie ihn leicht in die Wange kniff, worauf der Junge herzerwärmend lächelte. „Erzählt mir alles, was er getan hat, als wir getrennt waren."

Mrs. Barton zählte all die Dinge auf, die Kenley erreicht hatte, darunter auch, sich allein aufzusetzen.

„Oh, und ich habe es verpasst!", rief Pippa bedauernd.

„Er wird es sicher wieder tun", entgegnete Mrs. Barton lachend. „Braucht Ihr noch etwas?"

Pippa warf Rhys einen Blick zu, aber der starrte nur völlig in Gedanken versunken auf seinen Teller, anscheinend in einer anderen Welt. Sie runzelte die Stirn. „Nein, ich denke nicht. Ich weiß, dass Kenley bald sein Nickerchen macht, und ich verspreche, dass ich ihn Euch übergeben werde, wenn es so weit ist."

Mrs. Barton lachte, schlüpfte aus dem Zimmer und ließ Pippa mit Rhys und Kenley allein. Sie stocherte auf dem Törtchen herum, auf das sie sich so gefreut hatte, und beobachtete Rhys.

„Ihr habt sicher viele Fragen", setzte sie leise an.

Er sah zu ihr auf. „Ich weiß kaum, wo ich anfangen soll."

Sie nickte. „Es ist ohne Zweifel überwältigend. Die Idee von einem Baby ist etwas ganz anderes als die Realität. Soll ich Euch von ihm erzählen?"

„Ja, bitte."

„Er ist neun Monate alt", begann sie. „Er wurde Anfang Dezember letzten Jahres geboren. Er ist ein sehr gesundes Kind und scheint sich normal zu entwickeln. Er mag Vögel und sieht ihnen nach, wenn er welche entdeckt." Sie lächelte. „Mr. Barton hat ihm den süßesten kleinen Holzvogel gekauft."

„Mr. Barton", wandte Rhys leise ein. „Nicht sein Vater."

Sie räusperte sich und gab Kenley ein kleines Stück Torte, das er freudig sabbernd entgegennahm, was die Stimmung aufhellte. Zumindest was Pippa betraf.

„Sein Vater hat ihn nie als seinen Sohn anerkannt", sagte sie leise. „Zumindest nicht in der Öffentlichkeit."

Rhys schob seinen Stuhl mit einem lauten Quietschen zurück, das Kenley in Pippas Armen zusammenzucken ließ. „Ich... ich glaube, ich bin zu müde. Vielleicht sollte ich mich etwas ausruhen, bevor ich über diese Sache nachdenke und bevor ich entscheide, was ich tun soll. Ich…" Er sah erst sie an, dann Kenley. „Es tut mir leid, Phillipa."

Sie öffnete den Mund, um etwas zu erwidern, aber er beachtete sie nicht mehr und marschierte aus dem Raum. Sie sah ihm nach und Tränen brannten in ihren Augen, weil er so offensichtlich litt. Was würde das für Kenley bedeuten? Rhys hatte sich ihr gegenüber immer anständig und freundlich verhalten, aber sie kannte Männer aus seiner Herkunft schon lange und wusste, dass manche sich zurückzogen, wenn sie sich unbehaglich fühlten.

Ein solcher Schritt könnte Kenley mittellos und ohne einflussreiche Freunde zurücklassen, die ihn sowohl vor noch ungenauen als auch vor sehr realen Gefahren schützen würden. Seine Mutter zum Beispiel war verschwunden, nachdem sie seinen Vater ermordet hatte. Was, wenn sie zurückkehrte? Was würde das für ihn bedeuten?

Sie zitterte, als Mrs. Barton den Raum betrat. „Es ist Zeit für Master Kenley, seinen Nachmittagsschlaf zu halten. Oh, ich wusste nicht, dass Lord Leighton nicht mehr bei Euch ist."

Pippa schürzte die Lippen. „Ich glaube, Lord Leighton ist etwas überfordert."

„Das ist ihm wohl kaum zu verdenken, armer Mann. Das gilt auch für Euch, Ma'am. Wir haben oft an Euch gedacht, und ich hoffe, dass Ihr all diese… turbulenten Ereignisse gut überstanden habt."

Pippa senkte den Kopf. „All die schlimmen Nachrichten haben Euch ebenfalls erreicht, nehme ich an."

Mrs. Barton zuckte mit den Schultern, als sie Kenley nahm. „Ich nehme nicht jeden Klatsch für bare Münze. Verzeiht, dass ich das sage, aber Ihr seht selbst auch sehr müde aus, Mrs. Montgomery. Vielleicht solltet Ihr Lord Leightons Beispiel folgen und Euch den Rest des Tages ausruhen."

„Vielleicht habt Ihr Recht", lenkte Pippa mit einem warmen Lächeln ein.

Sie küsste Kenley und sah zu, wie Mrs. Barton ihn zum Nickerchen mitnahm. Aber sobald sie den Raum verlassen hatten, nahm Pippa drei große Bissen von ihrem heiß ersehnten Törtchen zur Aufmunterung, legte ihre Serviette beiseite und stand auf.

Sie wollte sich ausruhen. Die Müdigkeit steckte ihr tief in den Knochen nach all dem, was ihre Welt in den letzten Wochen… Monaten… Jahren auf den Kopf gestellt hatte. Aber sie konnte sich diesen Luxus nicht leisten, denn sie war für das Kind verantwortlich, das sie gerade auf dem Arm gehalten hatte. Sie schuldete ihm ihre volle Aufmerksamkeit, bis seine Zukunft gesichert war.

Also zwang sie sich, den Salon zu verlassen und den Flur hinunterzugehen. Sie war sich nicht sicher, wohin Rhys gegangen war. Sein Schlafgemach wäre die logische Wahl, und wenn er dort wäre, würde sie ihn eben dort finden und in seine Privatsphäre eindringen. Sie vermied es, genauer darüber nachzudenken, denn es fühlte sich sehr gefährlich an.

Zum Glück blieb es ihr erspart, nach oben zu gehen und an seiner Tür zu klopfen, denn als sie innehielt, um einen Blick in Erasmus' kleines Arbeitszimmer zu werfen, entdeckte sie Rhys dort, wie er neben dem Fenster stand und auf die Straße hinunterblickte. Sie spürte seine Anspannung selbst aus dieser Entfernung. Sie fühlte seine Qual, und es berührte sie viel mehr, als es das hätte tun sollen.

Sie betrat das Zimmer und schloss leise die Tür hinter sich. Sie holte ein paar Mal tief Luft, bevor sie sich ihm zuwandte. Er blickte immer noch auf die Straße hinaus und sie räusperte sich leise. „Mylord?"

Beim Klang ihrer Stimme zuckte er zusammen und drehte sich zu ihr um. Sein Gesichtsausdruck verschlug ihr den Atem. Im Sonnenlicht, das durch das Fenster fiel und ihr nichts verbarg, wirkte er niedergeschlagen. Als wäre er kurz davor, in Tränen auszubrechen oder alles in diesem Raum zu zerschlagen. Als ob er unter der Last der Taten seines schwachsinnigen, törichten Bruders zusammenbrechen könnte. Sie erkannte, dass er bisher nicht einmal Zeit gehabt hatte, um den Tod seines Bruders zu betrauern.

Rhys sah gebrochen aus, und in diesem angespannten Moment wollte sie so sehr alles für ihn wieder in Ordnung bringen.

Sie durchquerte den Raum und ging auf ihn zu. Er folgte ihr mit seinen blauen Augen, beobachtete sie, wich, aber nicht zurück. Das war immerhin ein Anfang. Sie ergriff seine Hand und nahm sie zwischen ihre eigenen.

„Oh, bitte", flehte sie. „Bitte sprecht mit mir."

Sein Körper zuckte heftig, und er drehte den Kopf, sodass er sie nicht länger ansah. „Vielleicht ist das keine gute Idee", erwiderte er heiser. „In Anbetracht des Kusses und unseres beidseitigen Versprechens, voneinander Abstand zu halten."

Seine Zurückweisung schmerzte zwar, aber sie wollte ihn loslassen. Aber am Ende würde das nur sie selbst schützen, nicht Kenley. Nicht Rhys. Also holte sie tief Luft und drückte seine Hand etwas fester, was ihn zwang, sie wieder anzusehen, bis sie in seinen wunderschönen blauen Augen versank.

„Ihr habt natürlich recht", begann sie. Ihre Stimme zitterte genauso wie der Rest ihres Körpers. „Aber Mylord… Rhys… wir sind die Einzigen auf dieser Welt, die mitten in diesem gleichen Problem stecken. Die einzigen, die einander vollständig verstehen können. Ihr seid hergekommen, um mir zu helfen, und ich will Euch helfen."

Sie trat ein wenig näher, obwohl es zu nah war. Sie konnte fühlen, wie die Wärme seines Atems ihre Haut streifte, fühlte die Veränderung in ihm, die ihr sagte, dass sie nicht die einzige war, die von ihrem Kuss verfolgt wurde. „Bitte lasst mich. Bitte."

R hys fühlte den Druck von Phillipas Händen um seine, die Wärme ihres Körpers, die seinen erhitzte. Er spürte mit jedem Herzschlag das Zittern in ihrem Atem und in ihrem Körper.

All das verzehrte ihn und machte es schwer für ihn zu denken, geschweige denn zu sprechen.

Aber sie hatte Recht. Inmitten dieser schrecklichen Zerstörung waren sie zwei der wenigen Überlebenden. Die einzigen in diesem Haus. Und wenn sie sich nicht gegenseitig stützten, gäbe es niemand anderen, der sie verstünde.

„Er sieht aus wie mein Bruder", stieß er hervor.

Sie neigte den Kopf. „Kenley", flüsterte sie.

Er nickte. „Und mein Bruder wiederum ähnelte unserem Vater viel mehr als ich es je getan habe."

„So habe ich erkannt, wer der Vater des Kindes ist, wisst Ihr", gab sie zu, und ihre Wangen erröteten bezaubernd, obwohl er den Grund ihrer Scham hasste.

„Wie ist es dazu gekommen?", fragte er. „All dies ist so verworren, erst ein falscher Mord, dann ein echter, und eine Frau mit zwei Namen und einem Kind, das er nicht anerkannt hat."

Sie stieß ein freudloses Lachen aus. „Vielleicht sollten wir uns ans Feuer setzen, wenn ich Euch diese Geschichte erzählen soll."

„Ich schenke uns ein bisschen Whisky ein", schlug er vor und ging zur Anrichte, um ihre Gläser zu füllen. Als er zurückkam, nahm sie ihr Glas und leerte die Hälfte davon in einem hastigen Schluck. „War es so schlimm?", fragte er, während er sich setzte.

Sie erwiderte seinen Blick. „Ja." Sie räusperte sich, während sie mit dem Rand ihres Glases spielte und mit ihrer Fingerspitze darüber fuhr. „Als wir heirateten, wollte Erasmus nicht, dass ich meine Zofe in unser neues Zuhause mitnehme. Ich kannte das Mädchen seit Jahren und argumentierte entschlossen für sie, aber er bestand darauf und schließlich gab ich nach."

„Welchen Grund kann er dafür nur genannt haben?", fragte Rhys.

Sie zuckte mit den Schultern. „Jeden Grund, von dem er glaubte, er würde mich überzeugen. Er sagte, er wolle unser Leben in einem neuen Haus mit neuen Dienern ganz frisch beginnen, er sagte, sie sei nicht vertrauenswürdig, er sagte, sie habe ihn zu lange angestarrt."

Rhys schürzte die Lippen, als er versuchte, seinen Ärger darüber zu zügeln. „Er war immer sehr gut darin, seinen Willen zu bekommen."

„Angesichts der Geschichte, die Ihr mir gestern beim Abendessen erzählt habt, scheint es, als hätte man ihn genau dazu erzogen", wandte sie ein.

Er neigte den Kopf. Er bereute es nicht, ihr Einblick in seine Seele gegeben zu haben, aber es war seltsam, dass jemand so viel über seine Vergangenheit wusste, die er im Allgemeinen verborgen hielt. Aber hier waren sie nun.

„Ja", stimmte er zu.

Sie schüttelte den Kopf, als wollte sie sich wieder konzentrieren. „Als wir hierherzogen, sagte er mir, er habe eine neue Zofe für mich eingestellt. Ich war schockiert. Mir wurde nicht einmal die Möglichkeit gegeben, diese Frau selbst zu wählen, ich wurde nicht nach meinen Bedürfnissen oder Vorlieben gefragt." Sie holte tief Luft. „Es war das erste Mal, dass ich etwas ahnte, aber ich habe dieses Gefühl verdrängt. Ich zwang mich, weiter daran zu glauben, dass ich mit ihm die richtige Wahl getroffen hatte."

Rhys presste die Lippen zusammen. Es war so seltsam, sich vorzustellen, dass diese Frau, nach der er sich so sehr sehnte, einst die Gattin seines Bruders gewesen war, wenn auch nicht seine rechtmäßige Ehefrau. Er konnte sie sich nicht zusammen vorstellen. Er wollt es ehrlich gesagt auch gar nicht.

„Er stellte diese Frau ein. Sie war sehr hübsch, sehr jung, mit dunklen Haaren und dunklen Augen. Natürlich hatte ich keine Ahnung, dass sie Erasmus' erste Liebe, seine wahre Liebe, Rosie Stanton, war. Er nannte sie Rachel, vermutlich um die Wahrheit zu vertuschen, falls ich Nachforschungen anstellte."

„Wie hat sie sich Euch gegenüber verhalten?", wollte Rhys wissen.

„Kühl. Sie war meistens professionell, obwohl ich glaube, dass sie mich manchmal absichtlich gekniffen hat, wenn sie mir beim Anziehen half, und dass sie mich oft mit Absicht sehr hart gekämmt hat." Sie zuckte mit den Schultern. „Vermutlich war das ihre einzige Waffe gegen eine Frau, die das Leben führte, von dem sie dachte, dass sie es verdiente. Sechs Monate nach unserer Hochzeit fing er an, sich mir gegenüber... abweisender... zu verhalten. An manchen Abenden kam er nicht nach Hause, oder zumindest kam er nicht in unser Zimmer. Und neun Monate nach der Hochzeit kam Rosie zu mir und sagte mir, sie wäre...“

Sie verstummte und in diesem Moment sah Rhys den Schmerz auf ihrem Gesicht, die Demütigung, die sie normalerweise mit einem Achselzucken abzuschütteln schien, als würde es nichts bedeuten. Phillipa nutzte ihre Stärke als Schutzschild und tat so, als hätte ihr das alles nie etwas anhaben können.

Aber so vieles hatte sie verletzt. Unter ihrer Rüstung trug sie so viele Narben. Und er sehnte sich nach ihnen und nach ihr.

„Sie war schwanger", beendete er für sie.

„Ja." Ihre Stimme zitterte und sie leerte den Rest ihres Whiskys mit einem ebenso hastigen Zug wie zuvor. „Sie erwartete das Kind meines Mannes. Und ich war zu dumm, es zu erkennen."

KAPITEL 6

Übelkeit überkam Pippa in Wellen, und sie wünschte, sie hätte nicht so schnell hintereinander ein Törtchen und ein ganzes Glas Whisky in sich gekippt. Sie hatte nie mit jemandem darüber gesprochen. Mr. und Mrs. Barton hatten es sich selbst zusammengereimt und waren zu höflich, es zu erwähnen.

Als sie nach London gefahren war und Abigail und Celeste kennengelernt hatte, hatte sie überlegt, ihnen die Wahrheit zu sagen. Die beiden Frauen waren in vielen Dingen ihre Vertrauten geworden. Aber bis zum bitteren Ende hatte sie den anderen beiden Mrs. Montgomerys nichts von Kenleys Existenz erzählt. Sie hatten es erst herausgefunden, als sie alle beinahe von Erasmus und Rosie getötet worden waren.

Sie hatte sich gesagt, dass sie das Kind schützen wollte. Aber in Wahrheit hatte sie sich selbst vor mehr Schmerz und Demütigung bewahren wollen.

Doch als Rhys darum gebeten hatte, hatte sie ihm all ihr schreckliches Leid auf einem Silbertablett serviert. Und nun sah er sie eindringlich an, während er die Geschichte verarbeitete. Sie wünschte, sie könnte seinen Gesichtsausdruck deuten. Wünschte, sie würde die Funktionsweise seines Geistes verstehen.

Sie räusperte sich und fuhr fort: „Als Rosie mir erzählte, dass sie schwanger sei und der verantwortliche Mann aus ihrem Leben verschwunden wäre, hatte ich Mitleid mit ihr."

Sie stockte, weil sich ihre Kehle wie zugeschnürt anfühlte. Jetzt wurde Rhys' Gesichtsausdruck sanfter, und er rutschte auf seinem Sessel hin und her, als wollte er nach ihr greifen. „Phillipa."

Sie hob eine Hand. Wenn er sie jetzt berührte, fürchtete sie, würde sie zusammenbrechen. „Ich kann das. Ich kann es sagen." Sie atmete ein paar Mal tief durch und machte dann so gut sie konnte weiter. „Ein Fehler dieser Größenordnung kann das Leben einer Frau zerstören, und ich wollte nicht, dass Rosie das widerfährt. Wie müssen die beiden gelacht haben, als ich darauf bestand, dass wir ihr erlauben zu bleiben. Erasmus zeigte sich sogar entrüstet und stritt mit mir, bevor er nachgab."

„Manipulativer Mistkerl", murmelte Rhys und seine Wangen glühten vor Wut.

Sie zuckte mit den Schultern. „Im Nachhinein ist mir das klar. Ich erkenne nun, dass das alles Teil ihres bösen Plans war."

„Und gab er immer noch vor, ihr gegenüber nicht wohlgesonnen zu sein, als sie ihre Anstellung behielt?"

Pippa erhob sich und rang ihre Hände, während sie in dem kleinen Raum auf und ab ging. „Oh nein. Im Gegenteil, ab dem Moment, als ich in ihre Falle tappte, schlug er andere Töne an. Er sagte mir, sie solle ihre Pflichten als Zofe aufgeben, solange sie schwanger wäre."

„Er hat jemand anderes eingestellt?"

„Nein." Sie verschluckte sich an einem Lachen. „Er wollte es auch mir nicht erlauben. Für mich war das kein Problem, schließlich kann ich gut genug auf mich selbst aufpassen. Er bestand auch darauf, dass wir es Rosie gemütlich machen. Plötzlich war ihr Zimmer mit schönen Dingen gefüllt, nur mit dem Besten. Ich war so blind, dass ich dachte, er sei nur ein guter Mann, der sich eben anständig benimmt."

„Habt Ihr ihn jemals auf seine plötzliche Aufmerksamkeit angesprochen?", warf Rhys ein.

„Einmal. Ein paar Monate später begann er, über Namen für ihr Kind nachzudenken. Er besprach die Frage ganz offen beim Abendessen. Ich fragte ihn, warum er so in ihr Leben involviert sei, in ihre Situation. Und er lachte einfach. Er lachte und sagte mir, ich hätte schließlich darauf bestanden, dass sie blieb, und es sei meine Schuld."

Rhys' Nasenflügel bebten, aber er sagte nichts. Sie fuhr fort. „Danach habe ich es ignoriert, wenn ich sie beim Tuscheln erwischt habe, wenn ich die heimlichen Blicke zwischen ihnen bemerkt habe. Ich habe mich sogar blind gestellt, als sie über ihren Bauch strich und mich fragte, ob ich mir je ein Kind gewünscht hätte. Sie hat mich… verspottet. Ich lag in meinem Bett und starrte an meine Decke und wusste es, aber ich tat nichts und sagte nichts. Was Ihr nur von mir denken müsst."

Er stand auf und kam mit zwei langen Schritten zu ihr hinüber. Jetzt war er es, der ihre Hände ergriff, so wie sie es mit ihm getan hatte, als sie ihn hier vorgefunden hatte. Sein Blick bohrte sich in ihren, erfüllt von Feuer und Mitgefühl zugleich.

„Ich denke, Ihr seid eine gute Frau, die von zwei bösen Menschen ausgenutzt wurde, die nur ihre eigenen Wünsche im Sinn hatten", sagte er. „Ihr wart nicht dumm, Ihr wurdet von meinem Bruder und seiner Geliebten manipuliert. Und da ich in der Vergangenheit selbst Opfer seiner Machenschaften geworden bin, kann ich Euch versichern, dass niemand besser darin war als er. Er war in der Lage, einem die Gedanken zu verdrehen und einen dazu zu bringen, den eigenen Namen zu vergessen. Wenn er etwas wollte, nahm er alles in Kauf. Er war Euch gegenüber rücksichtslos, Phillipa. Er war grausam und gedankenlos, und es ist nicht Eure Schuld."

Er sagte das mit solcher Gewissheit, solcher Überzeugung, dass sie ihm für einen kurzen Moment glaubte. Nachdem sie sich monatelang gequält hatte, konnte sie endlich glauben, dass sie keine

Schuld an ihrer Blindheit gehabt hatte. Und oh, wie sehr sie näher an ihn treten wollte. Wie sie sich wünschte, dass er seine Arme um sie legte, wie er es am Ufer des Sees getan hatte.

Sie wollte alles, was sie nicht haben konnte, und mehr.

Deshalb trat sie zurück. „Danke", wisperte sie.

Es entstand ein langes, schweres Schweigen zwischen ihnen, dann fragte Rhys: „Wie lange nach der Geburt des Jungen wusstet Ihr es?"

„Nun, zuerst sah er einfach aus wie ein Baby", erklärte sie. „Mir ist aufgefallen, dass er blaue Augen hat, aber ich habe mir gesagt, dass viele Leute blaue Augen haben, nicht nur Erasmus."

„Ich habe auch blaue Augen", betonte Rhys.

Sie runzelte die Stirn und sah ihn näher an. „Sie haben zwar dieselbe Farbe", räumte sie ein und betrachtete das bemerkenswerte Meeresblau. „Aber sie sind nicht wie seine. Eure Augen sind... warm. Gütig. Wenn ich in Eure Augen schaue, denke ich nie an ihn. Niemals."

Er empfand spürbare Erleichterung bei dieser Bemerkung. Als ob es ihm zutiefst unangenehm wäre, die gleichen Augen wie sein böser Bruder zu haben, oder dass sie Ähnlichkeiten zwischen ihnen finden könnte. Aber was sie gesagt hatte, war wahr. Sie hatte die beiden nie als gleich angesehen.

„Ich habe Kenley nicht an seinen Augen erkannt", fuhr sie fort. „Das hätte vielleicht ein Hinweis sein sollen, aber als Kenley älter wurde, fing er an, die Nase seines Vaters zu bekommen. Er fing an, den Kopf zu drehen wie Erasmus... Ihr wisst schon, diese kleine seitliche Neigung..."

Rhys nickte. „Ja, ich weiß. Wenn er über etwas nachdachte oder versuchte, eine Antwort zu finden... oder sich eine Lüge auszudenken."

„Nun, Kenley macht diese Geste auch. Und da wusste ich es einfach."

„Daraufhin habt Ihr meinen Bruder und Rosie zur Rede gestellt", vermutete er.

„Da war Erasmus längst auf und davon, war zur nächsten Frau geeilt und danach zur nächsten." Sie zitterte. „Ich konnte ihn nicht konfrontieren, also ging ich stattdessen zu Rosie. Sie versuchte nicht einmal zu lügen. Sie lachte mir nur ins Gesicht. Und am nächsten Tag verschwand sie und ließ das Kind zurück, um, wie wir jetzt wissen, zu Erasmus nach London zu fahren und ihm bei seinem Plan zu helfen, seinen eigenen Tod vorzutäuschen, Abigail dafür verantwortlich zu machen und Rosie die Auszahlung kassieren zu lassen, die er von Euch für Kenley erwartete."

„Aber davon habt Ihr nichts gewusst."

„Natürlich nicht." Sie warf die Hände hoch. „Ich dachte, er wäre ein Schürzenjäger, der meine Zofe geschwängert hat und sich nun seinen Pflichten entzog. Ich war empört darüber, dass er das einem Kind antun konnte, das mir bereits ans Herz gewachsen war. Ich wollte, dass er Kenleys Zukunft absicherte, dass er dem Kind gegen-über als Vater auftrete, auch wenn er dem Jungen niemals seinen Namen geben würde. Ich fing an, ihn zu suchen, ihm zu schreiben, und so landete ich schließlich in London."

Rhys sah sie eindringlich an und sein Gesichtsausdruck war von einem Staunen erfüllt, das ihr Unbehagen bereitete. „Was ist... warum seht Ihr mich so an?", fragte sie.

„Ihr habt all Eure Energie und Zeit, all Eure Emotionen darauf verwendet, ein Kind zu beschützen, das der lebende Beweis für seine Untreue war. Für das Ende Eurer Ehe. Das... nicht jede Frau würde das tun, Phillipa."

Sie zuckte mit den Schultern. „Ich liebe Kenley. Ich könnte ihn nicht mehr lieben, wenn er mein eigenes Kind wäre. Ich habe ihn liebgewonnen, als Rosie noch meine Zofe war, und als sie verschwand, wusste ich, dass er meiner Verantwortung untersteht. Ich hätte es nicht anders gewollt." Sie neigte den Kopf. „Und Kenley war nicht das Ende meiner Ehe."

Rhys trat ein wenig näher. „Ach nein?"

Sie zuckte mit den Schultern. „Ich hatte mir von Anfang an eingeredet, dass mir Erasmus etwas bedeutet. Und eine Weile fand ich es nicht schlimm, seine Frau zu sein. Aber etwa zur gleichen Zeit, als er seine Geliebte schwängerte, war mir klar geworden, dass ich einen Fehler gemacht hatte. Mir war klar geworden, dass er weder der Mann war, für den ich ihn hielt, noch der, als den ich ihn sehen wollte. Und er kümmerte ihn nicht genug um uns, um sich zu ändern." Sie hob niedergeschlagen die Hände. „Und jetzt erkenne ich natürlich das Ausmaß seiner Gründe. Ich war nur ein Werkzeug, eine Waffe, die ihm mehr Geld und mehr Zeit für seine Pläne verschaffte."

„Was auch wieder sein Fehler war, nicht Eurer", beteuerte Rhys.

„Wirklich?", flüsterte sie.

Er stand nah genug, um sie zu berühren, und sie wusste, dass er es tun würde, noch bevor er es tat. Seine Finger streiften ihr Kinn in einer federleichten Geste. So als wollte er es so sanft tun, damit sie vorgeben könnten, es wäre nichts passiert. Als hätten sie keine Grenze überschritten.

„Ihr habt keinen Fehler begangen", beharrte er. „Er war ein Narr, Euch keine Beachtung zu schenken und nicht dafür zu kämpfen, Euch an seiner Seite zu behalten. Ein vollkommener Narr."

Sein Kopf senkte sich, als er diese Worte sagte, und sie schmiegte sich an ihn, obwohl sie wusste, dass sie es nicht sollte. Ihre Münder trafen sich, diesmal eher sanft als mit tierischer Leidenschaft wie beim ersten Mal. Er strich mit seinem Mund über ihren, während sich seine Finger um ihre Arme legten und er sie noch ein bisschen näher zog.

Sie hörte sich stöhnen. Es war ein sanfter Laut der Kapitulation, bei dem sie leicht ihre Lippen öffnete. Jetzt war er es, der als Antwort stöhnte. Seine Zunge schob sich durch ihre Lippen, und sie schwelgte in seinem Geschmack, in seiner Wärme, in der Art, wie diese heimliche Berührung Gefühle in ihr weckte, die sie noch nie zuvor gespürt hatte. Wie sie sie Dinge wollen ließ, die sie nie ganz verstanden hatte. Er war eine schöne neue Welt und sie wollte jeden Zentimeter davon ohne Angst erkunden.

Aber er wollte es nicht zulassen. Wie am See hielt diesmal aber er plötzlich den Atem an und trat zurück. Er ließ sie los, fuhr mit einer Hand durch sein Haar, drehte sich um und ging zum Kamin, während sich seine Schultern unter seinen aufgewühlten Atemzügen hoben und senkten.

„Ihr habt Recht damit, dass wir die einzigen sind, die diese Situation verstehen", keuchte er. „Und wenn wir... diese Grenzen verwischen..." Er sah sie an und schüttelte den Kopf. „Ich möchte nicht, dass unsere Verwirrung Euch Schmerzen verursacht, Phillipa. Davon habt Ihr in den letzten Monaten... und Jahren mehr als genug ertragen."

Verlegenheit durchdrang sie, obwohl er in seiner Ablehnung alles andere als freundlich gewesen war. Beide Male.

„Oh, natürlich", erwiderte sie und hasste sich selbst für das Gestammel, das zu viel verriet. „Wir sind beide übermüdet, beide überfordert. Es wird nicht wieder vorkommen, Mylord. Ich werde Euch nun allein lassen."

Sie wollte genau das tun, aber da trat er auf sie zu. „Phillipa."

Sie blieb stehen und hielt ihre Hände an ihren Seiten, während sie darauf wartete, was er als Nächstes sagen würde. „Ja?"

„Ich möchte Euer Freund sein", betonte er. „Ihr habt mich ein paar Mal Rhys genannt, und es würde mich freuen, wenn Ihr es auch weiterhin tut."

Das war ein Friedensangebot. Seine Art, ihr zu zeigen, dass er sie nicht so streng beurteilte, wie sie sich selbst verurteilte. Eine freundliche Geste, die dennoch schmerzte.

„Ihr nennt mich bereits Phillipa, weil es in London drei Mrs. Montgomerys gab", erwiderte sie. „Ihr könnt mich gern auch hier weiter so nennen."

„Nicht Pippa?", hakte er nach.

Sie biss sich auf die Lippen. Ihre Freunde nannten sie Pippa, das stimmte. Sie nannte sich selbst so. Und doch gefiel es ihr, wie er ihren vollen Namen aussprach. Sie mochte es, dass er der Einzige war, der das tat. Sie mochte die Art und Weise, wie es die Stelle zwischen ihren Beinen kribbeln und ihren Atem stocken ließ.

„Mein längerer Name, der formellere Name... vielleicht hilft er uns dabei, die Grenzen aufrechtzuerhalten, die wir nicht überschreiten können." Das war gelogen. Sie belog ihn. „Und jetzt werde ich Mr. Barton suchen und ihn Euch Euer Zimmer zeigen lassen. Eine Pause tut uns beiden gut und macht den Kopf frei für die Entscheidungen, die für die Zukunft anstehen." Sie schüttelte den Kopf. „Kenleys Zukunft. Sie ist jetzt das Wichtigste."

Sie verließ den Raum, ohne auf seine Antwort zu warten. Sie wollte nicht, dass seine Erwiderung sie von dieser Absicht ablenkte, denn sie drückte aus, was auf dem Spiel stand. So sehr sie sich auch nach dem Mann hinter sich sehnte, war sie für ein Kind verantwortlich, das nicht für sich selbst eintreten konnte.

Und das würde sie nicht vergessen.

KAPITEL 7

Pippa wachte wie immer früh auf. Selbst als sie regelmäßig bis in die frühen Morgenstunden den Ballsaal ihres Vaters besucht hatte, war sie immer bei Sonnenaufgang aufgewacht. Sie mochte es, als Erste in der Stille wach zu sein und ohne Unterbrechungen oder Ablenkungen nachdenken zu können.

Am Vorabend hatte sie selbstverständlich keinen Ball besucht, sondern war hier in ihrem kleinen Haus gewesen und hatte sich nach einem köstlichen Abendessen früh zurückgezogen. Das Einzige, was an diesem Abend anders gewesen war als sonst, war, dass Rhys ihr bei diesem Abendessen und danach im Salon gegenübergesessen hatte.

Es war dabei alles sehr schicklich verlaufen. Nach dem jüngsten Kuss im Arbeitszimmer war er äußerst anständig gewesen. Fast formell. Sie hatten über Kenleys Tagesablauf gesprochen, über das Wetter und ein Buch, das ihnen beiden gefallen hatte.

Es fühlte sich alles sehr erzwungen an. Als ob sie Scheuklappen trugen, um bloß nicht zu sehen, was eigentlich geschah. Aber so musste es sein, also sollte sie sich besser rasch daran gewöhnen.

Jetzt jedoch, als sie durch die stillen Flure des kleinen Hauses streifte, versuchte sie, ihre Gedanken nicht zu dunkleren Begierden abschweifen zu lassen. Zu tieferen Bedürfnissen und Wünschen. Zu Träumen über Rhys, die sie anscheinend nicht kontrollieren konnte.

„Guten Morgen, Mrs. Montgomery."

Sie zuckte zusammen und drehte sich zu Mrs. Barton um, die aus dem Frühstücksraum getreten war, um sie zu begrüßen. „Guten Morgen", erwiderte sie und war froh, dass ihr Ton normal klang, obwohl ihr Herz raste.

„Ich hoffe, Ihr habt gut geschlafen", fügte Mrs. Barton hinzu. „Braucht Ihr heute Morgen etwas?"

„Oh nein. Ich möchte Euch und Mr. Barton nicht von der Arbeit abhalten, mir geht es gut. Ich gehe in Mr. Montgomerys Arbeitszimmer." Als Mrs. Bartons Miene sich missbilligend verzog, zuckte Pippa mit den Schultern. „Irgendwann müssen wir seine Sachen durchsehen. Die Zukunft wird kommen – wir müssen darauf vorbereitet sein."

Mrs. Barton rieb sich besorgt die Hände. „Habt Ihr eine Ahnung, was wir von dieser Zukunft erwarten können? Was hat Lord Leighton vor?"

Pippa zögerte. „Wir haben dieses Thema noch nicht eingehender besprochen", gab sie zu. „Aber ich kann Euch versichern, dass seine Lordschaft ein Mann ist, dem man vertrauen kann. Ich glaube, er ist uns allen gegenüber wohlwollend gestimmt. Aber ich weiß, dass die Ungewissheit unangenehm ist, also werde ich Euch informieren, sobald ich Neuigkeiten habe."

„Sehr wohl, Ma'am." Mrs. Barton nickte.

Pippa ging weiter durch den Flur zum Arbeitszimmer. Als sie eintrat, atmete sie mit einem langen Seufzer aus. Sie hatte die Skepsis im Gesicht ihrer Haushälterin gesehen. Mrs. Barton hatte an ihr gezweifelt, als sie von Rhys' Charakter gesprochen hatte.

Und warum nicht? Schließlich hatte sie einst auch Vertrauen in Erasmus gehabt.

„Aber das war nicht dasselbe", flüsterte sie. Und das stimmte. Ihre Beziehung zu Erasmus hatte immer auf… Unsicherheit basiert. Sie hatte ihn für einen Freigeist gehalten. Er tauchte auf, wann er wollte, überraschte sie mit Geschenken oder der Erwartung, dass sie alles fallen ließ, um zu tun, was er wollte. Selbst nach ihrer Heirat war sie nie wirklich in der Lage gewesen zu erkennen, wer oder wie er war.

Das hatte sich am Ende als großen Nachteil herausgestellt.

Aber Rhys war anders. Die Brüder hätten nicht gegensätzlicher sein können. Wo Erasmus zerstreut gewesen war, war Rhys beständig. Er war der Fels in der Brandung – er war nicht die Brandung selbst. Die einzige Situation, für die das nicht zutraf, war, wenn er sie berührte.

Sie warf einen Blick auf die Stelle im Zimmer, wo er sie am vorherigen Nachmittag geküsst hatte. Sie erinnerte sich an das Grollen seiner Brust, als er ihren Mund erobert hatte, an die Anspannung, die durch jeden Muskel seines Körpers zu fließen schien. Sie hatte die Gefahr unter der Oberfläche gespürt. Die kaum gezügelte Kraft seiner Begierde.

Und dummerweise wollte sie sie, obwohl sie in der Vergangenheit solcher Dinge wegen schmerzlich gelitten hatte.

Sie blinzelte und versuchte, einen klaren Kopf zu bekommen. Sie war nicht hergekommen, um über Rhys zu schwärmen oder die Einzelheiten ihrer Ehe zu analysieren. Sie hatte Dinge zu erledigen, und genau das würde sie tun.

Sie setzte sich auf den Stuhl hinter dem Schreibtisch. Erasmus hatte sie während ihrer unglückseligen Ehe nicht gern in diesem Raum gesehen. Wenn er nicht in der Stadt gewesen war, hatte er ihn abgeschlossen und den einzigen Schlüssel mitgenommen. Phillipa hatte Mr. Barton das Schloss aufbrechen lassen, bevor sie nach London aufgebrochen war, um Erasmus zu finden und ihn zur Rede zu stellen.

Der Sitz war unbequem. Zu hart, als wäre das Kissen nicht oft benutzt worden. Es schien, dass das Arbeitszimmer Erasmus nur als Fassade gedient hatte. So wie alles andere in seinem Leben nur Fassade gewesen war.

Sie schüttelte den Kopf und zog die oberste Schreibtischschublade auf. Sie war voller Papiere, loser Bänder und Staub. Sie hatte die Gegenstände dort vor Wochen auf der Suche nach einer Adresse durchwühlt, aber nie genauer hingeschaut. Jetzt pochte ihr Herz, als sie auf den unordentlichen Haufen blickte.

Doch bevor sie zu weit kommen konnte, öffnete sich die Tür zum Arbeitszimmer. Sie blickte auf, denn sie erwartete Mrs. Barton mit einer Tasse Tee, aber stattdessen sah sie Rhys auf der Schwelle stehen. Sie sahen einander einen Augenblick lang gebannt an, bevor Pippa sich auf die Füße zwang.

„G-Guten Morgen", stammelte sie. Oh, warum konnte sie ihn nicht weniger attraktiv finden? Warum konnte das alles nicht einfacher sein?

„Phillipa", grüßte er mit rauer Stimme. „Es scheint, wir hatten den gleichen Gedanken."

„Ja", bestätigte sie. „So muss es wohl sein. Obwohl ich zugeben muss, dass ich überrascht bin, Euch so früh zu sehen."

Er schürzte die Lippen. „Das Leben eines Faulenzers hat mich nie gereizt." Er betrat den Raum und sah sich um. Seine Augen verweilten an der gleichen Stelle, an der ihre kurz zuvor gehaftet hatten. An dem Ort vor dem Kamin, wo sie sich geküsst hatten.

Dann richtete er seinen Blick wieder auf sie.

„Ich hoffe, Ihr wisst, dass Ihr das nicht tun müsst", begann er.

„Was meint Ihr damit?", fragte sie.

„Ihr müsst seinen Schreibtisch nicht durchsuchen", erklärte er. „Ich kann mir vorstellen, dass dort... unschöne Dinge zu finden sind."

Sie warf einen Blick auf die offene Schublade. „Ja, ich bin mir sicher, dass es unschöne Dinge geben wird. Aber ich möchte mich am Aufräumen beteiligen. Schließlich ist dies mein Haus." Sie hob ihren Blick wieder zu ihm und die Art, wie er ihre Lippen aufeinanderpresste, ließ ihr Herz schneller schlagen. „Oder etwa nicht?"

Er seufzte und drehte sich um, um die Tür zu schließen. Sie wusste, dass er es tat, um unter vier Augen mit ihr über dieses heikle Thema zu sprechen, aber sie verfolgte die Bewegung trotzdem gebannt, als ob sie so viel mehr bedeuten könnte.

Rhys trat näher. „Nach Erasmus' Tod habe ich mich in den Wochen vor unserer Abreise aus London mit einem Anwalt bezüglich seiner Angelegenheiten getroffen."

„Bitte zieht das nicht in die Länge", warf sie ein. „Euer Gesichtsausdruck ist gerade sehr beängstigend."

Er schüttelte den Kopf. „Es tut mir leid. Mein Bruder hat keinerlei Vorkehrungen getroffen… für keine seiner Frauen."

„Oh", murmelte sie, als sie sich in den Stuhl zurücksinken ließ, von dem sie sich gerade erhoben hatte. Sie legte ihre Hände auf den Schreibtisch und starrte auf ihre Hände, als gehörten sie jemand anderem.

Rhys kam näher. „All sein Vermögen und sein Besitz fallen als seinem nächsten Verwandten alleine mir zu. Zusammen mit seinen nicht unerheblichen Schulden."

Sie schaffte es, zu ihm aufzusehen. „Es ist also so, wie ich vermutet habe… das Haus hier gehört Euch", stellte sie fest.

„So scheint es auf den ersten Blick, aber ich fürchte, dass er es mit einer Hypothek belegt haben könnte und ein paar Gläubiger ihren Anspruch geltend machen könnten."

„Oh Gott", hauchte sie und legte ihren Kopf auf ihre Hände. Übelkeit überkam sie, und sie blieb einen Moment lang reglos sitzen und versuchte, ihr nicht nachzugeben.

Aber dann, als das Gefühl nachließ, wurde es durch etwas ganz anderes ersetzt. Wut. Sie hatte dieses Gefühl so oft verspürt, wenn es um Erasmus ging, aber sie hatte es immer unterdrückt, in der Hoffnung, ihre Fassung zu wahren.

Aber jetzt gab es keine Kontrolle mehr. Die Wut stieg in ihr auf, ließ ihre Arme kribbeln und ihr Gesicht heiß werden, als sie zu Rhys aufsah.

„Wie konnte er nur?", fuhr sie ihn an. „Wie konnte er nur so schrecklich, so egoistisch, so vollkommen erbarmungslos und grausam sein?"

Sie ließ ihre Hände auf den Schreibtisch fallen. Sie schlug so hart zu, dass ihr beide Arme brannten, und sie schüttelte sie, während sie aufstand und dann durch den Raum ging. „Dieser Bastard hat jedem, dem er begegnet ist, alles genommen. Meinen Freundinnen, seinem eigenen Kind. Mir. Er hat mich meiner Würde, meiner Zukunft, meiner Hoffnungen beraubt."

Sie wischte die Tränen fort, die begonnen hatten, heiß ihre Wangen hinabzulaufen, und versuchte, ihren Atem zu beruhigen, aber es schien unmöglich.

Rhys musterte sie von der anderen Seite des Raums aus, und einen Moment lang dachte sie, er könnte sie für diesen ungehörigen Ausbruch tadeln. Aber stattdessen kam er auf sie zu. „Hört nicht auf. Was noch?"

„Was?"

„Was noch, Phillipa? Sagt alles, lasst es nicht in Euch brodeln." Er nahm ihre Hände. „Sagt es mir."

„Ich hasse ihn", fauchte sie. „Ich hasse ihn so sehr. Ich bin froh, dass er tot ist. Ich bin froh, dass er mir oder Euch nie wieder wehtun kann."

Sie zog ihre Hände weg und schlug sie beide vor ihren Mund, während sie Rhys anstarrte. „Oh, Rhys, es tut mir leid", murmelte sie durch ihre Finger. „Das hätte ich nicht sagen sollen."

Sein Kiefer zuckte vor Anspannung. „An manchen Tagen bin ich auch froh, dass er tot ist", gab er leise zu. „Ihr habt mir gestern Nachmittag gesagt, dass wir beide übermüdet und überfordert waren, und das stimmt. Ich habe eine Idee, wie wir diesem Druck etwas Luft verschaffen können. Wollt Ihr es ausprobieren?"

Sie spürte, wie bei diesem Vorschlag Hitze in ihre Wangen stieg. Schließlich fiel ihr auch ein Weg ein, ihren Gefühlen Luft zu machen, aber das konnte wohl kaum sein Vorschlag sein.

„I-ich weiß nicht", gestand sie.

Er lächelte sie an, und für einen Moment verlor sie sich in diesem Ausdruck. Er hatte in den schrecklichen Wochen, in denen sie sich kannten, so selten gelächelt. Aber sein Lächeln war wunderschön, als hätte jemand in einem dunklen Raum die Vorhänge zurückgezogen und den herrlichsten Sommertag enthüllt.

„Vertraut mir", bat er, als er ihre Hand ergriff und sie zur Tür zog. „Ich werde Euch nicht in die Irre führen."

~

Rhys versuchte, nicht daran zu denken, dass sein Vorhaben höchst unangemessen und unklug war, während er ein paar Dinge aus seinem Zimmer holte und dann zu Phillipa auf die Terrasse zurückkehrte, wo er sie kurz zuvor stehen gelassen hatte.

Er hatte sich geschworen, sich von ihr fernzuhalten, besonders in Situationen, in denen sie allein oder zu nah beieinander waren. Denn die Versuchung, die sie darstellte, war zu groß. Und doch war er hier, im Begriff, seinen Vorsatz zu brechen.

Aber welche andere Wahl hatte er denn? Sie war im Arbeitszimmer so aufgebracht gewesen, und die Wut, die er manchmal bei ihr direkt unter der Oberfläche spürte, war übergesprudelt. Ihr Schmerz war fast greifbar gewesen.

Er wollte ihr helfen, wollte irgendwie auch nur einen winzigen Bruchteil des Schadens wiedergutmachen, den sein unmoralischer Bruder angerichtet hatte. Und der beste Weg, das zu tun, war, sie ihren Schmerz fühlen zu lassen. Wenn sie versuchte, ihn zu ersticken, würde sie nur noch mehr leiden, also musste sie ihn herauslassen.

Er eilte die Treppe hinunter und durch die Rückseite des Hauses hinaus auf die kleine Terrasse, die einen gepflegten Garten überblickte. Phillipa stand auf der anderen Seite und drehte sich zu ihm um, als er sich ihr anschloss.

Sein Atem stockte, als er sie ansah, so wie es bei ihr immer der Fall war. Sie hatte sich seit ihrem Ausbruch ein wenig beruhigt, aber ihre Wangen waren immer noch gerötet, ihre blonden Locken wippten um ihr Gesicht, als wollten sie diese Perfektion einrahmen. Als wollten sie ihn verspotten.

Sie ballte ihre Hände an ihren Seiten. „Ihr habt ein... ein Kissen mitgebracht?"

Er warf einen Blick auf das Kissen, das er von seinem Bett genommen hatte. „Ja", bestätigte er. „Und zwei Halstücher."

Sie blinzelte und runzelte verwirrt die Stirn. „Entschuldigt, aber was erwartet Ihr von mir?"

„Ihr werdet schon sehen", versprach er und winkte sie mit einem Finger näher. Sie stockte kurz und gehorchte dann, und seine Lenden machten sich in diesem Moment sehr bemerkbar.

Himmel, er würde die Dinge nur noch schlimmer machen, nicht besser, wenn er seine Lust nicht zügeln könnte. Er beschwor möglichst unerotische Gedanken herauf, als sie ihn erreichte und fragend den Kopf zur Seite neigte.

„Streckt Eure Hand aus", wies er sie an. „Mit der Handfläche nach unten."

Sie tat es nach kurzem Zögern, und er machte sich daran, ihre Hand mit dem Tuch zu umwickeln. Ringsherum, mit fachmännischer Geschicklichkeit, bis er den Stoff verknotet und ihre Hand halb mit Seide bedeckt hatte.

„Was macht Ihr da?", wollte sie wissen, wehrte sich aber nicht, als er ihre andere Hand ergriff und die Aktion dort wiederholte.

Er konzentrierte sich so gut er konnte auf die Arbeit, anstatt darauf, wie zart ihre Haut war, wie sich ihre Finger gegen seine schmiegten, während er den Stoff um sie wickelte.

„Wir werden boxen", verkündete er und trat einen Schritt zurück.

Sie sah ihn an, als hätte er vorgeschlagen, dass sie ins Meer hinausschwimmen und auf einer Insel im Märchenland leben sollten. „Boxen?", wiederholte sie.

„Es ist eine wunderbare Möglichkeit, Stress abzubauen", erklärte er. „Ich gehe regelmäßig in meinen Club in London, um mich durch das hindurch zu kämpfen, was mich beunruhigt."

„Seid Ihr gut darin?"

Er zog eine Augenbraue hoch. „Der Allerbeste." Dann lachte er.

„Das ist nicht wahr. Ich bin höchstens mittelmäßig. Ich könnte an keinem Wettkampf teilnehmen, wenn Ihr das meint. Aber ich muss nicht der Beste sein, um etwas zu genießen."

Sie lächelte. „Das ist aber nicht sehr damenhaft."

Wieder zog er eine Augenbraue hoch. „Ihr solltet wissen, dass ich von einem Damenclub in London gehört habe."

Ihre Augen weiteten sich, obwohl er glaubte, ein Aufflackern von Interesse in den grünen Tiefen zu sehen. „Das kann ich mir nicht vorstellen."

„In meinem Club gibt es Sandsäcke, wenn wir üben." Er hielt das Kissen hoch. „Aber das hier muss für uns reichen."

Sie schien einen Moment lang darüber nachzudenken, vielleicht ließ sie das Befremdliche in sich hineinsickern. „Ihr wollt also, dass ich Euer Kissen schlage?"

Er senkte es. „Würdet Ihr es vorziehen, mich zu schlagen?"

Sie musterte sein Gesicht. „Oh nein. Ich mag Euer Gesicht so wie es ist."

„Danke für das Kompliment." Er hob das Kissen wieder. „Holt einfach aus. Denkt nicht an den Stil oder an irgendetwas anderes. Schlagt einfach auf das Kissen."

Sie zögerte einen Moment, dann hob sie ihre Faust und streifte damit das Kissen. Er runzelte die Stirn, als er es sinken ließ. „Das ist alles, was Ihr zu bieten habt? Nach Eurem Wutausbruch im Arbeitszimmer? Kommt schon, tut so, als wäre das Kissen Erasmus."

Ihre Lippen öffneten sich. „Ich könnte nicht…"

„Ihr könnt es sehr wohl", fiel er ihr ins Wort. „Und offen gesagt bestehe ich darauf, dass Ihr es tut."

Sie verdrehte die Augen, als würde er sich lächerlich machen, holte aber wieder aus. Als sie diesmal auf das Kissen schlug, war es deutlich härter. Sie schlug wieder und wieder zu und je länger sie es tat, desto konzentrierter wurde sie. Sie schlug erst mit einer Faust zu, dann mit der anderen, immer und immer wieder. Sie schlug so hart, dass sie vor Anstrengung zu stöhnen begann und ihr ein dünner Schweißfilm auf die Stirn trat.

Und mit dieser Anstrengung kamen die Emotionen hoch. Genau wie im Arbeitszimmer konnte er sehen, wie sie die Kontrolle über ihre Gefühle verlor. Er konnte die Ansätze ihres Schmerzes und ihrer Angst erkennen. Tränen füllten ihre Augen und liefen dann über ihre Wangen und sie schlug einfach weiter, wild und unbekümmert und wunderschön, jetzt, wo sie alles losgelassen hatte und sich erlaubte, einfach nur zu fühlen.

Beim letzten Schlag taumelte sie und kippte nach vorn. Er warf das Kissen fort, fing sie auf und zog sie an seine Brust. Sie weinte, tiefe keuchende Schluchzer entfuhren ihr, die Seidentücher lösten sich und ihre Finger klammerten sich an seine Brust, als sie alles losließ, was sie in sich verschlossen hatte.

„Das hätte er mir nicht antun dürfen", keuchte sie gegen seinen Mantel. „Das hätte er Kenley nicht antun dürfen. Das hätte er Euch nicht antun dürfen."

Sie sah zu ihm auf, und ihre Augen weiteten sich. Ihre umwickelte Hand hob sich und wischte ihm übers Gesicht, und erst in diesem Moment bemerkte er, dass auch er weinte. Teils aus den gleichen Gründen, teils aus anderen. Um seinen Verlust und über die Ungerechtigkeit und alles, was er gewollt hatte und niemals haben konnte.

Er senkte den Kopf und ihre Stirnen trafen sich sanft. Sie nahm seine Hände und ihre Finger verschlangen sich mit seinen. Und nach und nach verlangsamten sich ihre keuchenden Atemzüge zu etwas Tieferem, aneinander Angepasstem. Ruhe senkte sich über ihn, wie er sie nie zuvor gespürt hatte, und in nichts dem glich, was er in den letzten Monaten gefühlt hatte.

Trotz ihres Gefühlsausbruchs brachte sie ihm Ruhe. Und er wollte mehr davon. Mehr von ihr. Mehr von dieser einen Sache, die er auf keinen Fall haben konnte.

„Phillipa", raunte er.

Er hatte keine Ahnung, was er ihr sagen würde. Was er sie fragen wollte. Er bekam auch keine Gelegenheit, es herauszufinden, denn gerade als er fortfahren wollte, öffnete sich die Tür zur Terrasse.

Sie lösten sich voneinander, und er wandte sich dem Garten zu, während sie ihren Butler ansah, der sie mit großen Augen anstarrte. „Ja, Mr. Barton?"

„Master Kenley ist wach, Mrs. Montgomery", verkündete er. „Mrs. Barton sagte, Ihr wolltet darüber informiert werden."

„Richtig, danke. Lasst ihn in den Frühstücksraum bringen. Ich komme gleich."

Der Butler nickte und ließ sie allein auf der Terrasse zurück. Rhys zwang sich, sie anzusehen, unsicher, was er sagen oder tun sollte. Sie lächelte etwas unbeholfen, aber nicht gezwungen, und fing an, das Tuch vollständig von ihren Händen zu lösen. Es war hypnotisierend zuzusehen, wie sich der Stoffstreifen, den er sonst an seiner Kehle trug, von ihrer Haut löste.

„Danke", hauchte sie, als sie ihm den Stoff zurückgab und zur Tür ging. „Wir sollten wieder hineingehen."

Er nickte und folgte ihr ins Haus. Als sie den Frühstücksraum erreichten, hielt er an und packte ihren Ellbogen, bevor sie eintreten konnte. Sie schnappte nach Luft, als er sie berührte, kaum hörbar, aber er spürte es bis in die Knochen.

„Ich werde mich um alles kümmern, Phillipa", versprach er und sah sie eindringlich an, damit sie wusste, dass es ihm ernst war. „Ihr werdet nichts verlieren." Er zögerte, weil sie weiß Gott schon mehr als genug verloren hatte. „Nicht mehr."

Sie neigte den Kopf. „Ich weiß."

Dann betraten sie den Frühstücksraum, wo Mrs. Barton mit Kenley vor dem Spiegel, der über dem Kaminsims hing, stand. Sie drehten sich um, als Phillipa eintrat, und Kenleys Gesicht hellte sich ebenso auf wie Phillipas. Rhys sah, wie nah sie einander standen und wie besonders und stark ihre Bindung war.

Und er wusste tief in seinem Herzen und noch tiefer in sich, dass er das Versprechen halten musste, das er dieser Frau gerade gegeben hatte. Er musste alles in seiner Macht Stehende tun, um sie glücklich zu machen. Vielleicht war das seine Bestimmung auf dieser Erde.

KAPITEL 8

Phillipa saß im Wohnzimmer auf dem Boden und sah zu, wie Kenley mit seinen Bauklötzen spielte. „Das ist ein Würfel", sagte sie, als er ihr einen der Holzblöcke entgegenstreckte. „Würfel."

Kenley brabbelte vor sich hin, während er einen Block gegen den anderen schlug und dann den in seiner Hand über den Teppich rollte.

Sie beobachtete ihn mit einem Seufzen und kaute auf ihrer Unterlippe. Es war drei Tage her, seit Rhys sie auf die Terrasse mitgenommen und sie ihren Gefühlen freien Lauf gelassen hatte. Drei Tage, seit er sie berührt und umarmt und mit ihr geweint hatte. Seitdem war er stets beschäftigt gewesen, hatte in Erasmus' Arbeitszimmer gebrütet und war nach Bath gefahren, wo er vermutlich einen Anwalt zugezogen hatte, der ihm bei den Einzelheiten behilflich war.

Sie wurde jedoch von all diesen Dingen abgeschnitten. Rhys sprach mit ihr über Bücher, Musik, Theater, ihre Freunde… aber er ließ es nicht mehr zu, dass ihre Unterhaltung persönlich wurde. Und er hatte sie bisher nicht in seine Pläne miteinbezogen.

Um ehrlich zu sein, war sie deswegen nervös. Rhys war nichts als freundlich, aber sie hatte auf die härteste Art und Weise gelernt, dass ein Mann eine Maske aufsetzen und in Wahrheit eine völlig andere Existenz führen konnte. Es war also durchaus möglich, wenn auch nur im Entferntesten, dass er etwas plante, das ihr nicht gefallen würde. Dass er ihr das Haus und das Kind, das vor ihr saß, wegnehmen könnte.

Sie erschauderte, wurde aber aus ihren Gedanken gerissen, als Kenley einen Schrei ausstieß, der Glas hätte zerbrechen können, und den Holzblock zu Boden warf.

Mit einem Stirnrunzeln ging Phillipa auf Hände und Knie und krabbelte auf ihn zu. „Bist du etwa schlecht gelaunt?", fragte sie. „Vielleicht, weil es Zeit für dein Nickerchen ist?"

Letzteres sagte sie mit großer Begeisterung und entlockte dem Jungen ein kleines Lächeln, bevor er erneut aufschrie. Sie schüttelte den Kopf. Obwohl sie es liebte, ihm beim Heranwachsen zuzusehen, hatte es seine Lungenkapazität wirklich in sich.

„Mrs. Montgomery?"

Sie hob den Kopf und sah Mr. Barton an der Tür stehen. „Ja?"

„Für Euch ist ein Brief angekommen."

Er kam zu ihr, da sie immer noch auf dem Boden saß, und sie nahm das Schreiben mit einem Lächeln entgegen, das jedoch sofort verschwand, als sie die Handschrift sah. „Von meinem Vater."

Mr. Barton neigte den Kopf, aber sie sah die Anspannung in seinem Gesicht. Ihr Vater hatte dieses Haus ein paar Mal besucht und es waren nie angenehme Begegnungen gewesen. Es war ihr peinlich, dass ihre Dienerschaft – ihre Freunde – das hatten erleben müssen.

„Soll ich Mrs. Barton rufen, damit sie den Jungen abholt?", bot Mr. Barton an und machte dabei eine Grimasse in Kenleys Richtung. Das Baby klatschte mit einem weiteren Kreischen, das beide Erwachsenen zusammenzucken ließ, in die Hände.

„Ich glaube, sie ist mit der Vorbereitung des Bratens beschäftigt", entgegnete Phillipa. „Ich möchte sie dabei nicht stören, denn das ist mein Lieblingsgericht. Ich werde den Jungen selbst schlafen legen."

„Sehr wohl, Ma'am", erwiderte Mr. Barton, bevor er Kenley ein letztes Mal zuwinkte und dann den Raum verließ. „Verzeihung, Mylord", hörte sie ihn von außerhalb ihres Sichtfeldes im Flur sagen.

Sie versteifte sich und sah wieder zur Tür, gerade als Rhys den Salon betrat. Sein Blick huschte über sie, wie sie immer noch auf dem Boden saß, und sie glaubte, seine Mundwinkel zucken zu sehen, so als würde er ein Lächeln unterdrücken. Doch als er Kenley ansah, wurde sein Gesichtsausdruck unsicher.

Es war offensichtlich, dass der Mann nicht viel Erfahrung im Umgang mit Kindern hatte. Nicht, dass das ungewöhnlich gewesen wäre. Die meisten Angehörigen der oberen Zehntausend hatten überhaupt keine Beziehung zu ihren Nachkommen, geschweige denn zu anderen Kindern. Bei einer Veranstaltung ihres Vaters erinnerte sie sich an einen Duke und ein Marquess, die darüber gestritten hatten, wie viele legitime Kinder sie jeweils hatten. Sie hatten sogar darauf gewettet. Keiner hatte richtig geraten.

Aber als sie diesen Mann vor sich musterte, der so anders war als die anderen, erkannte sie, dass er zu viel mehr fähig war. Sie hob Kenley hoch und stand auf. Der Junge tippte ihr ins Gesicht, als sie ihn zu seinem Onkel trug.

„Guten Tag, Mylord", grüßte sie und streckte ihm Kenley ohne Vorbereitung entgegen.

Für einen Moment erstarrten sie beide. Rhys sah offensichtlich verängstigt und Kenley unsicher aus. Aber dann hob das Kind seine pummelige Hand, um Rhys' Kinn zu berühren, und Rhys lächelte.

Ihr stockte der Atem, als sie die beiden zusammen beobachtete, sah, wie Rhys sich entspannte, und anfing, Kenley zu wiegen und auf das sinnlose Kauderwelsch des Babys zu antworten. Sie lachte über sein begeistertes „Ach ja? Erzähl mir mehr darüber."

„Ihr seid ein Naturtalent", lobte sie leise, und er sah zu ihr hinunter. Seine strahlend blauen Augen trafen ihre, und in diesem Moment wurde ihr klar, dass sie in diesen Mann verliebt war. Sie war in den Earl of Leighton verliebt, den Halbbruder ihres verstorbenen Mannes. In einen Mann, der niemals ihr gehören konnte.

Und doch liebte sie ihn.

Er legte den Kopf schief. „Geht es Euch gut?"

Sie täuschte ein Lächeln vor. „Sehr gut, danke. Ich nehme an, Ihr seid nicht gekommen, damit ich Euch den süßesten Jungen Englands aufzwingen kann." Sie strich über Kenleys Wange, und er schmiegte sein Gesicht mit einem schüchternen Kichern an die Schulter seines Onkels. „Braucht Ihr etwas Bestimmtes?"

Er räusperte sich, und sein Blick huschte von ihr weg. „Nun, ja. Ich bin gekommen, um mit Euch über einige Dinge zu sprechen, die ich herausgefunden habe. Ich habe mir auch einige Gedanken über die Zukunft gemacht."

Ihr Herz fühlte sich plötzlich an, als würde es jemand zerdrücken, aber sie ignorierte es und streckte ihre Arme nach Kenley aus. „Ich werde ihn nur schnell für seinen Mittagsschlaf hinlegen, dann komme ich zurück." Als Phillipa Kenley wieder an sich nahm, streckte der Junge die Arme nach Rhys aus. „Es sei denn, Ihr möchtet… uns begleiten und sein Einschlafritual sehen?"

Rhys zögerte kurz, aber dann nickte er. „Das würde mir gefallen. Geht voraus."

~

Rhys war nicht sicher, was Phillipas Veränderung verursacht hatte, aber er spürte sie bis in die Knochen. Sie hatte ihn im Wohnzimmer angesehen und dann hatte sich etwas in ihr verändert. Eine Verwandlung in ihrer Haltung, im Funkeln in ihren Augen. Wenn er nur ihre wunderbaren Gedanken lesen könnte.

Aber er konnte es nicht. Und er sollte es auch nicht. Es stand ihm nicht zu, so viel hatten sie beide längst erkannt.

Jetzt beugte sie sich über Kenley, der auf einem kleinen Tisch in seinem Kinderzimmer lag, und wickelte ihn, während sie sanft sprach und das Baby mit ihrer Stimme und ihren Berührungen beruhigte. Dann hob sie es vom Tisch hoch und drückte es an ihre

Schulter, während sie im Raum auf und ab ging. Manchmal warf sie Rhys kurze Blicke zu, sah dann aber wieder weg.

Kenleys Augenlider senkten sich, und er ruhte schwerer in ihren Armen. Sie legte ihn in die Wiege, wickelte seine Decken um ihn und legte ein Kuscheltier in Form eines Kaninchens in seine Armbeuge. Dann beugte sie sich zu ihm hinunter und küsste ihn.

Bevor sie den Raum verließen, löschte sie das Licht und warf einen letzten Blick auf das Kind. Rhys spürte ihre Liebe zu dem Jungen in jeder Geste, und er wunderte sich darüber, genau wie er es getan hatte, als sie die Geschichte davon erzählt hatte, wie sie herausgefunden hatte, dass Kenley der uneheliche Sohn ihres Mannes war.

Dass sie jemanden so innig liebte, der sie nur an Schmerz erinnern konnte, war ein Beweis für ihren Charakter, für ihr großes Herz. Ihr Liebe war tief und loyal, und er beneidete jeden, der dieses Geschenk von ihr erhielt.

Als sie zusammen den Flur hinuntergingen, räusperte er sich. „Ihr seid sehr gut zu ihm."

Sie zuckte mit den Schultern. „Das ist nicht schwer. Er hat einen fröhlichen Geist und ist ein sehr liebevolles Kind." Sie lachte. „Aber er hat auch seine Momente."

Rhys sah sie aus den Augenwinkeln an. „Ich fürchte, ich weiß nicht viel über Kinder. Aber ich glaube, das, was ich gerade bei Euch gesehen habe, ist oft die Pflicht eines Kindermädchens."

Sie verlangsamte ihre Schritte und er sah, dass die Frage sie beunruhigte. „Ich… nehme an, das stimmt in vielen Häusern, besonders in den höheren, vermögenden Kreisen. Ich kenne Mütter von gewissem Stand, die ihre Kinder zu Ammen schicken und sie nicht wiedersehen, bis sie mit zwei oder noch älter und vollständig entwöhnt sind. Aber so etwas würde ich mir nicht wünschen." Sie folgte ihm die Treppe hinunter, bevor sie hinzufügte: „Wir leben hier ein ruhiges Leben, Rhys. Und ich kümmere mich gern um ihn."

„Er ist wie Euer Sohn", bemerkte er.

Sie senkte den Kopf, und für einen Moment sah er den Schmerz, der dieses Thema schon vor ein paar Tagen begleitet hatte. „Aber er ist es nicht."

Er nickte. „Das ist eines der Themen, die ich gern mit Euch besprechen würde." Er ging ins Arbeitszimmer, das sie endlich erreicht hatten. „Bitte."

Sie betrat den Raum vor ihm und ging zu den Sesseln am Kamin. Sie setzte sich und lehnte auf sein Nachfragen einen Tee oder etwas Stärkeres ab und sah ihn nur starr an. Sie wirkte... versteinert, ihre Hände klammerten sich an die Sessellehnen und ihre Haut war plötzlich blass.

„Phillipa", begann er und trat zu ihr. Dann setzte er sich auf den Sessel neben ihr und ergriff ihre Hände. „Was habt Ihr?"

„Ihr werdet ihn mitnehmen, nicht wahr?", schluchzte sie.

Sein Mund klappte auf und er sah sie entsetzt an. „Nein!", rief er aus. Tränen schossen in ihre Augen, deshalb fuhr er hastig fort. „Ich weiß nicht, was ich getan habe, dass Ihr mich für so grausam haltet, aber ich würde Euch dieses Kind niemals wegnehmen."

Sie neigte ihren Kopf und schnappt nach Luft. „Oh Gott sei Dank. Ihr wart so reserviert bei allem, was Ihr tatet, und dann habt Ihr ein Kindermädchen für Kenley erwähnt. Da fürchtete ich... nun, Ihr wisst, was ich befürchtet habe."

„Er ist keine Last, die Ihr tragen solltet", fuhr er leise fort. „Und wenn Ihr nicht am Leben dieses Jungen teilhaben wolltet, wäre das verständlich. Aber ich würde ihn Euch niemals wegnehmen. Niemals. Ich sehe, wie viel Ihr einander bedeutet."

„Natürlich", sagte sie und ihre Finger streiften seine, als sie ihre Hände fortzog. „Ihr habt nichts getan, um so kaltherzig zu erscheinen, aber während ich im Dunkeln tappe denke ich mir Unmengen von Zukunftsszenarien aus, von denen einige nicht besonders gut sind."

Er zuckte zusammen. Er hatte in den letzten Tagen versucht, sie zu schonen, aber stattdessen hatte er sie mit seiner Diskretion gequält. „Es tut mir sehr leid, Phillipa. Lasst mich Eure Sorgen vollkommen zerstreuen, indem ich Euch genau berichte, was ich in den letzten Tagen getan habe. Und indem ich Euch verspreche, dass ich Euch von nun an in alles einbeziehen werde, was mit Kenley oder mit Euch zu tun hat."

Als er aufstand, um seine Papiere einzusammeln, musterte sie ihn. „Das – das seid Ihr mir nicht schuldig."

„Ich schulde Euch sogar noch mehr", widersprach er und begann dann, die Papiere auf dem Schreibtisch auszubreiten.

Er bedeutete ihr, sich zu ihm zu gesellen, und sie trat verlockend nah an seine Seite. Er konnte ihre Haut riechen, zart blumig wie der Frühling in Person. Er räusperte sich, als könnte ihn das davon abhalten, auf so poetische Weise an sie zu denken.

Sie sah sich um, während er die Papiere ordnete, und schüttelte den Kopf. „Als ich eintrat, war ich so besorgt, dass ich nicht einmal bemerkt habe, wie viel Ihr hier aufgeräumt habt."

Er folgte ihrem Blick. „Ja, ich habe die Papiere abgelegt, sobald ich sie durchgesehen hatte, und die Möbel dorthin gerückt, wo es Sinn machte. Ich hoffe, Ihr habt nichts dagegen."

Einen Moment lang schwieg sie. „Das Zimmer sieht jetzt eher aus wie Ihr als wie er."

Dieser Satz schmerzte, und er hielt den Atem an. „Ich kann es wieder umräumen", begann er.

„Nein." Sie hob eine Hand. „So ist es mir viel lieber."

Er wusste nicht, was das bedeutete. Ob hinter dieser Vorliebe etwas Tieferes steckte. Aber er konnte sie unmöglich danach fragen. Er konnte nicht von ihr verlangen, dass sie gestand, ihn zu begehren, nachdem sie bereits übereingekommen waren, dass sie sich nicht einmal küssen durften.

Also konzentrierte er sich auf das, was vor ihm lag, anstatt auf die Wünsche, die in seinem Herzen pulsierten. „Ich, ähm... ich nehme an, wir müssen das Gespräch über Kenleys Zukunft damit beginnen, über Rosie Stanton zu sprechen."

„Ja", räumte sie leise ein. „Nach dem Mord an Erasmus ist sie geflohen. Gibt es Neuigkeiten darüber, wohin sie gegangen ist?"

Er hörte die Anspannung in ihrer Stimme und machte ihr daraus keinen Vorwurf. „Meine Quellen in London haben mir berichtet, dass sie möglicherweise an Bord eines Schiffes auf dem Weg zum Kontinent gesehen wurde. Aber es war bestenfalls ein vages Zeugnis. Offen gesagt kenne ich weder ihren Aufenthaltsort noch ihre Pläne."

Phillipa ballte eine Faust über den Papieren auf dem Schreibtisch. „Ich gebe zu, dass mich das sehr nervös macht. Kenley ist Rosies Sohn. Und sie liebt ihn. Ich habe es an der Art und Weise gesehen, wie sie mit dem Jungen umging. Aber..."

„Aber sie hat Erasmus in einem Wutanfall ermordet", ergänzte Rhys für sie. „Nicht, dass man es ihr gänzlich verdenken könnte. Aber sie war vollkommen in seine Pläne verstrickt, was seine Bigamie und seine Finanzgeschäfte anging. Und sie beabsichtigte, Abigail ein Verbrechen anzuhängen, das sie nicht begangen hat. Wäre sie mit einer solchen Vergangenheit in der Lage, ihr Kind großzuziehen? Wäre sie ein guter Einfluss?"

„Ich weiß es nicht", hauchte Phillipa. „Ich gebe zu, dass ich manchmal bei dieser Vorstellung nachts schweißgebadet aufwache."

Die Vorstellung, dass Phillipa in ihrem Bett schwitzte, lenkte Rhys für den Bruchteil eines Augenblicks ab, aber er schaffte es, seine Reaktion zu zügeln und sich auf die wirklich wichtigen Dinge zu konzentrieren.

„Es kann sein, dass wir diese Frage nie beantworten müssen", fuhr er fort. „Rosie Stanton ist geflohen und kommt vielleicht nie wieder zurück. Ich werde meine Untersuchungen fortsetzen. Owen arbeitet angestrengt daran, aber ich glaube, wir sollten für eine Zukunft planen, die diese Frau nicht miteinbezieht."

„Und wie sähe diese Zukunft aus?", fragte Phillipa.

Er seufzte und deutete auf das Hauptbuch auf dem Schreibtisch. „Ich habe einen Großteil meiner Zeit mit der Buchhaltung verbracht. Mein Bruder konnte nie besonders gut mit Zahlen umgehen, und wenn man versucht, so viel wie möglich zu ergaunern, ist das keine solide Finanzplanung."

Sie warf einen Blick auf eine Reihe roter Zahlen, eine nach der anderen. Schulden im ganzen Land. Kredite, die aufgenommen wurden, um einen Einreiber zu bezahlen, verschlimmerten jede schlechte Entscheidung.

„Großer Gott", keuchte sie. „Kein Wunder, dass er den Raum abgeschlossen hat, damit ich das nicht finden konnte. Sind das Verweise auf seine Ehefrauen hier am Rand?"

„Ja, er hat die erhaltenen Mitgiften in der Einkommenssektion abgeschrieben, wie Ihr hier seht." Er presste angewidert die Lippen zusammen. „Bei jeder neuen Enthüllung seiner Machenschaften dreht sich mir der Magen um."

„Es ist schrecklich, das sehe ich." Sie sah ihn an. „Was habt Ihr nun vor?"

„Nun, ich muss mich um all diese Schulden kümmern", antwortete er bedrückt. „Aber macht Euch darüber keine Sorgen."

Sie wandte sich ihm ganz zu und sah zu ihm auf. „Vergesst nicht, mit wem Ihr sprecht, Rhys. Ich muss mir vielleicht keine Sorgen machen, aber ich kann Eure Sorgen in Eurem Gesicht lesen. Gebt etwas von Eurer Last ab. Sagt mir, wie schlimm es wirklich ist."

Er räusperte sich. Als sie ihn so mit ihren grünen Augen ansah, tapfer und offen, hatte er das Gefühl, er könne ihr alles sagen. Er *wollte* ihr alles sagen. Sie war wie eine Sirene, die ihn zu sich rief.

„Das Haus Leighton ist kein armes Haus", setzte er langsam an. „Aber wir sind auch nicht die Reichsten. Ich werde nicht lügen und Euch sagen, dass dies nichts... für mich ändern wird."

Ihr Gesichtsausdruck wurde weicher. Sie griff nach ihm und strich mit ihren Fingerspitzen über seine Hand. „Das bedaure ich mehr, als ich ausdrücken kann. Das habt Ihr nicht verdient, Rhys. Keiner von uns hat das verdient."

„Verdient oder nicht, diese Last muss ich tragen und ich werde es tun", erwiderte er, ergriff ihre Hand und legte sie zwischen seine eigenen. Ihre Finger bewegten sich gegen seine Handfläche und erfüllten ihn mit einem erregenden Kribbeln. Und mit Frieden. Wenn sie ihn berührte, herrschte Frieden, selbst in diesem aufziehenden Sturm.

„Kann ich irgendetwas für Euch tun?" Ihre Stimme war sanft, weil sie so nah beieinander waren. Er blickte in ihr wunderschönes Gesicht und ihm fielen tausend Möglichkeiten ein, wie sie ihn trösten könnte. Doch sie alle verstießen gegen die Regeln, die sie aufgestellt hatten, gegen die Mauern, die sie ein paar Tage zuvor errichtet hatten.

„Ich möchte, dass Ihr Euch um Kenley kümmert", bat er. „Hier in Bath. Ich kümmere mich um die Schulden des Hauses und trage alle Kosten."

Sie zog ihre Hand von seiner zurück. „Oh. Ich verstehe."

Ihr Ton war plötzlich verschlossen, und er runzelte die Stirn, als sie von ihm wegging, um sich vor den Kamin zu stellen.

„Ihr wollt nicht in Bath bleiben?", fragte er, doch sie antwortete nicht. „Als ich vorhin in den Salon kam, hörte ich, dass Ihr einen Brief von Eurem Vater erhalten habt."

Sie zuckte zusammen, als hätte sie das Schreiben ganz vergessen, und kramte in ihrer Tasche danach. „Ich war abgelenkt. Aber ja, das stimmt."

„Ich weiß, dass das Verhältnis zu Eurer Familie kompliziert ist", warf Rhys ein, um Geduld bemüht.

„Lasst mich lesen, was er geschrieben hat."

Er beobachtete, wie sie das Wachssiegel brach und den Bogen entfaltete. Es war kein langer Brief, das war an den hastig gekritzelten Wörtern zu erkennen, die er sogar aus der Ferne auf dem Papier erkennen konnte, aber sie starrte dennoch lange auf das Schreiben. Als sie schließlich ihren Blick zu ihm hob, war alle Farbe aus ihren Wangen gewichen.

„Er ist… er kommt heute hierher", stammelte sie. „Ohne Anmeldung, ohne Einladung. Er schreibt, er wird um zwei hier sein, und jetzt ist es…"

Bevor sie aussprechen konnte, ertönte ein *Dong* von der Uhr auf dem Kaminsims. Und dann ein zweiter. Und wie vom Teufel höchstpersönlich heraufbeschworen, klopfte es gleichzeitig laut und eindringlich an die Haustür am Ende des Gangs.

KAPITEL 9

Pippa konnte ihre Arme nicht spüren. Das war immer eine der vielen körperlichen Manifestationen der Angst gewesen, die ihr Vater ihr einflößte. Wenn er wütend war, wenn er grausam war, war es, als würde die Angst unter ihre Haut kriechen und eine Reaktion in ihrem Körper hervorrufen.

Sie hatte keinen Zweifel daran, dass er heute grausam sein würde. Der letzte Kontakt, ein Brief, den sie in London erhalten hatte, war der Schlimmste aller Zeiten gewesen. Sie wollte diesen Austausch nicht persönlich wiederholen. Aber welche Wahl hatte sie?

Seine Stimme dröhnte bereits durch das Foyer – er schrie Barton an und verlangte, sie zu sehen.

„Ich werde mich vergewissern, ob Mrs. Montgomery zu Hause ist, Sir", sagte Barton mit gedämpfter und weit entfernter Stimme.

„Natürlich ist sie zu Hause, verdammt nochmal. Ich werde nicht hier im Flur warten." Mr. Windridges Schritte dröhnten, als er, wie Pippa annahm, in den vorderen Salon ging, um dort zu warten.

Pippa senkte den Kopf, und ihre Wangen brannten vor Scham darüber, dass ihr Vater seine Wut an ihrem armen Butler ausließ.

Sie konnte Rhys nicht in die Augen sehen, nicht jetzt. Vielleicht nie wieder.

Aber das ließ er natürlich nicht zu, sondern ging auf sie zu und legte einen Finger unter ihr Kinn. Er zwang sie, ihn anzublicken und sich vom sanften Blau seiner Augen erden zu lassen.

„Ich begleite Euch", beschloss er. „Ihr werdet nicht allein sein."

Ihre Beine knickten bei diesen Worten fast unter ihr in. Sie hatte sich ihr ganzes Leben lang so allein gefühlt. Auch in Gesellschaft anderer, auch bei den anderen Ehefrauen, ihren Freundinnen, fühlte sie sich nicht ganz einer Gruppe zugehörig. Und doch bot ihr dieser Mann Trost, Mitgefühl, Zuversicht.

„Er wird nicht sehr erfreut sein", wisperte sie und hasste es, wie ihre Stimme zitterte.

Rhys lächelte sie an und seine Finger strichen über ihr Kinn. „Genau deshalb komme ich mit."

Es klopfte an der Tür des Arbeitszimmers und Rhys trat zurück, als Barton den Kopf ins Zimmer steckte. Das Kinn des Butlers war steif. „Ich entschuldige mich aufrichtig, Lord Leighton, Mrs. Montgomery, aber Ihr habt…"

Pippa trat näher. „Ja, ich habe ihn gehört. Es tut mir so leid, Barton."

Er neigte den Kopf und drückte die Schultern nach hinten durch. „Ich kann ihn des Hauses verweisen, wenn Ihr das vorzieht, Ma'am."

Sie lächelte über seine Loyalität. „Ich würde Euch niemals bitten, so etwas zu tun. Ich werde ihn empfangen, aber Mrs. Barton und Ihr braucht Euch nicht um irgendwelche Höflichkeiten kümmern. Ich glaube nicht, dass er die Gastfreundschaft, die mein Haus zu bieten hat, annehmen wird."

„Dann werde ich an der Tür warten, um ihn nach draußen zu begleiten", erwiderte Barton und nickte ihr kurz zu, bevor er ging und sie mit Rhys allein ließ.

Sie lächelte schwach. „Wie Ihr seht, hat sich mein Vater in diesem Haus schon oft schwierig verhalten. Ich gebe Euch die

Möglichkeit, Euer Angebot, mich zu begleiten, nochmals zu überdenken. Ich würde es Euch nicht verübeln, wenn Ihr ihm aus dem Weg gehen wollt."

Rhys ignorierte ihr Angebot und streckte seinen Arm aus. Sie sah ihn einen Moment lang an und ließ dann ihre Hand in seine Ellbogenbeuge gleiten. Sein Arm war stark, und sie konnte fühlen, wie sich die Muskeln unter seiner Jacke anspannten, als er sie aus dem Zimmer und den Flur entlang geleitete. Mit jedem Schritt hatte sie das Gefühl, näher an den Galgen herangeführt zu werden.

An der Tür zum Salon blieb Rhys stehen. Er blickte den Flur hinter ihr hoch und dann in die entgegengesetzte Richtung. Sobald er sicher war, dass sie unbeobachtet waren, trat er ein wenig näher, zu nah, und strich mit seinem Daumen erneut über ihr Kinn.

„Ich wünschte, ich könnte etwas tun, um Euch die Anspannung zu nehmen", bemerkte er sanft.

Sie schluckte schwer, weil sich ihr Verstand automatisch ausmalte, wie sie nicht in den Salon gingen, sondern zu ihrem Bett – was nur eine andere Art von Anspannung in ihr erzeugte.

Als ob er ihre Gedanken lesen konnte, verkrampfte sich sein Kiefer ein wenig. „Ihr seid unmöglich", flüsterte er, dann senkte er seinen Kopf und küsste sie. Genau dort, in ihrem Flur, mit ihrem Vater hinter der Tür.

Es war nicht wie bei den anderen Küssen, bei denen die Leidenschaft dicht unter der Oberfläche gebrodelt hatte und sie damit lockte, was alles passieren könnte. Dieser Kuss war sanft und sollte sie beruhigen, obwohl er sie trotz allem entflammte. Sie ergriff seine Unterarme, um Halt zu finden, und schmiegte sich an ihn. Sie sog seine Stärke, seine Unterstützung und die Art und Weise auf, wie er ihr mit nur einer Berührung das Gefühl gab, lebendig zu sein.

Als sie sich von ihm löste, war die Angst, ihren Vater zu sehen, ein wenig verblasst. Das war es, was dieser Mann, den sie liebte, mit nur einer kurzen Berührung bewirken konnte. Sie lächelte ihn an, wackelig, aber mit erhobenem Kinn, dann holte sie tief Luft und öffnete die Tür.

~

Rhys hatte nicht vorgehabt, Phillipa zu küssen. Aber das schien zu seinem persönlichen Motto zu werden, weil es immer wieder passierte. Aber bei Gott, sie in seinen Armen zu halten war all den Schmerz wert, von dem er wusste, dass er irgendwann folgen würde. Er schob den Gedanken beiseite, denn der Schmerz, dem sie sich nun stellen musste, war viel präsenter.

Er sah, wie sie sich sammelte, bevor sie die Tür öffnete. Wenn sie nervös war, schüttelte sie immer ein wenig ihre Schultern, als wollte sie ihrem Körper Kraft zuführen. Und dann betrat sie den Raum, er dicht hinter ihr.

Der Mann, der ihr Vater sein musste, stand mit verschränkten Armen am Fenster und blickte zur Tür, als er sie eintreten hörte. Rhys schätzte Mr. Windridge mit einem raschen Blick ab, bevor dieser sprach. Er war groß, wenn auch nicht so groß wie Rhys, und hatte ergrauendes blondes Haar, ähnlich dem seiner Tochter. Seine Augen waren jedoch anders, eher dunkelbraun als von ihrem leuchtenden Grün. Dennoch konnte Rhys die Ähnlichkeiten erkennen.

„Wie kannst du es wagen, hierher zurückzukommen?", schnappte Windridge zur Begrüßung.

Phillipa zuckte angesichts der Härte der Frage leicht zusammen, aber dann winkte sie Rhys nach vorn. „Vater, das ist der Earl of Leighton. Mylord, darf ich Euch Mr. Calvin Windridge vorstellen, den Eigentümer von Windridges Assembly."

Rhys streckte seine Hand aus, obwohl er keine Lust hatte, einen Mann zu begrüßen, der Phillipa so viel Kummer bereitete. Er tat es nur, um ihre Qual so weit wie möglich zu lindern.

Er sah, wie Windridges Haltung umschlug. Der Mann versuchte, von Wut auf Ehrerbietung umzuschalten, aber es war ihm eindeutig eine lästige Pflicht.

„Leighton, äh", brummte Windridge, als er Rhys kurz die Hand schüttelte. „Ihr seid also der Bruder des Scharlatans, der uns alle betrogen hat."

Rhys zog eine Augenbraue hoch. „Etwas, wovon ich nichts wusste, das versichere ich Euch, Mr. Windridge."

„Rh…", begann Phillipa und verstummte dann mit einem Erröten. „Lord Leighton hat zur gleichen Zeit wie ich von Erasmus' Verrat erfahren, Vater."

Windridge schnaubte. „Und wann war das?"

Ihr Kiefer spannte sich ein wenig an. „In London. Das habe ich Euch in meinem Brief geschrieben, als Ihr eine Erklärung für die Gerüchte verlangtet, die Bath erreicht hatten. Auf meinen Brief habt Ihr übrigens nicht geantwortet, Ihr habt mich nur wissen lassen, dass ich in Eurem Haus nicht mehr willkommen bin."

Windridge schüttelte den Kopf. „Was gab es sonst noch zu sagen?"

Rhys trat leicht zwischen sie und nahm eine abwehrende Haltung ein, so als könnte er Phillipa mit seinem Körper als Schild vor den Verletzungen schützen, die ihr ihr Vater mit seinen grausamen Worten und Gesten verursachte. „Warum setzen wir uns nicht?", schlug er vor. „Ihr seid schließlich gekommen, um Eure Tochter zu sehen. Es besteht kein Grund, es unangenehm zu machen."

Windridge schnaubte, ließ sich aber auf einen Sessel fallen, während Phillipa ihm gegenüber auf dem Sofa Platz nahm. Rhys zögerte einen Moment, bevor er sich neben sie setzte. Er berührte sie natürlich nicht, aber er wollte ihr nah genug sein, dass sie seine Unterstützung spürte.

Diese Entscheidung blieb jedoch nicht unbemerkt und Windridge hob eine Augenbraue. „In welchem Verhältnis steht Ihr zu meiner Tochter, Mylord?"

Phillipa versteifte sich neben Rhys. „Vater", mahnte sie leise.

Rhys erwiderte Windridges Blick. „Ich bin der Bruder des Mannes, der sie betrogen hat, Sir. Trotzdem habe ich das große Glück, ihr Freund zu sein."

„Ihr Freund", hauchte Windridge. „So nennt Ihr das also?"

Rhys wollte so verzweifelt an den Köder anbeißen, mit dem

dieser schreckliche Mann ihn lockte, aber er kämpfte darum, diesen Impuls zu unterdrücken. „Wenn Ihr fragt, warum ich mit ihr nach Bath gekommen bin, so kann ich Euch versichern, dass ich mich ausschließlich um einige Probleme kümmere, die mein Bruder verursacht hat, und die einer Lösung bedürfen."

„Ihr sprecht von dem Balg", stellte Windridge mit einem Augenrollen fest. „Von seinem Bastard."

Rhys' Kiefer pressten sich zusammen, und er wechselte einen kurzen Blick mit Phillipa. Ihre Stirn war gerunzelt und sie sah genauso empört aus wie er. „Ich bitte um Verzeihung?"

Windridges Blick triefte vor Hohn. „Ach kommt schon. Ihr wollt doch nicht so tun, als wüsstet Ihr nicht, dass das Kind, das in diesem Haus lebt, das Kind Eures Bruders ist."

„Was wisst Ihr darüber?", fragte Phillipa. „Er ist der Sohn meiner früheren Zofe."

Ihr Vater zuckte mit den Schultern. „Ich habe die beiden einmal zusammen gesehen."

Phillipas Kinnlade klappte herunter. „Was? Wann?"

„Ich erinnere mich nicht." Windridge winkte fast verärgert ab. „Letztes Jahr irgendwann. Als sie das Kind erwartete. Ich war zu Besuch hier, als sie sich hinter dem Stall küssten. Montgomery berührte ihren Bauch und flüsterte ihr etwas ins Ohr. Es war offensichtlich."

Phillipas Atem stockte, und sie sah ihren Vater mit purem Entsetzen an. Tränen stiegen ihr in die Augen und sie blinzelte wütend dagegen an, als wollte sie sie dazu bringen, nicht zu fallen und sie noch verwundbarer zu machen, als sie es ohnehin schon war. „Ihr – Ihr wusstet, dass mein Mann mir mit meiner Zofe untreu war, und habt mir nichts davon gesagt?"

„Ein Mann verdient in solchen Angelegenheiten seine Privatsphäre", rechtfertigte sich Windridge. „Warum sollte ich mich einmischen?"

„Weil ich Eure Tochter bin und Ihr mich beschützen solltet", keuchte Phillipa. Ihr Atem ging für einen Moment kurz und mühsam, und Rhys musste all seine Willenskraft aufbringen, um nicht ihre Hand zu ergreifen.

Er hätte dieser Unterhaltung nicht beiwohnen dürfen. Immerhin war sie privat und er hatte keinen Platz in Phillipas Leben, der ihm eine solche Vertrautheit erlaubte. Aber er war froh, dass er hier war. Er war froh, dass er jetzt besser als je zuvor verstand, was diese Frau ihr ganzes Leben lang hatte ertragen müssen. Was sie dazu gebracht hatte, Erasmus als Ausweg zu sehen.

Es rückte diese unglückselige Ehe in ein ganz anderes Licht.

Phillipa hatte sich inzwischen beruhigt. Ihr Gesicht war völlig ausdruckslos, auch wenn ihre Augen immer noch eisig und voller Herzschmerz waren. Er beeilte sich zu sprechen, damit sie es nicht tun musste. „Obwohl ich mich Euch gegenüber nicht über die Abstammung dieses Kindes äußern werde, gebe ich zu, dass der Junge einer der Gründe ist, warum ich hergekommen bin. Aber Eure größte Sorge sollte es wohl sein, wie ich beabsichtige, die Dinge für Eure Tochter so gut wie möglich in Ordnung zu bringen."

Windridge stieß ein weiteres spöttisch grausames Schnauben aus und schüttelte den Kopf. „Die Dinge in Ordnung bringen? Wisst Ihr, Ihr seht aus wie ein kluger Kerl, aber ich frage mich, ob Ihr nicht in Wirklichkeit auf den Kopf gefallen seid. Für Pippa lässt sich nichts mehr in Ordnung bringen. Wie man sich bettet, so liegt man, heißt es. Nun, sie hat sich ihr Bett selbst ausgesucht."

„Die Entscheidung lag nicht allein bei mir, nicht wahr?", warf Phillipa leise ein. „Ihr wollt Euch von jeder Verantwortung freisprechen und mir die ganze Schuld geben, aber wir wissen beide, was wirklich passiert ist."

Sie stand auf und ging zum Kamin. Sie stand einen Moment lang da und focht immer noch diesen tapferen Kampf, um ihre Gefühle zu kontrollieren. Als sie sich wieder den beiden Männern zuwandte, war sie fast gelassen.

„Wir können ewig darüber streiten, wer Schuld an meiner traurigen Ehe trägt", setzte sie an, und ihr Blick huschte zu Rhys, bevor er wieder von ihm weg glitt. „Aber es spielt keine Rolle mehr. Es ist passiert. Meine wichtigere Frage ist: Warum seid Ihr hier? Ihr habt mir in Eurem letzten Brief mehr als deutlich gemacht, dass Ihr mit meinem Leben nichts zu tun haben wollt. Kommt Ihr nur her, um mein Leiden zu bezeugen?"

„Dein Leiden?", wiederholte Windridge und schlug mit der Handfläche gegen die Armlehne seines Stuhls. „Egoistisches Gör. Glaubst du, du bist die Einzige, die unter dieser Sache leidet?"

Phillipa hob ihr Kinn als trotzige Demonstration von Stärke, die Rhys von Anfang an in ihren Bann gezogen hatte. „Ganz im Gegenteil", erwiderte sie sanft, aber bestimmt.

„Gut erkannt. Deine Fehler wirken sich auch auf mein Geschäft aus", zischte Windridge.

Rhys richtete seinen Blick schockiert und entsetzt wieder auf den Mann. „Ihr vergleicht das, was Ihr erlebt, mit dem, was Eure Tochter durchgemacht hat?"

„Mein Geschäft lief den ganzen Sommer über schlecht, seit die Wahrheit über Erasmus Montgomery ans Licht kam."

„Und Ihr macht Phillipa dafür verantwortlich, obwohl sie ein Opfer meines Bruders ist?", wunderte sich Rhys mit einem Kopfschütteln angesichts der törichten Logik dieser Aussage.

„Phillipa hätte vorsichtiger sein sollen."

„Das habt Ihr vor zwei Jahren aber nicht gesagt", entgegnete Phillipa, während sie ihre Arme verschränkte, wohl um sich zu schützen, dachte Rhys. „Ihr wolltet, dass ich einen Mann heirate, der Euch und Euren Ballsaal aufwerten würde. Wie vielen Männern habt Ihr mich in Eurem kostbaren Saal in den Weg geschoben? Ihr hieltet Erasmus für den Hauptgewinn, und ich hielt ihn für ehrlich. Mutter und Ihr standet beide hinter dieser Ehe."

„Lass deine Mutter aus dem Spiel. Sie hat ihr Bett kaum verlassen, seit uns die Nachricht erreicht hat."

Phillipas Blick verengte sich. „Ja. Ich erinnere mich, wie sie reagiert, wenn sie aufgebracht ist. Aber ich bin nicht die einzige Ursache dafür."

Daraufhin sprang ihr Vater auf und packte sie am Handgelenk.

Rhys dachte nicht nach, er reagierte einfach. Mit einem Satz war auch er auf den Beinen und löste Windridges Finger von Phillipas Arm.

„Fasst sie nicht an", sagte er langsam und knapp, während er Windridge von ihr wegschob.

Einen Moment lang herrschte völlige Stille. Phillipa starrte ihren Vater an, Windridge starrte Rhys an und dieser erwiderte den Blick mit eisigen, zusammengekniffenen Augen. Aber dann trat Windridge angewidert zurück.

„Wie ich sehe, geht hier viel mehr vor sich, als ich dachte", höhnte er. „Sei vorsichtig, Tochter." Er glättete seine Jacke. „Ich bin hergekommen, um dich persönlich zu sehen", erklärte er. „Und das habe ich hiermit getan."

„Und ich nehme an, Ihr seid gekommen, um mir zu sagen, dass Ihr mich nicht wiedersehen wollt", gab Phillipa so leise zurück, als würden die Worte sie verletzen und sie ihnen nicht noch mehr Macht verleihen wollte.

„Ich will dich nicht wiedersehen", bestätigte Windridge. „Und deine Mutter will es auch nicht."

Rhys presste seine Zähne noch fester zusammen. „Das kann nicht Euer Ernst sein, Sir. Ihr könnt doch nicht mit Eurer Tochter brechen, nur weil jemand anderes etwas so Grausames getan hat." Er äußerte diese Worte, um Phillipa zu beschützen, aber er begann zu begreifen, dass ihr Leben in jeder Hinsicht besser wäre, wenn sie diesen schrecklichen Mann nie wiedersehen müsste.

„Ich habe ein Geschäft zu führen und einen guten Ruf zu verteidigen, Mylord", erwiderte Windridge. „Genauso wie Ihr, sollte ich meinen. In solchen Situationen ist es am besten, nicht zuzulassen, dass etwas… oder jemand… unsere Geschäfte vereitelt." Er funkelte Phillipa an Rhys vorbei an. „Wenn du darauf bestehst, in Bath zu bleiben, muss ich dich bitten, dich nie wieder mit unserem Familiennamen in Verbindung zu bringen. Das ist es, was ich dir sagen wollte. Jetzt werde ich gehen. Guten Tag."

Er fügte nichts weiter hinzu und wartete auch nicht auf eine

Erwiderung, sondern machte einfach auf dem Absatz kehrt und verließ den Raum. Phillipa starrte ihm mit weit aufgerissenen grünen Augen nach, ihr gesamter Gesichtsausdruck war matt und fast entgeistert.

Rhys ging zur Tür und schloss sie, damit sie nicht hören musste, wie ihr Vater Barton im Flur anfauchte. Sie zuckte bei dem leisen Klicken des Schlosses leicht zusammen und drehte ihm den Rücken zu. Ihre Schultern sackten herab und, sie hielt die Tischdecke mit beiden Händen fest. Ihre Finger umklammerten die Kante.

Und obwohl es ihm nicht mehr zustand als noch vor wenigen Augenblicken, konnte er sich jetzt nicht länger davon abhalten, zu ihr hinüberzugehen. Er legte seine Hände auf ihre und sie sank an seine Brust, während ihr Atem kürzer und schneller wurde.

„Phillipa", murmelte er dicht an ihrem Ohr. Sie drehte sich zu ihm um und er legte seine Arme um sie und hielt sie fest, während sie leise weinte. Als ob sie nicht glaubte, dass sie es verdient hätte, die Kontrolle völlig zu verlieren, oder fürchtete, dass die Gefühle sie überwältigen würden.

„Es tut mir leid", wisperte sie. Sie versuchte zurückzuweichen, aber er hielt sie fest, legte einen Finger unter ihr Kinn und brachte sie dazu, ihn anzusehen.

„Ihr braucht Euch niemals bei mir entschuldigen", betonte er.

Ihr Blick war sanft und verschmolz für eine gefühlte Ewigkeit mit seinem. Dann wanderte er nach unten, zu seinem Mund. Sie leckte ihre vollen Lippen und da war es um ihn geschehen. All die Gründe, sich von ihr fernzuhalten, lösten sich auf, und er hob ihren Kopf und küsste sie, während er sich versprach, dass dies das letzte Mal sein würde. Aber damit machte er sich selbst etwas vor, denn er wusste, dass es nicht so sein würde.

Sie stellte sich auf die Zehenspitzen und ein leises Stöhnen entkam ihrer Kehle, als sie sich ihm öffnete und sich ihre Zungen mit zunehmender Leidenschaft begegneten. Dieser Kuss fühlte sich anders an. Dieser Kuss verjagte jede Vernunft, Ehre und Pflichtgefühl.

Dieser Kuss fühlte sich an wie ein Vorspiel zu all den köstlichen Dingen, die er mit dieser Frau tun wollte. Ein Vorspiel von einem Verlust jeglicher Kontrolle, der alles zwischen ihnen verändern würde.

Er musste es stoppen. Der vernünftige, rationale Teil in ihm schrie ihn an, dies zu beenden, und mit großer Mühe versuchte er, sich zurückzuziehen. Doch diesmal hielt sie ihn fest und blieb mit ihren Lippen nur wenige Zentimeter von seinen entfernt.

„Bitte weise mich nicht zurück", hauchte sie, während ihr Atem seine Lippen auf höchst ablenkende Weise streifte. „Bitte nicht."

„Phillipa", stöhnte er. „Es geht nicht darum, was ich will. Es geht darum, was richtig ist… was gerecht ist."

„Du hast mir bereits gesagt, dass nichts von alldem gerecht ist", erwiderte sie und ihre Lippen berührten sein Kinn. „Wir leiden beide und wir werden weiter leiden. Warum können wir uns nicht gegenseitig trösten? Wir wissen beide, dass es nicht mehr geben kann, aber warum können wir nicht einfach… das haben?"

Sie war eine Sirene, die ihn zu den Felsen lockte. Er wusste es, aber sich selbst zu zerstören, klang großartig. Er brauchte es, brauchte sie, mehr als er den Anstand brauchte, den er so angestrengt wahren wollte. Also schob er die Stimme beiseite, der er sein ganzes Leben lang gefolgt war, der Stimme der Ehre, der Bedachtsamkeit und des Stolzes.

„Wir gehen in mein Zimmer", beschloss er, ergriff ihre Hand und zog sie aus dem Salon. „Ich werde das nirgendwo tun, wo uns jemand finden kann."

Sie zuckte zusammen, als sie hinter ihm die Treppe hinaufstolperte. „Du willst deinen Ruf nicht riskieren."

„Darum geht es nicht", erwiderte er mit einem Blick hinter sich. „Aber es gibt viele Dinge, die ich mit dir tun will, Phillipa. Und was ich mit dir vorhabe, verdient keine Unterbrechung."

KAPITEL 10

Phillipa zitterte, als Rhys sie in sein Zimmer zog. Sie zitterte vor Verlangen, vor Erwartung und ja, auch vor Angst. Rhys schien es zu bemerken, während er die Tür hinter ihnen schloss und sie dagegen lehnte, bevor er den Schlüssel umdrehte.

„Willst du das hier?", fragte er.

Sie antwortete nicht mit Worten, denn sie konnte keine finden. Stattdessen griff sie einfach nach ihm, zog ihn an sich und beanspruchte seinen Mund mit all der Leidenschaft, die sie wochenlang zu unterdrücken versucht hatte.

Richtig oder falsch, sie wollte ihn erkunden. Vielleicht zum einzigen Mal, wenn man bedachte, was in ihrer beider Leben vor sich ging. Dies war ein flüchtiger Moment und sie beabsichtigte ihn auszukosten.

Er drehte sie um und schob sie zum Bett. Noch während sie durch den Raum taumelten, fummelten seine Finger an den Knöpfen am Rücken ihres Kleides herum. Endlich hatte er sie gelöst und trat etwas zurück, um das Kleid nach vorn zu streifen und es zu ihrer Taille herunterzuschieben.

Dann betrachtete er sie.

Sie blinzelte unter seinem konzentrierten Blick. Das tiefe

Verlangen in seinen Augen war so mächtig, so verlockend. Sie wollte, dass es nie aufhörte. Sie wollte, dass dieser Mann sie für den Rest ihres Lebens so ansah. Aber er konnte es nicht, und er würde es nicht tun. Also genoss sie es jetzt, indem sie das Kleid ganz nach unten schob und schlussendlich in ihrem Unterhemd vor ihm stand.

„Phillipa", wisperte er und seine Augen wanderten langsam von Kopf bis Fuß über sie.

Sie kämpfte darum, sich unter dieser Musterung nicht zu bewegen, aber es war fast unmöglich. Sie hatte sich noch nie besonders wohl in ihrer Haut gefühlt. Sie hatte den Sex mit Erasmus zwar genossen, zumindest am Anfang, aber ihre Nacktheit hatte sie immer erröten lassen.

Sie fühlte dieselbe Hitze unter ihre Haut kriechen, ohne auch nur den Rest ihrer Kleidung auszuziehen, und stellte fest, dass sie eine Hand hob, um sich zu bedecken.

Er schüttelte den Kopf, griff nach ihr und strich mit seinen Fingerspitzen über ihren nackten Arm. „Du brauchst dich nicht vor mir zu verstecken", hauchte er. „Verstecke dich niemals vor mir."

Sie nickte und zwang sich, ihre Hand zu senken. Er packte ihre Hüfte, zog sie wieder an seine Brust, und sein Mund fand ihren mit hungriger Verzweiflung. Sie knöpfte seine Jacke auf und schob ihre Hände in seine Wärme, ließ ihre Handflächen sein Leinenhemd erkunden und fand Kraft in dem Körper, von dem sie wochenlang geträumt hatte.

Er stöhnte. Es war ein Laut männlicher Begierde und Zustimmung, und er zog seine Jacke aus. Dann wickelte er unbeholfen sein Halstuch ab und versuchte, sie dabei weiter zu küssen. Er ertappte sie dabei, wie sie bei diesem Ungestüm lächelte. Er lächelte selbst gegen ihre Lippen und schaffte es endlich, das Tuch fortzureißen. Seine Hände glitten in ihr Haar, und er drückte ihren Mund fester gegen seinen.

Sie liebte seinen Geschmack nach Minze und Tee und Lust. Sie wollte sich jede Note davon merken, als wäre er ein feiner Wein, der endlich für sie entkorkt wurde, um ihn zu kosten. Es würde ein flüchtiger Genuss sein, aber sie wollte sich trotzdem daran betrinken.

Er schien dasselbe zu wollen, und für kurze Zeit verhedderten sich ihre Zungen, knabberten ihre Zähne, verschlangen sich ihre Finger, lösten sich und erkundeten. Schließlich stieß sie sich von ihm weg, keuchend vor Begierde, und sah zu, wie er sein Hemd über seinen Kopf zog. Sie hielt den Atem an.

Er bot einen herrlichen Anblick. Sie hatte seine Kraft erahnt, wenn sie seinen Arm hielt oder er sie umarmte, aber hier war sie nun, sichtbar in geformten Rundungen von Muskeln und Sehnen. Er hatte einen schlanken, kräftigen Körper, mit muskulösen Armen und einem flachen Bauch. Härchen bedeckten sanft seine Brustmuskeln, und eine dünne Spur lief über seinen Bauch und verschwand in seinem Hosenbund.

Sie streckte die Hand aus und zeichnete mit zitterndem Finger diese Linie nach.

„Was bedeutet dieser Gesichtsausdruck? Was denkst du?", wollte er wissen.

Sie blickte auf und stellte fest, dass er sie aufmerksam beobachtete. Sie lächelte schwach. „Ich frage mich, ob du real bist oder nur ein langersehnter Traum, den ich heraufbeschworen habe, um diese unmögliche Zeit zu überstehen. Ich frage mich, ob ich aufwachen werde, bevor ich alles bekomme, was ich will."

Er packte sie an der Taille und zog sie näher. „Ich bin sehr, sehr echt, Phillipa. Und ich werde dir alles geben, was du willst."

Er beugte sich vor, um sie zu küssen, aber sie wich seinem Mund aus. Stattdessen erwiderte sie seinen Blick und griff nach seinem Hosenbund. Sie ließ ihre Hand nach unten gleiten und spürte seine Härte unter dem Stoff. Die Sehnen an seinem Hals spannten sich an, und er schnappte nach Luft, bevor er die Zähne aufeinanderpresste.

Sie beobachtete ihn, während sie zuerst einen Knopf öffnete, dann den nächsten und den Stoff dann fallen ließ. Langsam wanderte ihr Blick nach unten und ihr Innerstes zog sich zusammen.

Er hatte einen sehr schönen Schaft. Nicht, dass sie viele gesehen hätte, mit denen sie ihn vergleichen könnte, und davon abgesehen wollte sie diesen Vergleich in diesem Moment gewiss nicht anstellen, aber vor ihr ragte nun einmal sein Glied auf. Es war hart und reckte sich zu seinem Bauch hinauf. Sie nahm es in die Hand, streichelte es einmal, zweimal und entdeckte, wie dieser Mann, der sich immer unter Kontrolle hatte, den Kopf in den Nacken legte und ein fast unmenschliches Geräusch von sich gab.

Sie strich mit ihrem Daumen über seine Spitze und verteilte einen Tropfen seiner Lust über die zarte Haut. Er schob sich ihr entgegen, und in diesem Moment fiel sein letzter Schutzwall. Tierische Hitze, gefährlicher und kraftvoller als alles, was sie je gesehen hatte, beherrschte seine Züge, und als er ihre Wangen umfasste und sie küsste, wusste sie, dass sie eine nie zuvor gekannte Lust erleben würde.

Sie überließ sich dieser Lust, überließ sich ihm, als er ihr Unterhemd mit einem Ruck von ihrem Körper streifte. Er hob sie an sich und zog ihr Bein an seine Hüfte, während er sie auf das Bett legte. Sein Glied stupste ihre empfindliche Stelle an und sie keuchte gegen seinen Mund, bereit für ihn.

Er schien jedoch andere Vorstellungen zu haben, denn er nahm sie nicht einfach, sondern drückte sie stattdessen flach auf den Rücken und sah sie an, wie sie mit gespreizten Beinen auf seinem Bett lag, nackt bis auf die Strümpfe und die Schuhe, die sie noch nicht ausgezogen hatte. Sie hatte keinen Zweifel daran, dass sie lüstern und sündhaft aussah, bereit, sich von ihm benutzen zu lassen.

Aber sie schämte sich nicht. Sie war all das für diesen Mann, lüstern, sündhaft und bereit, von ihm benutzt zu werden, und genau so wollte sie sein.

„Du bist so perfekt", murmelte er, als er seine Hände an ihren Seiten abstützte und sie mit seinem Blick gefangen nahm. „Willst du das hier noch? Willst du mich?"

Sie nickte so eifrig, dass er es nicht missverstehen konnte. „Mehr als alles andere, Rhys."

„Mmmh", brummte er mit einem Lächeln. „Mehr als alles andere."

Er beugte sich vor, als wollte er sie küssen, aber stattdessen landete sein Mund an ihrer Kehle. Er saugte und leckte, wanderte dann tiefer, knabberte an ihrem Schlüsselbein und dann weiter hinab, bis er ihre Brüste erreichte. Er sah zu ihr auf, während er seine Hände um sie legte.

Sie keuchte bei dem Gefühl seiner warmen Finger, die sie so intim berührten, und keuchte noch lauter, als er anfing, mit seinen Daumen über ihre Brustwarzen zu streichen, erst sanft... dann fester. Die Empfindung begann an dieser Stelle und bewegte sich durch ihren Blutkreislauf, bis sie zwischen ihren Beinen pochte und Pippa sich unter ihm wand.

Er hätte sie in diesem Augenblick nehmen können, denn er hatte sich bereits fast perfekt in Position gebracht, aber er tat es noch nicht. Stattdessen konzentrierte er sich weiter auf ihre Brüste und zupfte mit seinen Fingern an einer Brustwarze, während er die andere in den Mund nahm. Er saugte fest genug, dass es etwas schmerzte, aber nicht so fest, dass es unerträglich wäre. Sie wimmerte vor Vergnügen, verschränkte ihre Hände hinter seinem Kopf und hielt ihn fest, damit er sich weiter an ihr laben konnte.

Und er enttäuschte sie nicht. Er leckte, saugte und knabberte an ihr, bis sie sich wie geschmolzene Lava anfühlte, und dann tat er dasselbe mit ihrer anderen Brust. Und gerade als sie fast außer Kontrolle keuchte und um sich schlug, ließ sein Mund von ihr ab. Aber er wanderte nicht etwa höher, um sie zu küssen.

Nein, er wanderte tiefer, glitt über ihren Bauch, die Kurven ihrer Hüfte entlang und dann hinab bis zu ihrem Oberschenkel. Rhys rieb seine Wange dort, direkt neben ihrem Geschlecht, und sie umklammerte die Bettdecke in Erwartung dessen, was er als Nächstes tun würde.

„So schön", murmelte er und strich mit dem Daumen über die feuchte Erregung zwischen ihren Schenkeln. Sie spreizte sie weiter und entblößte sich noch mehr. Er schmunzelte, während er sie erneut streichelte, ihre äußeren Lippen öffnete und die Spitze seines Daumens nur ein wenig in sie eindrang.

„Bitte", keuchte sie. „Oh bitte."

Er nickte und öffnet sie ganz. Er streifte über ihre Schamlippen und die Lust durchschoss sie wie ein Blitz. Ihr Schrei war erstickt und heiser in der Stille des Raums, wurde dann jedoch schärfer, als er seinen Mund senkte und sie mit genüsslichem Zungenschlag leckte.

Es war unerhört, darin so gut zu sein, aber Rhys war es. Er tauchte ein, um sie zu befriedigen, leckte und saugte, wie er es mit ihrer Brustwarze getan hatte. Nur leckte er dieses Mal ihr Geschlecht und ihren Kitzler. Er streifte ihn, aber nur kurz. Es war offensichtlich, dass er sie zum Höhepunkt bringen wollte, und sie war so empfindlich, dass es nicht viel brauchte, um dorthin zu gelangen.

Er strich mit seinem Daumen über ihren Kitzler, während er ihren Eingang leckte und ihre sensible Perle freilegte. Sie bäumte sich ihm in ihrer Verzweiflung schamlos entgegen und flehte unter Stöhnen und Keuchen um mehr. Er begann an ihrem Kitzler zu saugen, immer und immer wieder in einem gleichmäßigen Tempo. Er murmelte dabei und die Vibration seiner Stimme verstärkte den Wahnsinn, als sich die Lust zwischen ihren Beinen staute. Sie bewegte sich im Takt mit ihm und ihre Finger gruben sich in seine Schultern.

Die erste Welle traf sie so hart, dass ihre Sicht verschwamm und sie sich eine Hand vor den Mund schlagen musste, damit ihre Schreie nicht im ganzen stillen Haus zu hören waren. Sie war noch nie in ihrem Leben mit einer solchen Wucht gekommen, und ihr Orgasmus dauerte ewig an, weil Rhys einfach weiter mit unerbittlicher Konzentration an ihr saugte.

Als er endlich vorbei war, war sie völlig erschöpft. Er hob seinen Kopf zwischen ihren Schenkeln hervor, kroch nach oben, fand ihren Mund und ließ sie den erdigen, berauschenden Geschmack ihrer Erlösung schmecken. Sie packte seine Hüften, während er es tat, zog ihn fest an sich und forderte noch einmal, was sie wirklich wollte.

Und wieder einmal enttäuschte er sie nicht. Er griff zwischen sie, streifte mit der Spitze seines Glieds über ihren feuchten Eingang und drang dann in sie ein.

Es dauerte ein paar sanfte Stöße, bis sie ihn vollständig in sich aufgenommen hatte. Sie war sehr lange allein gewesen, und ihr Körper musste sich dehnen, um sich ihm anzupassen. Aber sobald er es getan hatte, war das Gefühl berauschend. Sie waren eins, ein Knoten aus Armen und Beinen, als er sie wieder gegen die Matratze presste und begann, immer fester in sie zu stoßen.

Sie klammerte sich an ihn, ritt auf den Wellen seiner Leidenschaft und beobachtete ihn dabei, wie er völlig in ihrer Begegnung aufging. Er war nicht mehr der allzeit korrekte Earl, der von der Last seiner Verantwortung erdrückt wurde und versuchte, das Beste für alle um ihn herum zu tun.

Nein, das hier war ein anderer Mann. Ein Mann, dessen Haar von ihren Fingern zerzaust war, dessen Blick vor Begierde düster war, ein Mann mit Lippen, die noch feucht von ihrer Erregung glänzten, weil er sie geleckt hatte, bis sie geschrien hatte... ein Mann, dessen Finger sich in ihre Haut gruben und sicher Druckstellen hinterlassen würden, während er sie mit einem kehligen Stöhnen für sich beanspruchte.

Er zog sich ruckartig aus ihr zurück, und dicke Flüssigkeit spritzte über ihre Haut, als er kam. Er sank vornüber auf sie, und sie lagen halb auf dem Hochbett, halb auf der Kante, und sie genoss sein Gewicht auf ihr.

Einen Moment lang war sie im Himmel und alles andere war vergessen. Aber dann hob er den Kopf und sie sah den Augenblick, in dem er wieder von Rhys, ihrem Geliebten, zum Earl of Leighton wurde. Seine Augen weiteten sich vor... Entsetzen, das war die einzige Art, es zu beschreiben, und er wich von ihr zurück und fuhr sich mit einer Hand durch sein zerzaustes Haar.

„Ich bin nicht wie mein Bruder", murmelte er leise und wiederholte es dann noch lauter. „Ich bin nicht wie mein Bruder."

Sie setzte sich auf. „Natürlich nicht. Ich würde nie den Fehler begehen, das zu glauben, das versichere ich dir."

„Nein, ich bin derjenige, der einen Fehler begangen hat", widersprach er und griff nach seiner Hose. Er zog sie hastig an, bevor er anfing, in dem engen Raum auf und abzugehen. Er wich ihrem Blick aus.

„Das hier war ein Fehler für dich", stellte sie leise fest.

Das bremste seine Schritte und er drehte sich um. „Nicht du. *Du* bist kein Fehler. Ich wollte dich – Gott, ich wollte dich von dem Moment an, als ich dir zum ersten Mal begegnet bin und dir diese kleine Locke ins Gesicht gefallen ist..." Er verstummte und schüttelte den Kopf. „Aber ich mache so etwas wie das hier nicht. Ein Mann kann sich nach Dingen sehnen, die ihm nicht bestimmt sind, und er kann trotzdem so ehrbar sein, sie nicht zu verfolgen. Ich bin nicht jemand, der eine Situation ausnutzt, so wie mein Bruder es sein ganzes Leben lang getan hat. So bin ich nicht. Zumindest... war ich es bis heute nicht."

Sie zögerte eine Sekunde lang, bevor sie aus dem Bett glitt. Sie war immer noch nackt, aber irgendwie war sie darüber kaum mehr verlegen. Er beobachtete sie, und seine Pupillen weiteten sich, als sie zu ihm hinüberging. Sie berührte sein Gesicht und obwohl er sich versteifte, zog er sich nicht zurück, sondern starrte sie nur an. Der Konflikt, der tief in ihm tobte, spiegelte sich in seinen leuchtend blauen Augen wider.

Sie fuhr mit ihren Fingerspitzen über seinen Kiefer und dann über seine Lippen, bevor sie sich auf die Zehenspitzen stellte und seine Lippen zu ihren zog. Sie strich sanft hin und her, in einer federleichten Liebkosung, die kein Verlangen wecken sollte, obwohl es das in ihr tat.

Als sie sich von ihm löste, umfasste sie seine Wangen und goss all die Liebe, die sie nicht in Worte fassen konnte, die sie ihm niemals gestehen konnte, in ihn, in der Hoffnung, dass es ihn beruhigen würde, selbst wenn er den Ursprung nicht ergründen konnte. „Du hast nichts ausgenutzt, Rhys. Du hast mich mehr als einmal gefragt, ob ich es will, und wenn ich nein gesagt hätte, hättest du ohne Konsequenzen für mich oder meine Zukunft von mir abgelassen. Ich wollte das hier genauso sehr wie du." Sie räusperte sich. „Und seit genau so langer Zeit, obwohl dieses Eingeständnis am Ende uns beide in die Hölle schicken könnte."

Seine Augen weiteten sich. „Vom ersten Moment an."

Sie lächelte traurig. „Ja."

Dann herrschte Stille zwischen ihnen, während sie dastanden, in den Augen des anderen versunken, und während das Leben, das sie hätten führen können, zwischen ihnen schwebte. Schließlich beugte er sich vor und legte seine Stirn an ihre. Er schloss die Augen und stieß den längsten, tiefsten Seufzer aus, den sie je gehört hatte.

„Ich wünschte, die Dinge könnten anders sein", murmelte er. „Ich wünschte... ich wünsche mir so viele Dinge. Aber du weißt, dass das unmöglich ist."

Sie zuckte zusammen, obwohl er nur die Wahrheit sagte. Eine Wahrheit, die sie kannte und akzeptierte, trotz der Gefühle, die ihr Herz quälten. Deshalb tat es so weh, ihn zu lieben. „Natürlich", beteuerte sie. „Ich habe nie etwas anderes geglaubt, Rhys. Es gibt so viele Gründe, warum das nicht funktionieren kann."

„Meine Pflicht ist es, den Schaden, den Erasmus angerichtet hat, wiedergutzumachen", sagte er, mehr, um sich selbst daran zu erinnern. „Dir gegenüber, den anderen Frauen gegenüber und auch für Kenley. Für den Namen meiner Familie und unseren Stammbaum, denn irgendwann..." Er stöhnte leise, als ob ihn das, was er sagen musste, schmerzte. „Denn irgendwann muss ich unseren Familiennamen weitergeben, und ich möchte meine Kinder nicht mit einem solchen Erbe belasten."

„Ich weiß", versicherte sie ihm. „Der Skandal um das, was dein Bruder getan hat, ist enorm, und ich bin ein Teil davon. Ich weiß, was das bedeutet, und ich weiß, dass du die Konsequenzen dieser... dieser Verbindung zwischen uns nicht tragen kannst. Das würde ich dir auch nie zumuten."

Dass sie ihn auf diese Weise freisprach, weckte Erleichterung in seinem Gesicht, aber es folgte sofort Bedauern. „Wir könnten ein Dutzend Gründe dafür nennen, warum wir das hier nicht tun dürfen. Warum wir es nicht hätten zulassen sollen. Warum es nicht mehr sein kann als das. Aber ich hasse es, Phillipa." Er streckte die Hand aus und strich sanft über ihre Wange. „Ich hasse jeden Teil davon und ich hasse es, dass es die berauschendste Erfahrung meines Lebens verdirbt."

Sie lächelte ein wenig über diesen Teil seines Eingeständnisses. „Die berauschendste Erfahrung deines Lebens?"

Er erwiderte ihr Lächeln und dieser Ausdruck ließ ihn so viel jünger aussehen, so viel mehr wie den Mann, der sich gerade noch über sie gebeugt und sie zu seiner gemacht hatte, bis sie beide erschauderten.

„Oh, ja", bekräftigte er. „Mit keiner anderen Frau habe ich jemals derart die Kontrolle verloren." Sein Daumen strich über ihre Haut. „Gott, es hat sich so gut angefühlt."

„Es war unglaublich", gestand sie. „Ich werde es niemals vergessen." Sie bewegte sich leicht. „Du und ich werden in Zukunft nicht viele Gelegenheiten haben, etwas Gutes nur für uns selbst zu tun", fügte sie leise hinzu. „Du wirst deine Pflichten zu erfüllen haben und ich werde wahrscheinlich immer von meiner Vergangenheit befleckt sein. Könnten wir nicht einfach das hier für eine Weile genießen, Rhys? Verdienen wir nicht beide etwas Gutes nach allem, was wir durchgemacht haben und angesichts dessen, was wir opfern werden?"

Seine Wange zuckte. „Du verdienst viel mehr als nur etwas Gutes. Ob ich es auch tue, da bin ich mir nicht so sicher."

Sie schüttelte den Kopf, als sie zu dem Mann aufsah, den sie liebte und den sie nicht haben konnte. Zumindest nicht länger als für einen flüchtigen Augenblick. „Natürlich verdienst du Gutes", betonte sie. „Ich werde mich auf jeden stürzen, der etwas anderes behauptet."

Er schmunzelte. „Auch auf mich?"

„Ganz besonders auf dich, wenn du es mir erlaubst." Sie lachte. „Das ist es ja, was wir gerade besprechen."

Sein Lächeln blieb, obwohl sein Lachen verblasste. „Oh Phillipa, du bist eine Versuchung und ich kenne mich gut genug, um zu wissen, dass mich diese eine Kostprobe von dir nicht lange befriedigen wird. Ich werde morgen aufwachen, nein, zum Teufel, ich werde noch heute Nacht an nichts anderes denken können als an dich. Wenn du mir die Chance gibst, mich dem für eine Weile hinzugeben, dann glaube ich nicht, dass ich die Kraft habe, dein Angebot auszuschlagen."

„Dann biete ich dir genau das an." Sie beugte sich etwas vor. „Bitte, bitte, b…" Sie verstummte, weil er ihren Mund mit einem sengenden Kuss bedeckte.

Seine Hände wanderten ihren Rücken hinab und umfassten ihren Hintern, um sie etwas hochzuheben. Er rieb sich an ihr und sie spürte selbst durch den dicken Stoff seiner Hose, wie seine Härte zunahm. Sie schauderte bei dem Gedanken, dass das hier ihr gehören könnte, dass *er* ihr gehören könnte, wenn auch nur für eine kurze Weile.

Schließlich löste er sich mit stockendem Atem von ihr und sah sie eindringlich an. „Ich glaube, ich höre jetzt besser auf", stöhnte er. „So sehr es mich auch schmerzt."

„Na gut, aber ich hoffe, dass du deine Tür heute Abend für mich offen lässt", forderte sie schamlos und ohne jede Befangenheit.

Er nickte. „Heute Abend und jeden weiteren Abend, an dem du in mein Bett schlüpfen willst."

„Gut. Hilfst du mir nun, mich anzuziehen?", bat sie und versuchte, ihren Gesichtsausdruck und Ton locker zu halten. „Du hast mich ein bisschen durcheinander gebracht."

Er lächelte, als sie anfing, ihre Sachen zusammenzusuchen. Erleichterung erfüllte sie… und gleichzeitig Bedauern. Sie würde einen Teil von dem bekommen, was sie wollte, aber nicht alles. Und sie würde einen Weg finden müssen, sich damit zufrieden zu geben.

KAPITEL 11

Es waren einige Tage vergangen, seit Rhys sie zum ersten Mal in sein Bett gelassen hatte, und Pippa hatte seither jede Nacht dort verbracht. Sie hatten sich gegenseitig erforscht und gemeinsam jede Art von Lust zelebriert, die gegeben oder empfangen werden konnte. In seinem Bett war er warm, kühn und unbekümmert.

Aber außerhalb seines Schlafgemachs... nun, das war eine ganz andere Geschichte. Er schloss sich in Erasmus' Arbeitszimmer ein und durchwühlte das Durcheinander von Papieren. Wenn er in die Stadt fuhr, lud er sie nicht ein, ihn zu begleiten, obwohl sie von Barton erfahren hatte, dass Rhys die meisten Schulden seines Bruders beglichen und mit anderen Geschädigten eine Einigung erzielt hatte. Er kümmerte sich methodisch um alle Ausstände seines Bruders. Sobald er damit fertig wäre, würde er fortgehen, und sie hatte keine Ahnung, was das für sie, für Kenley und für die Zukunft bedeutete.

Sie wandte sich vom Fenster ab, als Mrs. Barton mit Kenley im Arm den Salon betrat. Der Junge strahlte, als er Pippa sah, eine Freude, die sich in ihr widerspiegelte, als sie ihre Arme öffnete, um ihn an sich zu nehmen.

Mrs. Barton lächelte. „Eure Abwesenheit scheint keine negativen

Auswirkungen auf ihn gehabt zu haben. Ihr seid immer noch sein Liebling, wie es scheint."

„Hmmm", schnurrte Pippa, als sie dem Baby ein albernes Gesicht machte und der Junge lachte. „Das freut mich, obwohl ich mich frage, was er von all diesem Chaos in seinem jungen Leben hält. Er hat so viel verloren, seinen Vater und seine Mutter, und nun tritt sein Onkel in sein Leben."

„Oh, aber er scheint mit dieser Wendung der Ereignisse sehr zufrieden zu sein", versicherte Mrs. Barton ihr. „Lord Leighton ist nicht so, wie ich es mir vorgestellt habe, das kann ich Euch sagen. Er ist so herzlich dem Kind gegenüber, und auch Mr. Barton und mir gegenüber. Er ist ein wahrer Gentleman."

Pippa senkte den Kopf. Mrs. Barton war eine zu aufmerksame Beobachterin, um nicht mit Bedacht weiterzusprechen. „Das ist er."

Mrs. Barton trat verlegen von einem Fuß auf den anderen und warf einen Blick zur Tür. „Ich frage mich allerdings…"

Pippa hob den Kopf und sah, dass Mrs. Bartons Miene von Sorge gezeichnet war. Ihre Kehle schnürte sich zu. Sie war so sehr auf ihre eigene Zukunft konzentriert gewesen, dass sie nicht viel darüber nachgedacht hatte, was ihre Angestellten fühlen mussten. Sie lebten schließlich in derselben Ungewissheit wie sie.

„Ihr macht Euch Sorgen um die Zukunft", kam ihr Pippa zuvor, streckte die Hand aus und nahm Mrs. Bartons Hand.

„Das müssen wir wohl, denn keiner von uns hat eine Ahnung, was Lord Leighton vorhat."

Pippa drückte sanft ihre Hand. „Ich werde alles in meiner Macht Stehende tun, um mich bei Lord Leighton für Euch einzusetzen." Sie errötete beim Klang ihrer Worte und dabei, wie nah sie an der Wahrheit waren. „Ich, ähm, ich will damit sagen, dass ich ihn bitten werde, neben Kenleys und meiner Zukunft auch Eure zu sichern. Es ist möglich, oder sogar wahrscheinlich, dass sich für keinen von uns etwas ändern wird. Lord Leighton wird uns hier in Bath bleiben lassen und wir werden weiterleben wie bisher."

Mrs. Barton nickte. „Ich schätze, dass ein Mann, so nett er auch ist, keinen Skandal nach London oder in sein Haus bringen will."

Pippa erstarrte. Das wäre natürlich der Vorteil davon, Kenley in Bath zu behalten. Er wäre gut versteckt und seine Verbindung zum Haus Leighton würde geheim bleiben. Aber… Rhys konnte das doch nicht wollen, oder? Er hatte, wie Mrs. Barton sagte, angefangen, sich dem Jungen anzunähern. Er würde ihn jetzt doch nicht meiden wollen… oder etwa doch?

Wie von diesen Gedanken heraufbeschworen, betrat Rhys selbst den Raum. Sein Blick fiel zuerst auf Pippa und loderte auf eine Weise auf, die sie inzwischen gut kannte. Doch die Hitze verschwand schnell wieder, als er Kenley und dann Mrs. Barton anlächelte. „Endlich habe ich die Gesellschaft gefunden", sagte er. „Guten Tag, meine Damen, Kenley."

Kenley fing an zu gurgeln und zu plappern und streckte seine pummeligen Arme nach Rhys aus. Und dieser Mann, der bei der ersten Begegnung mit seinem Neffen so gezögert hatte, breitete jetzt seine Arme aus und durchquerte den Raum eilig, um den Jungen zu nehmen. Kenley ließ sich ihm mehr als bereitwillig überreichen und berührte das Gesicht seines Onkels, während dieser in Babysprache brabbelte.

„Mylord", bemerkte Mrs. Barton. „Oh, Ihr seid so gut mit dem Jungen. Ich schwöre, ich habe noch nie einen Mann gesehen, der sich einem Kind so zuwendet. Die meisten sind so distanziert."

Rhys lächelte, aber Pippa konnte seine Befangenheit dahinter sehen. Etwas an dem, was Mrs. Barton sagte, beunruhigte ihn, und das machte wiederum sie nervös.

„Nun, ich muss Vorbereitungen für das Abendessen treffen", warf Mrs. Barton ein. „Bitte ruft mich, wenn Ihr etwas braucht, Mylord, Mrs. Montgomery."

Beide nickten ihr zu, bevor sie ging. Sobald sie allein waren, beugte sich Pippa vor und küsste zuerst Rhys' Wange und dann Kenleys, bevor sie zum Feuer ging.

„So sehr ich mich auch immer über einen Kuss von dir freue,

spüre ich dein Unbehagen. Möchtest du darüber reden?", fragte Rhys, während er Kenley auf dem weichen Teppich absetzte und ihm sein Lieblingsvogelspielzeug reichte. Das Kind fing sofort an, es zu schütteln und etwas wie Vogelrufe von sich zu geben. Obwohl er noch keine richtigen Worte sagte, ahmte er gern Geräusche nach. Manchmal hallten sie durch das ganze kleine Haus.

Pippa holte tief Luft und sah zu Rhys. "Ich glaube, ich habe meine Pflichten vernachlässigt, und wurde heute daran erinnert."

"Du hast deine Pflichten vernachlässigt?", wiederholte Rhys und zog eine Augenbraue hoch. "Das klingt sehr ernst. Was hast du falsch gemacht, Phillipa, und wie kann ich dir helfen… oder dich für dein Vergehen bestrafen?" Er zwinkerte und alles in ihr erwärmte sich.

Aber sie durfte seine Verspieltheit jetzt nicht zulassen, nicht, wenn es um dieses wichtige Thema ging. Sie warf Kenley einen Blick zu und sammelte sich.

"Wir müssen über den Jungen reden", begann sie. "Du lernst jeden Tag mehr über ihn, sein Leben und seine Gewohnheiten. Aber ich frage dich nicht oft nach seiner… seiner Zukunft. Ich sage mir, dass ich deine Entscheidung respektiere, hierherzukommen, und dass ich dir Zeit lassen will, bis du deine Pläne von dir aus offenbarst. Aber ich denke, in Wahrheit frage ich dich nicht aus Angst… und Egoismus."

Seine Miene wurde ernst. "Niemand würde dich als ängstlich oder egoistisch bezeichnen."

Sie senkte den Kopf. "Wenn ich mit dir allein bin, lasse ich mich ablenken. Ich mag es, abgelenkt zu werden. Das ist definitiv egoistisch. Und die Angst… nun ja, wenn du mich nicht für ängstlich hältst, dann verberge ich es wohl sehr gut. Ich habe Angst, Rhys. Ich nicht weiß, wie die Zukunft aussehen wird, und das ist unglaublich unangenehm."

"Das tut mir leid", erwiderte er und ging zu den Sesseln vor dem Kamin. Sie setzten sich so, dass sie Kenley beobachten konnten, wie er auf seinem Hintern herumrutschte, mit seinem Vogel spielte und seine Holzklötze aneinander schmetterte. Rhys seufzte. „Ich war noch nie sehr gut darin, meine Pläne oder Gedanken mit anderen zu teilen. Die meiste Zeit meines Lebens war ich nicht von Menschen umgeben, die sich viel dafür interessiert hätten, also habe ich gelernt, alles für mich zu behalten und einfach zu tun, was getan werden muss."

„Ich interessiere mich aber für deine Gedanken", wandte Pippa ein, und es kam wahrscheinlich einem Liebesgeständnis so nah, wie es jemals sein konnte.

Sein Gesichtsausdruck wurde weicher. „Natürlich. Es liegt in deiner Natur. In deiner süßen, wundervollen, sehr neugierigen Natur."

Sie lachte über seine Neckereien und es war, als hätte jemand die Last auf ihren Schultern zumindest ein klein wenig angehoben. Es hielt nicht lange an, aber oh, es war herrlich.

Bis er die Stirn runzelte und fortfuhr: „Seit meiner Ankunft hier habe ich versucht, dich nicht mit all der Komplexität meiner Gedanken und der Verwirrung meiner Pläne zu belasten. Ich dachte nicht, dass es dir das Leben schwerer und nicht etwa leichter machen würde."

Sie runzelte die Stirn. „Wir haben schon einmal darüber gesprochen. Wir sind die einzigen beiden, die die schreckliche Situation, in der wir uns befinden, vollständig verstehen. Ich möchte an deinen Gedanken und Plänen teilhaben, so schwierig oder einfach sie auch sein mögen. Nicht nur, weil es mir erlaubt, meine und Kenleys Zukunft mitzubestimmen", sie deutete auf den Jungen, „sondern auch, weil ich dir helfen will."

„Das tust du bereits."

„In deinem Bett", hauchte sie.

„Ja. Das sind die einzigen Momente, in denen ich das alles vergesse."

„Und ich bin froh darüber. Mir geht es ja genauso." Sie fuhr fort: „Aber ich möchte mehr tun, als dir nur beim Vergessen zu helfen.

Der Weg in die Zukunft ist holprig. Lass mich dir helfen, die richtige Richtung einzuschlagen."

Er nickte. „Der Anwalt, den ich hier in Bath engagiert habe, war äußerst erfolgreich darin, alle Schulden von Erasmus aufzudecken. Ich glaube, sie sind inzwischen vollständig beglichen."

Sie zuckte zusammen. „Ich habe gehört, dass du alles bezahlt hast. Ich hoffe, der Preis war nicht zu hoch."

Er stieß ein gequältes Lachen aus. „Oh, das war er. Aber es ist nun erledigt. Es gab keinen anderen Ausweg." Er schüttelte den Kopf. „Den Rest meiner Zeit habe ich Pläne für Kenley gemacht. Ich habe dafür gesorgt, dass er alles hat, was nötig ist, um aufzuwachsen und sich auszubilden, und ich denke an eine Art Fonds, wenn er ein junger Mann ist, um ihm auf dem Weg zu helfen, den er einschlagen möchte. Ich möchte, dass er freie Wahl hat und niemals verzweifelt."

„Du willst nicht, dass er rücksichtslos wird, wie es sein Vater war", schlussfolgerte Pippa. „Weil du dir immer noch die Schuld daran gibst."

Rhys zuckte zusammen. „Du kennst mich so gut. Und es stimmt. Als das Verhalten meines Bruders untragbar wurde, habe ich ihm die finanzielle Unterstützung gestrichen, und der Wegfall seines Einkommens trieb ihn dazu, alle anderen um ihn herum ins Verderben zu stürzen."

„Indem er mir den Hof gemacht und mich unrechtmäßig geheiratet hat."

Sein Kopf sank. „Ja. Erst dich und dann Celeste. Und dann machte er die Schwester meines besten Freundes zu seiner vierten Beute. Was ich getan habe, hat so vielen anderen Schmerzen zugefügt. Ich möchte nicht, dass Kenley jemals denselben Weg gehen muss, weil ich nicht für ihn gesorgt habe."

Pippa beugte sich vor, ergriff seine Hand und verschränkte ihre Finger mit seinen. „Das Verhalten deines Bruders ist nicht deine Schuld. Das war es nie. Und Kenleys Verhalten wird es auch nicht sein."

Er schürzte die Lippen. „Es ist meine Pflicht, ihn auf den richtigen Weg zu bringen."

„Natürlich", bestätigte sie. „Aber sobald er erwachsen ist, ist es seine Verantwortung, den richtigen Weg auch zu gehen. Du hast nicht das Monster erschaffen, in das sich Erasmus verwandelt hat. Das ist aus jahrelangem ausschweifendem Verhalten entstanden, das er früher einfach besser verbarg. Es war richtig von dir, ihn nicht länger zu unterhalten. Ein reiferer Mann als er hätte diese Entscheidung analysiert und sich geändert, um sich dir zu beweisen, statt eine noch schlimmere Version dessen zu werden, was du ihm vorgeworfen hast."

„Wie kommt es, dass die Dinge mit dir so viel einfacher sind?"

Sie zuckte mit den Schultern. „Darf ich fragen, wie du dir Kenleys Zukunft vorstellst?"

Er nickte. „Selbstverständlich. Du bist Teil seiner Zukunft und ich schätze deine Meinung."

„Du hast Mittel für seine Zukunft erwähnt. Für seine Erziehung und Ausbildung. Was schwebt dir für seine Ausbildung vor?"

„Nun, natürlich nur die besten Hauslehrer", begann er. „Das wird mit gewissen Kosten verbunden sein, da sie hierherreisen und wahrscheinlich hier wohnen müssen. Obwohl Bath durchaus kein schrecklicher Ort ist."

Sie runzelte die Stirn. „Hauslehrer", wiederholte sie langsam. „Du denkst daran, ihn schon bald unterrichten zu lassen?"

Er starrte sie an. „Ja. Er ist im richtigen Alter, um ein Kindermädchen zu haben. Du hast diese Aufgabe übernommen, zusammen mit Mrs. Barton, aber wenn er ein bisschen älter wird, wird es schwieriger. Das ist das Erste, was zu regeln ist."

Pippa schürzte die Lippen. „Es macht mir nichts aus, sein Kindermädchen zu sein, Rhys. Ich mag es."

„Ich weiß. Ich will dir auch nichts wegnehmen, sondern es dir nur einfacher machen. Du hast eine einzigartige Bindung zu dem Jungen, aber wünschst du dir nicht ab und zu Hilfe? Möchtest du Mrs. Barton nicht ein wenig entlasten?"

Sie funkelte ihn leicht an. „Du weißt wirklich, wie du mich überzeugen kannst, Mylord. Du hast Recht damit, dass ich Mrs. Barton gegenüber nicht ganz fair war, indem ich sie bat, sich so viel um Kenley zu kümmern. Ich nehme an, es wäre nicht das Schlimmste, eine Person zu haben, die sich ganz dem Jungen widmen kann."

„Sehr gut. Sobald er vier oder fünf ist, werden wir einen Lehrer anstellen. Im Laufe der Zeit können seine Lehrer wechseln, aber ich werde dafür sorgen, dass Kenley immer jemand zur Seite steht, bis er bereit ist, sich allein in der Welt zurechtzufinden."

Sie blinzelte verwirrt. „Hast du denn nicht vor, ihn für seine Grundschulbildung nach Eton oder in ein anderes Internat zu schicken? Und später nach Cambridge oder in eine ähnliche Universität, sobald er alt genug ist?"

Rhys musterte sie einen Moment lang, und da war wieder dieses kurze Zögern, das sie an das frühere Gespräch mit Mrs. Barton erinnerte und daran, dass Rhys nicht öffentlich mit seinem Neffen in Verbindung gebracht werden wollte, weil dessen Herkunft von einem Skandal überschattet wurde.

„Orte wie Eton können für Jungen, die nicht aus der obersten Schicht kommen, sehr schwierig sein. Eine Herkunft wie seine kommt zwangsläufig ans Licht. Er könnte Schwierigkeiten bekommen."

Sie verschränkte die Arme. „Kenley... oder du?"

Seine Nasenflügel bebten und er neigte seinen Kopf, um sie genauer anzusehen. Dann stand er auf und marschierte zur Tür, um die Klingel zu läuten. Als Mrs. Barton herbeieilte, sprach er einen Moment mit ihr, und daraufhin trat die Haushälterin ins Zimmer und nahm Kenley und seine Spielsachen mit.

„Es ist sowieso Zeit für sein Nickerchen", sagte sie mit fröhlicher Stimme, denn sie schien die Spannung, die zwischen Pippa und Rhys knisterte, nicht zu spüren.

Umso besser, denn Pippa kämpfte darum, ihr Temperament in den wenigen Momenten zu kontrollieren, in denen Rhys nicht auf ihre direkte Frage reagierte. Sobald Mrs. Barton fort war, schloss er die Tür und lehnte sich dagegen. „Ich hielt es für besser, wenn der Junge uns nicht beim Streiten zusieht", bemerkte er leise.

„Ist es das, was wir tun werden? Streiten?", fragte Pippa, obwohl sie die Antwort darauf bereits kannte.

Er machte einen großen Schritt auf sie zu. „Du hast angedeutet, dass ich dem Kind eine gute Ausbildung verweigere, um mich zu schützen. Also ja, ich glaube, wir werden uns streiten."

„Aber ist es nicht genau das, was du vorhast?", hakte sie nach. „Es ist doch normalerweise so, dass ein kluger Junge aus einer bestimmten Klasse nun einmal die Schule in Eton besucht."

„Sehr wahr", betonte Rhys. „Auch Mittellose erhalten manchmal Stipendien und werden Teil der ‚Besseren'."

„Warum willst du dann deinem Neffen diese Gelegenheit verweigern?"

„Wie bist du erzogen worden, Phillipa?", fragte er anstelle einer Antwort.

Sie ballte ihre Hände und versuchte, die Frage nicht als Angriff zu sehen. „Ich hatte Hauslehrer, sowohl für meine allgemeine Bildung als auch in bestimmten Fächern wie Tanzen und Verhalten. Ich wurde dazu erzogen, einen Ehemann zu ergattern, der meine Stellung verbessert. Ich habe viel gelernt, indem ich gelesen und Fragen gestellt habe, die meine Eltern als unverschämt bezeichneten."

„Mädchen werden nicht oft zur Schule geschickt", bestätigte er leise. „Lass mich dir sagen, dass Orte wie Eton die Hölle sein können. Alle wissen, welche Kinder aus Gründen der Wohltätigkeit dort sind oder eine komplizierte Vergangenheit haben. Einige von ihnen sind dennoch erfolgreich, weil sie sympathisch sind. Andere hingegen… werden von hinterhältigen Jungen gequält. Wenn ich erwäge, Kenley nicht außerhalb seines eigenen Hauses auszubilden, ist genau das der Grund."

Die Art, wie er die Lippen schürzte und wie seine Wange zuckte, ließ Pippa sich fragen, was er in Eton hatte ertragen müssen. Aber hier ging es um Kenley, nicht um den Mann vor ihr. Sie bewegte sich unbehaglich. „Nun… ich habe wohl nicht darüber nachgedacht, was ihm wegen seiner Herkunft und dem Skandal darum widerfahren würde. Glaubst du wirklich, dass alle darüber Bescheid wissen würden?"

„Ja", antwortete Rhys ohne zu zögern. „Auf jeden Fall. Die Gesellschaft funktioniert nun einmal so und du weißt es aus vielen Jahren der eigenen Beobachtung. Wissen ist Macht. Jemand wird alles bis auf die letzte Einzelheit ausgraben."

Sie nickte. „Das ist ein nachvollziehbarer Grund, und ich entschuldige mich dafür, dass ich angedeutet habe, dass du ihn nicht auf eine Schule schicken willst, um dich zu schützen. Aber versteh bitte, dass du ihm damit trotz guter Absichten einzigartige Chancen verweigerst."

„Phillipa." Er fuhr sich mit der Hand durchs Haar, löste sich endlich von der Tür und ging zum Fenster. Sie konnte seine Aufregung daran erkennen, wie er sein Gewicht verlagerte, wie er seine Hände zu Fäusten ballte und wieder löste.

Und doch konnte sie nicht stumm bleiben oder ihn trösten. Sie musste nachhaken. „Ich möchte, dass Kenley sich gut entwickelt, und ich weiß, dass du das auch willst. Du hast mir nicht nur mit Worten, sondern auch mit Taten gezeigt, dass dir seine Zukunft am Herzen liegt."

„Das ist richtig", räumte er zähneknirschend ein.

„Dann frage dich, Rhys, ob er sich gut entwickeln wird, wenn du ihn von allem abschottest? Ein Junge wie er wird weder zur niederen noch zur hohen Gesellschaftsschicht gehören, es sei denn, er darf sich in die eine oder andere integrieren, bevor er in die Welt hinauszieht. Ihn auf dem Land zu verstecken, wird ihn nicht schützen. Es wird die Probleme nur aufschieben."

Sie konnte sehen, wie sein Verstand arbeitete, und er bückte sich, um einen der Holzblöcke aufzuheben, die Kenley irgendwann während seines Spiels von sich geworfen hatte. Er drehte ihn in seiner Handfläche und starrte ihn an, als könnte er die notwendigen Antworten enthalten.

Schließlich seufzte er. „Du hast natürlich Recht. In meiner Eile, ihn zu beschützen, würden ihm meine Pläne eher schaden. Also muss ich mein Vorhaben ändern. Es gibt eine Lösung für all das. Ich werde sie dir vorschlagen und dich fragen, was du davon hältst, denn diese Veränderungen werden dich genauso betreffen wie den Jungen."

„Was hast du vor?"

„Zieht nach London." Er sah sie eindringlich an. „Kommt alle zusammen nach London und lebt dort."

KAPITEL 12

Das einzige Geräusch, das Phillipas Lippen entwich, während sie Rhys entgeistert anstarrte, war ein Quieken. Kein Wort, keine witzige Erwiderung, nur ein Quieken.

Überrascht zog er eine Augenbraue hoch. „Ich habe dich sprachlos gemacht. Eine seltene Leistung.“

„In der Tat“, gab sie unter großen Schwierigkeiten zu. „Ich kann fast nicht verstehen, was du da sagst.“

„Soll ich es noch einmal sagen?“, fragte er hastig. „Phillipa, möchtest du mit Kenley nach London ziehen?“

„Du willst ihn also nicht mehr verstecken, sondern ihn stattdessen öffentlich vorführen?“ Das machte sie stutzig.

„Ich will ihn natürlich nicht *vorführen*. Aber wenn wir ohnehin miteinander in Verbindung gebracht werden, warum soll es dann nicht gleich von Anfang an geschehen?“ Er betrachtete den Holzblock in seiner Hand und dachte an die winzigen Finger, die ihn gehalten hatten. Dachte daran, wie dieses süße Kind ihn anstrahlte, ihn anlächelte. „Ich würde ihm gern nah sein“, fügte er leise an.

Dann sah er Phillipa an. Wenn sie dem zustimmte, würde das auch bedeuten, ihr näher zu sein. Und Gott helfe ihm, das wollte er sein, auch wenn er es nie aussprechen konnte. Auch wenn er es niemals aussprechen durfte. Es war so ungerecht für sie beide.

Also sagte er stattdessen etwas anderes. „In London werden ihm viel mehr Möglichkeiten offenstehen."

„Ich...", begann sie, aber dann schloss sich ihr Mund wieder.

„Ich werde eine Unterkunft für dich und die Bartons mieten. Es gibt mehrere Stadtviertel, die dir sehr gefallen würden und die für ein Kind in seiner Situation und von seinem Stand angemessen wären."

„Ich soll Bath verlassen...", murmelte sie.

Er legte seinen Kopf schief und musterte sie. „Bist du glücklich hier?", drängte er. „Wenn du es bist, dann kann ich auch hier alles arrangieren, was du willst. Ich könnte deine Situation hier verbessern und dem Kind dennoch viele Möglichkeiten bieten."

Er kam näher, denn er fühlte sich zu ihr hingezogen, wie er es seit jeher getan hatte. Er streckte die Hand aus und strich mit seinen Fingern über ihre Hand. Sie holte tief Luft. Gott, wie er es liebte, wenn ihr Atem stockte, denn es war der Beweis dafür, welche Wirkung seine Berührung auf sie hatte.

„In London könntest du deine Freundinnen sehen", fuhr er fort. „Ich beabsichtige, Abigail das Haus zu schenken, in dem sie lebt, damit sie dort bleiben kann. Und ich glaube, Celeste und Owen werden auch in London bleiben, denn dort arbeitet Owen schließlich. Du könntest dich von den schlechten Erinnerungen befreien, die Bath in dir bestimmt wecken muss."

Als sie den Kopf senkte, wusste er, dass er ins Schwarze getroffen hatte. Er schob einen Finger unter ihr Kinn und hob ihren Kopf etwas. „Du könntest dich von einem Vater befreien, der jeden Moment auftauchen könnte, nur um grausam zu dir zu sein."

Ihre Wange zuckte ein wenig, und er sah den Schmerz in ihren Augen. Es tat ihm weh, dass seine Worte sie verletzten, indem er sie an ihren Vater erinnerte. Schließlich wollte er sie trösten und ihr nicht etwa weiteres Leid zufügen.

Sie wich zurück und wandte sich ab, als ob es sogar schmerzhaft wäre, ihn anzusehen. Dann sagte sie: „Ich muss zugeben, dass es zahlreiche Aspekte gibt, für die London… geeigneter wäre. Aber wäre es auch wirklich besser für Kenley?"

Er zuckte mit den Schultern. „Es wird anders sein. In der Stadt werden uns viel mehr Hauslehrer zur Verfügung stehen. Ich kann dafür sorgen, dass Kenley die Kinder anderer wichtiger Männer kennenlernt und Freundschaften schließt, lange bevor er nach Eton gehen müsste."

„Dann wäre er dort kein Außenseiter."

„Richtig", bestätigte Rhys. „Und ich kann mich aktiver in seine Erziehung einbringen, falls das etwas nützt. Er kann so etwas über das Vermächtnis seiner Familie erfahren… sowohl über das Gute als auch das Schlechte."

Sie sah ihn jetzt an, fast so, als würde sie bis in sein Herz schauen, obwohl sie kein Recht dazu hatte. Genauso wie er kein Recht dazu hatte, ihr sein Herz so verzweifelt offenbaren zu wollen. Was er wollte, war so viel mehr im Vergleich zu dem, was er tatsächlich haben konnte. Es war alles furchtbar ungerecht.

Ihre Nähe zu ihm in London würde diese Ungerechtigkeit nur noch verstärken. Aber hier ging es nicht um ihn und darum, was gut für ihn wäre. Sein Vorschlag hatte einen höheren Zweck. Er würde lernen müssen, mit den Konsequenzen zu leben.

„Ich denke, dass das tatsächlich besser für Kenley wäre", räumte sie mit einem Nicken ein. „Einverstanden, ich werde mit ihm nach London ziehen, und ich werde herausfinden, ob die Bartons uns dorthin begleiten möchten."

Obwohl dies ein rein geschäftliches Arrangement war, um seinem Neffen zu helfen, durchfuhr Rhys ein Glücksgefühl, das viel stärker war, als es hätte sein sollen. Er musste all seine Willenskraft aufbieten, die er sich in seinem Leben anerzogen hatte, um nicht vor Freude zu schreien.

Stattdessen räusperte er sich und drehte sich zur Tür um. „Ich werde sofort anfangen, alle notwendigen Vorkehrungen zu treffen."

Dann wollte er den Raum verlassen, um genau das zu tun und

sich zu sammeln, aber Phillipa hielt ihn am Arm fest. Er spürte den Druck jedes ihrer Finger durch seine Jacke bis ins Mark. Sie leckte sich über die Lippen und es war um ihn geschehen.

„Musst du jetzt gleich damit anfangen?", hauchte sie.

Er konnte nicht atmen, als er sie ansah und tausend Gedanken durch seinen Kopf schossen. Der vordringlichste war, dass das hier aufhören müsste, sobald sie in London wären. Also sollte er es besser genießen, solange es dauerte.

Er neigte seinen Kopf und küsste sie zur Antwort. Er ertrank in ihrem Geschmack, ihrem Gefühl. Es war vielleicht noch nicht das letzte Mal, er wollte es sich jedenfalls nicht so vorstellen... aber er würde sie trotzdem in vollen Zügen genießen, als ob es seine letzte Gelegenheit wäre.

So viele Gedanken schwirrten in Pippas Kopf herum, und als Rhys sie küsste, tat er genau das, was sie von ihm wollte. Er verjagte alle verworrenen Bilder, alle Angst und füllte ihren Geist mit... ihm. Immer nur mit ihm. Sie öffnete ihre Lippen, erlaubte ihm tiefer einzutauchen und schlang ihre Arme um seinen Hals.

Er war warm und hart an ihr, als er sie nach hinten zog und sie zusammen auf das Sofa fielen. Sie landete auf seinem Schoß und zupfte an ihren Röcken, damit sie rittlings auf ihm sitzen konnte. Er packte ihren Hintern, während sie sich küssten, knetete ihn und wiegte sie vor und zurück in einem Vorspiel dessen, worauf das hier unweigerlich hinauslief.

Aber sie war noch nicht bereit dafür. Nicht für das Ende dieser Leidenschaft und schon gar nicht für das Ende dessen, was sie hier in Bath begonnen hatten. Sie konnte es sich nicht wirklich vorstellen, wenn er nur noch ihr Arbeitgeber wäre, wenn sie sich nur sehen würden, um über Kenley zu reden. Wenn sie schließlich zusehen müsste, wie er eine andere heiratete, sich vielleicht sogar in seine Braut verliebte, und ihr selbst keine andere Wahl bliebe, als sich für ihn zu freuen.

Er löste sich von ihr und sah besorgt zu ihr auf. „Bitte flüchte dich nicht in deine Gedanken, Phillipa. Sei ganz hier bei mir."

In seinen Worten lag Verzweiflung und etwas, das ihr sagte, dass auch er über diese schreckliche Zukunft nachdachte. Irgendwie tröstete es sie, dass sie mit ihrem Kummer nicht allein war. Nur so konnte sie die Sorgen beiseiteschieben, sich ihm hingeben und sich keine weiteren Gedanken darüber machen, was als Nächstes kommen würde.

Sie umfasste seine Wangen und küsste ihn heftiger, sehnsüchtiger. Er machte dieses Geräusch in seiner Kehle, das sie so liebte und das ihr sagte, dass er ganz in ihr verloren war. Dass sein Anstand verblassen und durch etwas viel Stärkeres ersetzt werden würde. Etwas Brennenderes, Animalischeres. In diesen Augenblicken war er ein Mann, den nur sie kannte. Ein Mann, von dem sie für die kurze Zeit, die sie miteinander verschlungen verbrachten, vorgeben konnte, dass er ihr gehörte.

Nein. Das sollte sie sich schnell aus dem Kopf schlagen. Sie wünschte sich, dass diese unerfüllbare Sehnsucht nicht wie ein ständiger Trommelschlag in ihrem Kopf widerhallen würde. Rhys zog sie fester an sich, und ihr wurde klar, dass sie beide denselben Krieg führten. Nicht gegeneinander, sondern gegen das Unvermeidliche.

Diesmal war sie es, die sich von ihm löste und auf ihn herabsah. Sie keuchten beide, klammerten sich aneinander, weil sie beide im Sog der Realität nach einer Rettungsleine suchten. Sie holte ein paar Mal tief Luft, bevor sie wisperte: „Wir haben die Gegenwart."

Sein Gesichtsausdruck wurde weicher und er nickte. „Ich will die Gegenwart nicht ruinieren."

„Ich auch nicht", betonte sie und presste sich fester gegen ihn. Sie spürte seine Härte an ihrem Oberschenkel. Ein paar kleine Bewegungen und schon könnte er in ihr sein, ihr Lust bereiten und selbst Lust erfahren.

Aber das schien heute nicht genug zu sein, wo alles zwischen ihnen knisterte. Sie wollte mehr tun, etwas nur für ihn. Also rutschte sie zentimeterweise von ihm herunter, vom Sofa, und kniete sich auf den weichen Teppich. Er beobachtete sie wie ein Falke seine Beute.

„Phillipa", murmelte er.

Sie schüttelte den Kopf. „Lass mich einfach", bat sie, als sie ihre Hände über seine Schenkel gleiten ließ. Gott, sie waren sehnig und muskulös. Sie schob sie auseinander und glitt zwischen sie, um seine Hose zu öffnen.

Er schnappte heiser nach Luft und sie sah zu ihm auf, als sie sein hartes Glied in die Hand nahm. Ihn seiner Kontrolle zu berauben war berauschend. Daran hatte sie fast so viel Freude wie an seiner Berührung. Fast.

Sie streichelte ihn ein-, zweimal und Rhys wand sich ein wenig, immer noch ein Earl, der versuchte, die Fassung zu wahren. Aber als sie ihren Kopf senkte und seine Spitze sanft mit ihrer Zunge berührte, fiel sein letzter Widerstand. Er legte seine Hand auf ihren Hinterkopf, vergrub seine Finger in ihren Haaren, zerzauste sie und übte gerade genug Druck aus, dass es zwischen ihren Beinen pochte.

Wenn seine Berührung eine stille Bitte war, so gab sie ihr nach. Sie nahm ihn in ihren Mund, erst langsam, dann immer tiefer, während sie ihre Zunge um seine dicke Länge wirbelte.

„Phillipa", wiederholte er, diesmal mit noch größerer Verzweiflung.

Sie lebte für diesen Tonfall. Er war kurz davor, die Beherrschung zu verlieren. Sie begann, ihren Mund über ihn zu schieben, streichelte den Teil, der nicht in ihren Mund passte, mit der Hand, begann langsam, steigerte dann aber das Tempo und steuerte ihn auf einen Moment zu, in dem er entweder ganz aufgeben oder aber die Kontrolle zurückerobern und ihr ebenfalls Vergnügen schenken würde.

Er ließ sie eine Weile gewähren, hob seine Hüften, um sich ihrem Tempo anzupassen, und seine Finger schlossen sich fester um die Sofakante, bis seine Knöchel weiß wurden. Aber gerade als seine Beine zu zittern begannen, gerade als sie fühlte, dass sie ihn kurz vor dem Höhepunkt hatte, packte er ihre Oberarme.

Sein Glied glitt mit einem feuchten Plopp aus ihrem Mund, und sie stieß einen winzigen Schrei aus, als er sie zurück auf seinen Schoß zog. Sein Mund fand ihren, hungriger denn je, während er an ihren Röcken zerrte.

„Reite mich", keuchte er leise in ihr Ohr. „Ich möchte spüren, wie du kommst, ich möchte es in deinem Gesicht sehen."

Das musste er ihr nicht zweimal sagen. Sie schob ihre Röcke beiseite und zerriss fast ihre Unterwäsche in ihrer Eile. Er umfasste ihre Hüften und führte sie, während sie sich in Position brachte.

Sie nahm ihn Zentimeter für Zentimeter in sich auf, längst feucht und bereit für ihn. Sie stöhnten zusammen, als er sie ausfüllte und dehnte. Sie drückte ihre Schenkel fester um seine und genoss die Verruchtheit, die die Tatsache mit sich brachte, dass sie beide fast vollständig bekleidet waren und sich im unverschlossenen Salon befanden, was so völlig ihrem verantwortungsbewussten Wesen widersprach.

Als er seinen Griff um ihre Hüften verstärkte und sie nach vorn kippte, während er in sie stieß, vergaß sie jeden vernünftigen Gedanken. Sie verlor sich in puren Empfindungen und tat, worum er gebeten hatte: Sie ritt ihn. Sie rieb sich an ihm, reizte ihren Kitzler, erhob sich, um Rhys zu necken, glitt fast ganz von ihm weg. Sie tat es erst langsam, dann schneller, und nach nur wenigen Augenblicken schnappten sie beide nach Luft. Sie packte ihn fester und ihre inneren Muskeln zuckten, als die Lust zunahm.

Als sie kam, packte er sie im Nacken und zog sie zu sich herab, damit er ihr lustvolles Stöhnen herunterschlucken konnte, während sie vor lauter Empfindung zuckte und sich wand. Er war selbst kurz davor zu kommen. Sie merkte es daran, wie er an ihrer Lippe knabberte, wie er sich unter ihr bewegte, daran, wie er ihren Namen keuchte. Die Anstrengung in seinem Gesicht nahm zu, und sie ritt ihn weiter. Sie wollte alles, was er ihr geben konnte. Sie wollte es mehr, als sie jemals irgendetwas oder irgendjemanden gewollt hatte.

Aber als er kam, behielt er doch etwas Kontrolle. Er hob sie hoch, packte seine Härte unter ihren Röcken und bedeckte sie mit seiner Hand, während er stöhnte. Sie spürte die Spritzer seines Orgasmus auf ihrem Oberschenkel.

Sie beobachtete ihn fasziniert, wie er seinen Kopf nach hinten gegen das Sofa lehnte, die Augen geschlossen. In seinen Zügen lag ein Frieden, den sie selten sah. Wenigstens gab sie ihm dieses Geschenk. Diese seltene Flucht vor seinen Problemen. Das war alles, was sie sich für ihn wünschte, aber es war auch etwas, was sie ihm nur selten geben konnte, und es stand ihr nicht zu, es weiter zu versuchen.

Er öffnete ein Auge. „Versuchst du, mich zu erforschen?"

Sie lächelte, als sie von seinem Schoß glitt und ihre Röcke zurechtschob. Er schloss seine Hose und schon waren sie wieder ganz schicklich, als ob die leidenschaftlichen Momente gerade überhaupt nicht stattgefunden hätten.

„Ich brauche dich nicht zu erforschen, Mylord", erwiderte sie, während sie ihren Kopf neigte und geistesabwesend die Linie seines Kiefers nachzeichnete. „Ich weiß, wer du bist."

Er erwiderte ihren Blick schweigend. Es war vielleicht nur eine Sekunde lang, aber es fühlte sich an wie ein ganzes Leben. Dann nickte er. „Ja. Das weißt du tatsächlich."

Da wurde ihr klar, dass er sie auch liebte. Sie sah es in seinen blauen Augen, sie spürte es in der Art, wie er sanft eine Hand auf ihr Knie legte. Es war in seiner Körpersprache, im Klang seiner Stimme, in jedem Teil von ihm. Er liebte sie. Sie liebte ihn.

Aber nichts davon spielte eine Rolle. Ihrer beider Vergangenheit verbot ihnen eine gemeinsame Zukunft. Sie brauchte all ihre Kraft, um nicht in Tränen auszubrechen.

Stattdessen zwang sie sich zu einem Lächeln. „Du hast versucht, mir zu entkommen, bevor ich dich abgelenkt habe."

„Es war äußerst angenehm, das versichere ich dir." Mit jedem

Augenblick, der verging, erlangte er etwas von seinen guten Manieren zurück. Sein Tonfall kehrte zu dem eines wohlerzogenen Earls zurück, seine Haltung änderte sich, als er aufstand und zum Spiegel über der Anrichte ging, um sich zu vergewissern, dass sie ihn nicht zu sehr zerzaust hatte.

Er drehte sich zurück und durchdrang sie wieder mit diesem blauen Blick. Mit einem Blick, der immer noch vor Liebe zu ihr brannte, trotz der Rückkehr seiner Fassade. „Ich würde dir niemals entkommen wollen, Phillipa." Er ging zu ihr zurück und beugte sich über die Sofalehne, um sie zu küssen. Sie streckte sich ihm entgegen und berührte seine Wange, als er den Kuss vertiefte. Als er sich von ihr zurückzog, war sie bereits wieder außer Atem. Er seufzte. „Allerdings muss ich für unsere Abreise nach London viel vorbereiten. Ich hoffe, wir können das hier heute Abend fortsetzen?"

Sie nickte und lächelte ihm zu, bis er den Raum verließ. Doch sobald er fort war, verschwand ihr Lächeln, und die Realität dessen, was bald passieren würde, holte sie mit solcher Wucht ein, dass es sich anfühlte, als würde ihre ganze Welt erbeben.

Mit diesem Mann nach London zurückzukehren bedeutete, dass sie ihn regelmäßig sehen würde. Um Kenleys Willen würde er Teil ihres Lebens sein und sie ein Teil von seinem. Aber das wäre alles. Wahrscheinlich wäre sehr schnell ein Punkt erreicht, an dem sie sich keine sehnsüchtigen Blicke mehr erlauben konnten. Sie würden keine heimlichen Momente mehr miteinander teilen.

Also würde sie ihn aus der Ferne lieben, und das wäre alles.

Sie senkte den Kopf und spielte mit einem losen Faden an einem Sofakissen, während sie versuchte, sich von diesem Gedanken nicht überwältigen zu lassen.

Sie versuchte, sich nicht darin zu verlieren, wie leer sich diese Zukunft anfühlte. Für Sie. Für ihn.

KAPITEL 13

Pippa hatte gewusst, dass es nicht die angenehmste Erfahrung sein würde, einkaufen zu gehen, aber sie brauchte ein paar Dinge, um sich auf die Abreise des gesamten Haushalts nach London am nächsten Tag vorzubereiten. So stand sie nun also mitten in ihrem Lieblingsbuchladen in der Milsom Street. Dies war ihr ganzes Leben lang einer ihrer Lieblingsorte gewesen. Sie hatte hier eine Verbindung zu denen gefunden, die Bücher genauso sehr liebten wie sie, und in diesen Mauern viele nette und anregende Gespräche geführt.

Aber heute beobachteten sie alle anderen Kunden nur aus den Augenwinkeln und wichen zurück, wenn sie ihnen zu nahe kam, als hätte sie eine ansteckende Krankheit. Ein Skandal war allem Anschein nach genauso gefährlich.

Mit einem Seufzen nahm sie das Buch, das sie ausgewählt hatte, und ging durch den Laden nach vorn. Dort erwartete sie Mr. Wilson, der Inhaber, mit geschürzten Lippen, was sie bestürzte, da sie bislang immer ein herzliches Verhältnis gehabt hatten… Nun, das war eben *vorher* gewesen.

„Mrs. Montgomery", grüßte er eiskalt.

„Mr. Wilson", erwiderte sie und versuchte, ihren Ton freundlich zu halten, als würde sie nicht bemerken, dass sie gemieden wurde. „Würdet Ihr das bitte auf meine Rechnung nehmen?"

Er schüttelte leicht den Kopf. „Es tut mir leid, Ma'am, aber ich fürchte, ich kann Euren Kredit nicht verlängern."

Ihre Kinnlade klappte herunter, und sie starrte ihn fassungslos an, wünschte sich, ihre Wangen würden nicht zu glühen beginnen, als sich der gesamte Laden ihr zuwandte. „Mr. Wilson, ich habe meine Rechnungen immer pünktlich beglichen, sogar noch bevor sie fällig waren. Ihr musstet noch nie auf Eure Zahlung warten."

„In der Tat", räumte er ein und nicht leise. Sie wusste, dass der gesamte Laden dieser Demütigung zuhörte. „Aber Eure… Situation hat sich eindeutig verändert. Es wäre besser, wenn Ihr einfach bezahlen würdet, was Ihr mitnehmen möchtet."

Ihr Kiefer spannte sich an, und sie legte das Buch in ihren Händen vorsichtig auf den Tresen. „Ich bin hier mein ganzes Leben lang eine treue Kundin gewesen, Sir. Und obwohl ich die Mittel habe, meine Bücher zu bezahlen, scheint es, dass ich hier nicht mehr willkommen bin. Guten Tag."

Sie drehte sich um und verließ den Laden in einer, wie sie hoffte, würdevollen, aber doch entrüsteten Wolke. Aber auf der Straße blinzelte sie die Tränen fort. Dies war ihr Untergang, sie sah ihn deutlich vor sich. Die Wahrheit war, dass sie zwar für ihr Buch hätte bezahlen können, aber nicht, wenn sie noch ein paar Dinge im Gemischtwarenladen kaufen wollte, um Kenley unterwegs zu unterhalten. Und da sie davon ausgehen musste, dass sie dort die gleiche Behandlung erwartete und man ihr den Kredit angesichts von Erasmus' Lügen ebenfalls verweigern würde, musste sie ihr Geld sparen.

Sie versuchte, sich zu beruhigen, während sie die belebte Straße hinaufging und dann den anderen Laden betrat. Wieder huschten verstohlene Blick zu ihr, aber sie drückte ihre Schultern nach hinten durch und ignorierte sie.

Sie ging zum Bereich, wo das Kinderspielzeug gestapelt war, und sah sich um. Mr. und Mrs. Barton hatten zugestimmt, mit ihnen nach London zu ziehen, sodass die Gesellschaft in zwei Kutschen reisen würde, zusammen mit einem Karren, um ihre Koffer und die wenigen Möbelstücke, die Pippa gehörten, zu transportieren. Kenley würde wahrscheinlich zwischen den Reisenden auf dem Weg hin und her gereicht werden. Trotzdem war es eine lange Reise, und sie hoffte, einige neue Spielzeuge zu finden, um dem Jungen die Zeit zu vertreiben.

Sie durchsuchte Kreisel und Bälle, Bauklötze und Stofftiere und wählte ein paar Dinge aus, von denen sie dachte, dass sie Kenley gefallen würden. Sie wollte gerade ihre Sachen nach vorn bringen, als ihr auffiel, dass ihre Mutter ihr gegenüber stand und sie anstarrte.

Ihr Herz blieb ihr im Hals stecken. Wenn ihre Beziehung zu Calvin Windridge schon schwierig war, so war die zu ihrer Mutter noch komplizierter. Mary Windridge hatte sich in allen Angelegenheiten immer dem Urteil ihres Mannes untergeordnet. Sie hatte sich nie für Pippa eingesetzt oder ihr viel Trost gespendet, wenn sie in Schwierigkeiten war. Pippa hatte das akzeptiert, aber als sie nun hier stand und ihre Mutter ansah, wusste sie, dass sie sie vielleicht nie wiedersehen würde.

Und sie konnte nicht anders, als zu ihr zu gehen. Sie zuckte zusammen, als ihre Mutter subtil mit dem Kopf nickte, als wollte sie Pippa wortlos bitten, ihr zu folgen. Dann wandte sie sich ab und eilte hinter ein paar Regale in den hinteren Teil des Ladens. Es schien, als wollte Mary nicht mit ihr gesehen werden.

Pippa folgte ihrer Mutter und schlüpfte in den abgetrennten Bereich. Ihre Mutter stand im Schatten und rang die Hände.

„Dein Haar sieht sehr hübsch aus", platzte Mary heraus.

Pippa hob ihre Hand an ihre Locken und nickte. „Danke Mutter." Sie schwiegen einen Moment lang verlegen, dann stieß Pippa einen langen Seufzer aus. „Ich ziehe nach London. Du hast sicher davon gehört."

„Es hat sich herumgesprochen", bestätigte ihre Mutter leise. „Du bist Gegenstand vieler Gerüchte. Ich habe gehört, dass du deine Sachen packst und abreist."

„Vater ist bestimmt zufrieden", bemerkte Pippa. „Er hat seine Meinung über mich sehr deutlich gemacht, als er letzte Woche zu Besuch kam."

Auf dem Gesicht ihrer Mutter blitzte Bedauern auf, bevor sie mit den Schultern zuckte. „Er ist Geschäftsmann, Pippa. Und sein Geschäft verträgt keine Gerüchte oder Anspielungen. Es gibt andere Ballsäle und die Konkurrenz schläft nie. Eine falsche Bewegung von einem von uns..."

Pippa hob eine Hand. „Glaub mir, Mama, ich erinnere mich an jedes Wort dieses Vortrags aus meiner Kindheit, du brauchst ihn nicht zu wiederholen. Ich verstehe, dass diese Situation ihn in eine schwierige Lage bringt. Ich wünschte nur, ihr würdet beide verstehen, dass ich mich in einer noch schlimmeren Lage befinde."

Ihre Mutter trat näher. „Ich... ich verstehe das, Pippa. Wirklich, das tue ich. Deine Situation ist unhaltbar und dich trifft keinerlei Schuld daran. Wenn ich dir nur helfen könnte..." Sie schüttelte den Kopf. „Aber ich kann es nicht, verstehst du das nicht?"

„Doch, ich verstehe", wisperte Pippa. „Niemand kann mich am Ende retten. Nach London zu gehen, wird für alle das Beste sein. Es wird euch beiden ermöglichen, Abstand zu nehmen und, wie ich hoffe, euer Gesicht zu wahren, damit ihr weiter hier in Bath leben könnt. Ich werde auch neu anfangen, an einem Ort, an dem ich irgendwann unbehelligt leben kann."

Ihre Mutter kaute auf ihrer Unterlippe. „Du wirst nicht wieder heiraten können."

Pippa unterdrückte ein freudloses Lachen. Mary lebte in einer Welt, in der die Ehe die einzige Option war. Pippas gesellschaftlicher Tod musste ihr angesichts dessen noch tragischer vorkommen.

„Nein, das stimmt wohl", räumte sie ein. „Selbst wenn es einen Mann gäbe..." Sie schnappte nach Luft und versuchte, nicht an Rhys zu denken. „... der mich wollte, gibt es viele Barrieren. Da ist zum einen der Skandal, zum anderen mein völliger Mangel an eigenen Mitteln. Ich werde arbeiten und mich um das Kind kümmern."

„Sprich nicht so laut über solche Dinge", zischte ihre Mutter und packte sie am Arm.

Pippa schüttelte sie sanft ab. „Ich war nicht laut, Mama."

Ihre Mutter seufzte und senkte den Kopf. „Wie kannst du es ertragen, für ein Kind verantwortlich zu sein, das das Produkt der Unvorsichtigkeit deines verstorbenen Mannes ist?"

„Unvorsichtigkeit ist milde ausgedrückt", entgegnete Pippa. „Aber das ist nicht die Schuld des Babys, oder? Das Kind hat nicht mehr Schuld an allem als ich. Seine Mutter ist verschwunden, sein Vater ist tot. Es wäre falsch, den Jungen im Stich zu lassen."

„So wie du von deinen Eltern im Stich gelassen wurdest, meinst du wohl?", warf ihre Mutter ein, und ihr Kiefer spannte sich an.

Pippa schüttelte den Kopf und weigerte sich, darauf zu antworten. Wenn ihre Mutter sich schuldig fühlte wegen dem, was in ihrer zerrütteten Familie passierte, dann hatte Pippa keine Lust, ihr Gewissen zu erleichtern. Zumindest nicht im Moment.

„Ich komme schon zurecht", sagte sie stattdessen.

„Du solltest alle deine Möglichkeiten in Betracht ziehen", meinte Mary mit geröteten Wangen. „Es gibt viele Alternativen, um dir in London ein Leben aufzubauen."

Pippa runzelte die Stirn. „Was meinst du damit? Ich habe keine Erfahrung in anderen Arten von Arbeiten und ich habe keine Referenzen vorzuweisen."

Ihre Mutter schüttelte den Kopf. „Ich rede nicht vom Arbeiten, Pippa." Sie bewegte sich unbehaglich und ihr Blick huschte umher, als fürchtete sie, belauscht zu werden. Als sie wieder sprach, war ihre Stimme kaum zu hören. „Dein Vater sagt, dass der Earl… der Bruder deines verstorbenen Mannes… dich auf eine bestimmte Weise ansieht. Du bist eine wunderschöne junge Frau, meine Liebe. Und Männer kümmern sich gut um Frauen, die ihnen gefällig sind."

Pippa taumelte einen Schritt zurück, als ihr klar wurde, dass ihre Mutter ihr vorschlug, die Geliebte eines Mannes zu werden.

Genauer gesagt Rhys' Geliebte. „Mama", keuchte sie und fuhr dann gefasster fort: „Danke für den Vorschlag. Ich werde ihn im Hinterkopf behalten."

„Er steht in deiner Schuld", betonte Mary.

„Wenn du immer noch vom Earl redest, so ist er mir überhaupt nichts schuldig", gab Pippa zurück. „Er ist viel zu anständig, als dass Vater oder du derart über ihn sprechen solltet. Ich werde alles tun, um ihm zu helfen, da er durch diese Situation genauso viel Schaden erlitten hat wie jeder von uns."

Ihr Mutter sah sie einen Moment lang schweigend an, und Pippa war entsetzt, nur Mitleid in ihren Augen zu sehen. „Ich verstehe", erwiderte Mary leise.

„Ich glaube, ich sollte jetzt besser gehen. Ich muss noch viel vorbereiten und du hast bereits zu viel Zeit mit einer Ausgestoßenen wie mir verbracht. Ich werde dir aus London schreiben."

Ihre Mutter schüttelte den Kopf. „Das wäre nicht klug, meine Liebe."

Pippa starrte sie einen Moment lang an, während diese Bemerkung einsickerte. Dann räusperte sie sich. „Dann scheint dies unser Abschied zu sein. Ich wünsche dir und Vater alles Gute, Mama."

Die Augen ihrer Mutter füllten sich mit Tränen. „Das wünsche ich dir auch, Phillipa. Leb wohl."

Pippa drehte sich um und eilte zur Theke, wo sie für ihre Waren bezahlte, ohne die Blicke auf sich und das Geflüster ihres Namens zu bemerken, als sie den Laden verließ, ihre Mutter verließ, genau genommen ihr altes Leben hinter sich ließ.

Ohne Hoffnung, dass die Zukunft ihr mehr Wärme oder Glück bringen würde als die Vergangenheit. Und sie musste all ihren Mut zusammennehmen, um bei diesem Gedanken nicht auf offener Straße zu weinen.

KAPITEL 14

Rhys sah in der Kutsche zu Pippa hinüber und runzelte die Stirn. Seit ihrer Rückkehr ins Haus am vorigen Nachmittag war sie sehr still gewesen. Nein, still war nicht das richtige Wort dafür. Abgesehen von höflichen Antworten auf Fragen, die ihr direkt gestellt wurden, oder um Anweisungen zu geben, was an diesem Morgen aufgeladen werden sollte, hatte sie nur geschwiegen.

Und sie war am Abend auch nicht in sein Bett gekommen. Sie hatte ihn kaum angesehen. Etwas war passiert, etwas hatte sich verändert, und er wollte wissen, was es war.

Aber er konnte sie jetzt nicht danach fragen, denn Mrs. Barton fuhr mit ihnen in der Kutsche, während Mr. Barton auf Rhys' Pferd neben der Kutsche her ritt. Nan kümmerte sich in der anderen, kleineren Kutsche hinter ihnen um Kenley, der ein Nickerchen machte.

Sie waren also nicht ausreichend ungestört für etwas, das, wie Rhys vermutete, zu einem sehr persönlichen Gespräch werden könnte. Zu einem Gespräch, vor dem er sich fürchtete.

Die Kutsche wurde langsamer und Mrs. Barton spähte lächelnd durch den Vorhang. „Sieht so aus, als hätten wir das Gasthaus erreicht. Ich kann es kaum erwarten, mir etwas die Beine zu vertreten."

Phillipa lächelte kurz. „Ja. Es ist eine lange Fahrt."

Rhys räusperte sich. „Aber den Großteil haben wir heute bereits geschafft. Wir sind jetzt nur noch ein paar Stunden von London entfernt. Wir müssen uns morgen früh nicht beeilen und erreichen die Stadt sicher vor dem Nachmittagstee."

„Ausgezeichnet", freute sich Mrs. Barton. „Mr. Barton und ich sind bereit, unsere neue Unterkunft zu beziehen und alles für Euch vorzubereiten."

Phillipa legte ihre Hand auf die ihrer Haushälterin. „Ihr seid zu gut zu mir. Ich bin so froh, dass Ihr beide bei mir bleibt und die neue Arbeit angenommen habt."

Auch Rhys lächelte Mrs. Barton an. Es war schließlich eine Erleichterung. Sein Anwalt in London hatte versprochen, ein hübsches Zuhause direkt am Rande des West End zu besorgen, nah genug an seinem Haus, dass er sie im Notfall rasch erreichen konnte, weit genug entfernt, dass er nicht…

In Versuchung geraten würde.

Aber das Haus war noch nicht ganz fertig und so hatten Mr. und Mrs. Barton angeboten, zuerst allein dort einzuziehen und alles in Ordnung zu bringen, während Phillipa und Kenley bei der ursprünglichen Mrs. Montgomery, Abigail, unterkämen. Alles in allem ein gutes Arrangement, und doch verstärkte sich seine Besorgnis, je näher sie der Stadt und dem endgültigen Ende der Beziehung kamen, die er und Phillipa bisher gepflegt hatten.

Die Kutsche hielt und das beendete auch seine rührseligen Gedanken oder schob sie zumindest beiseite. Es herrschte geschäftiges Treiben, als Rhys' Fahrer die anderen lautstark anwies, ihre Unterkunft herzurichten, und die Bartons und Nan sich zusammentaten, um die Sachen zu holen, die alle für die Nacht brauchten, und Kenley hineinbrachten. Also stieg Rhys aus der Kutsche und drehte sich um, um Phillipa eine Hand zu reichen.

Doch sie zögerte, sie zu ergreifen. Sie weigerte sich auch, ihm in die Augen zu sehen, als sie ihre Füße auf den Boden setzte und vorsichtig ihren Rücken streckte. „Dies ist ein anderes Gasthaus als das, in dem wir auf dem Weg nach Bath übernachtet haben. Es fühlt sich an, als wäre es eine Ewigkeit her", bemerkte sie.

„Das ist der längste Satz, den du in vierundzwanzig Stunden zu mir gesagt hast", spottete er leise.

Da wanderte ihr Blick zu seinem Gesicht und sie errötete wie eine Pflaume. „Ich... oh, ich war furchtbar unhöflich, nicht wahr? Das tut mir leid."

Er schüttelte den Kopf. „Du musst dich nie bei mir entschuldigen, Phillipa."

Sie zog sich leicht zurück. „Natürlich muss ich das. Wenn ich mich falsch verhalte, muss ich mich sehr wohl bei dir entschuldigen, weil ich..." Sie unterbrach sich, und ihre Augen sanken zwischen ihnen auf den Boden. „Weil du ein Freund für mich bist."

Er biss die Zähne zusammen. Sie hatte nicht vorgehabt, ihn einen Freund zu nennen. Es stimmte natürlich, dass er ihr ein Freund sein wollte. Diese Rolle gefiel ihm, aber sie war eng mit der anderen Rolle verbunden, die er in ihrem Leben eingenommen hatte: Die Rolle des Liebhabers. Beide zusammen waren eine sehr gefährliche Sache. Ein guter Freund, der auch im Schlafzimmer eine großartige Gesellschaft war... das war es doch, was sich jeder Mensch insgeheim erhoffte. Das war, fürchtete er, Liebe. Und er konnte Phillipa nicht lieben, jedenfalls nicht so, wie sie es verdiente.

Also ignorierte er ihre Bemerkung und deutete mit dem Arm auf ein kleines Wäldchen hinter dem Gasthaus. „Hier gibt es einen hübschen Pfad durch den Wald. Vielleicht könnten wir zusammen einen kleinen Spaziergang machen."

Sie kaute einen Moment lang auf ihrer Unterlippe – eine äußerst ablenkende Geste – dann nickte sie. Sie gingen zusammen, ohne sich zu berühren, auf den Wald zu. „Woher kennst du den Pfad?", wollte sie wissen.

Er zuckte mit den Schultern. „Ich habe hier schon einmal Halt gemacht, als ich von Leighton nach London zurückgekehrt bin. Das liegt zwar weiter entfernt als Bath, aber einige Straßen sind gleich, um in die Stadt zu gelangen."

„Ich habe mich immer gewundert, wie es dort wohl ist. Du sprichst nie davon, und Erasmus hat nur Unangenehmes erzählt."

„Ja, das kann ich mir gut vorstellen", räumte Rhys mit einem Stirnrunzeln ein. „Schließlich ärgerte er sich sehr darüber, dass er das Anwesen nicht geerbt hat. Er und seine Mutter haben immer über die dunklen Räume und die wilde Moorlandschaft geklagt. Es war ihnen zu weit entfernt, es war ihnen nicht modern genug. Es gab keine Gesellschaft, die sie schätzten."

„Aber dir gefällt es dort?", hakte Phillipa nach.

Er nickte. „Ich mag London und verbringe die meiste Zeit dort. Und ich gebe zu, dass der Unterhalt des Anwesens... durch die aktuellen Ereignisse erschwert wird."

Sie zuckte zusammen. „Du sprichst von dem Geld, das du ausgeben musstest, um die Fehler deines Bruders zu korrigieren."

„Ja." Er schüttelte den Kopf. „Aber wenn ich allein sein will, fern von allem, um mich selbst denken zu hören... dann gibt es keinen besseren Ort auf dieser Welt als Leighton. Ich wünschte, du könntest es sehen, Phillipa. Ich denke, du würdest es lieben. Und wenn Kenley älter wird, kann er an denselben Klippen entlangrennen wie ich. Wahrscheinlich bringt er sich auch in Schwierigkeiten wie ich und..."

Er verstummte, weil sie sich auf dem Weg zu ihm umgedreht hatte und ihn einfach nur ansah. Er begriff, was er ihr da sagte. Er malte ein Bild von einer Zukunft, die niemals sein durfte. Die es niemals geben würde.

„Es tut mir leid", sagte er leise. „Ich habe mich mitreißen lassen."

Sie zuckte mit den Schultern und ging weiter. Sie hatten inzwischen den Wald erreicht, und er folgte ihr zwischen die Bäume. Die Sonne begann unterzugehen, und goldenes Licht tanzte durch die Zweige um sie herum und hüllte sie ein wie ein Heiligenschein.

„Wenn du sagst, dass ich mich niemals bei dir entschuldigen darf, dann darfst du dich ganz bestimmt auch nicht bei mir entschuldigen. Ich höre gern, wo du aufgewachsen bist. Es klingt wunderschön. Ich habe nicht viele Erfahrungen außerhalb von Bath und London gemacht. Ich nehme an, das werde ich auch nie tun."

Er räusperte sich. „Was hat dich verärgert?"

Sie sah ihn bei diesem abrupten Themenwechsel an. „Was sollte mich verärgert haben?"

Sie stellte sich unwissend, aber er sah ihr an, dass sie sehr wohl verstand, was er meinte. Wonach er fragte. Trotzdem versuchte sie, eine Mauer zwischen ihnen zu errichten, eine, die er wahrscheinlich einfach stehen lassen sollte, weil er wusste, dass sie sie ihnen beiden zuliebe erschuf.

Aber er konnte es nicht.

„Als du gestern von deinen Besorgungen zurückkamst, warst du verändert", drängte er. „Seitdem hast du kaum mehr gesprochen, und ich sehe es in deinen Augen. Du bist traurig. Bist du unglücklich darüber, nach London zu ziehen? Kann ich dir irgendwie helfen?"

„Natürlich möchtest du mir helfen", erwiderte sie kopfschüttelnd. „Weil es einfach in deiner Natur liegt. Aber das kannst du nicht, Rhys. Du kannst nichts für mich tun."

„Würde es dir helfen, mir zu erzählen, was dich bewegt?"

Sie kaute wieder auf ihrer Unterlippe und Gott, das lenkte ihn furchtbar ab, selbst in diesem Moment, wo er sich so auf ihr Herz konzentrierte. Dann atmete sie sehr lange aus. „Ich hatte gestern keine sehr gute Erfahrung in den Geschäften in Bath", gab sie zu. „Und es hat mir nur klarer vor Augen geführt, dass dieser Skandal mich ruiniert hat. Vollständig."

„Die Leute waren unhöflich zu dir?", fragte er und hörte das Zittern in seiner Stimme.

Sie nickte. „Sehr. Selbst Menschen, die ich fast mein ganzes Leben lang kenne. Menschen, mit denen ich mich immer gut verstanden habe. Sie haben mich praktisch aus dem Buchladen vergrault. Und danach bin ich… ich bin…"

Er ging auf sie zu, wissend, dass er es nicht tun sollte, aber er musste sie einfach berühren und sie trösten, als Tränen in ihre Augen stiegen. „Sprich weiter", wisperte er.

„Ich bin meiner Mutter begegnet." Phillipa zuckte mit den Schultern. „Du hast sie nicht kennengelernt. Sie ist nicht wie mein Vater, weißt du. Sie kann sehr dramatisch sein, wenn es um bestimmte Dinge geht. Gestern war sie es zwar nicht, aber sie hat sehr deutlich gemacht, dass sie jeglichen Kontakt abbrechen möchte. Sie möchte nicht einmal, dass ich ihr schreibe, vermutlich weil ihre Beziehung zu mir dem Ballsaal schadet."

„Erbärmliche Kreaturen", fauchte Rhys.

Sie schüttelte den Kopf. „Nein. Nun, ja. Aber Tatsache ist, dass sie Recht haben."

„Sie haben ganz sicher nicht Recht. Du bist ihr Kind, und sie sollten Himmel und Hölle in Bewegung setzen, um dir beizustehen und dich zu verteidigen, zumal du an der Situation keine Schuld trägst, sondern die Geschädigte bist."

„Und doch kennen wir beide die Welt gut genug, um zu begreifen, dass kaum jemand nach der Schuld fragt, wenn über Skandale gesprochen wird. Ich werde mit einer berüchtigten Person und noch berüchtigteren Ereignissen in Verbindung gebracht." Sie zitterte. „In den Augen der Öffentlichkeit trage ich die gleiche Schuld wie der Mann, den ich so töricht geheiratet habe. Mehr hätte ich mir auch von meinen Eltern nicht erhoffen dürfen. Aber…"

Sie verstummte und ging von ihm weg, tiefer in den Wald hinein, wo das einzige Geräusch das leise Zwitschern der Vögel war, die sich für die hereinbrechende Nacht niederließen.

Er musterte sie. Ihr blauer Mantel schimmerte vor dem dunklen Hintergrund, ihre Locken lugten unter ihrer Haube hervor, als sie in die Baumkronen hinaufsah, als hätten sie eine Antwort für sie.

„Du wolltest, dass sich deine Eltern so verhalten, wie du es verdienst." Er fühlte jedes Wort wie einen Stich in seinem eigenen Herzen. „Nicht so, wie sie es tun."

Sie wandte sich ihm zu. „Ja, ich nehme an, das wollte ich dummerweise. Woher wusstest du das?"

„Weil ich mich genauso gefühlt habe… sehr oft sogar", gab er zu.

Sie bewegte sich wieder auf ihn zu, und ihr Gesichtsausdruck öffnete sich ein wenig. „Wie hast du reagiert?"

„Nicht gut", stieß er hervor, als sie ihn erreichte. Er konnte nicht widerstehen, sie zu berühren. Er fuhr mit einem behandschuhten Finger über ihre Wange und wickelte dann eine blonde Locke um seinen Finger. „Schließlich habe ich mich Freunden zugewandt, die meinen wahren Wert kennen."

„Wie dem Duke of Gilmore", warf sie ein, aber ihr Atem ging kurz. Die Nähe zu ihm wühlte sie genauso auf wie ihn.

Er zwang sich dazu, an seinen alten Freund zu denken und nicht etwa daran, was er mit dieser Frau in der Stille des Waldes tun wollte. „Ja", sagte er. „Irgendwie ist er trotz Erasmus' Versuchen, seine Schwester zu ruinieren, immer noch mein Freund. Er wird mir seine volle Unterstützung anbieten, wenn ich nach London zurückkehre, so wie er es immer getan hat."

Sie lächelte, aber es war ein trauriges Lächeln. „Ich bin froh, dass du so einen Freund hast. Du verdienst es."

Sie wollte sich von ihm zurückziehen, aber er ergriff ihre Hand und hielt sie bei sich. „Du auch, Phillipa. Du verdienst mehr, als dir deine Eltern jemals gezeigt oder gegeben haben. Du bist so viel mehr wert."

Ein winziges Geräusch entfuhr ihrer Kehle, eine Mischung aus Freude und Trauer, Schmerz und Akzeptanz, und er wusste, dass er diesen Laut für den Rest seines Lebens in seinen Ohren hören wollte. Sie kam näher und legte ihre Hand auf seine Brust, während sie zu ihm aufsah.

„Rhys", hauchte sie.

Er beugte sich zu ihr hinunter, hungrig danach, ihre Lippen auf seinen zu spüren, die körperliche Verbindung zu fühlen, von der er befürchtete, dass sie bald verboten sein würde. Aber bevor er sie küssen konnte, ertönte hinter ihnen aus der Ferne ein Ruf, dann schallendes Gelächter der arbeitenden Männer. Beide zuckten zusammen und ließen mit einem Satz voneinander ab.

„Man vergisst schnell, wie nahe das Gasthaus ist", keuchte sie, „hier zwischen den Bäumen."

Er nickte. „Wir… wir sollten zurückgehen, bevor wir noch mehr Skandale schaffen, als uns bereits verfolgen."

„Ja", stimmte sie leise zu, und es klang enttäuscht. „Komm, ich verspreche, ab nun eine bessere Gesellschaft zu sein. Es hat geholfen, laut auszusprechen, was passiert ist."

„Gut", freute er sich, als er ihr zurück zum Gasthof folgte. Und er war wirklich froh, ihr helfen zu können. Dennoch fühlte sich alles ein wenig leer an, und er trauerte um all die Dinge, die er tun wollte, aber nicht konnte.

Pippa war sich nicht sicher, ob sie den Rest des Abends eine bessere Gesellschaft gewesen war, aber sie hatte es jedenfalls versucht. Sie hatte geredet und gelacht und zusammen mit den Bartons und Rhys zu Abend gegessen. Die ganze Zeit über hatten seine hellen Augen sie durchbohrt und ihre Knie weich gemacht, so wie sie es immer taten.

Die Tatsache, dass ihre Liebe zu diesem Mann nur wuchs, war eine Tragödie, und doch konnte sie nichts daran ändern.

„Ich *will* es nicht ändern", korrigierte sie sich sanft, als sie den Morgenmantel hochhob, den Nan über den Fuß ihres Bettes drapiert hatte, kurz bevor sie sie verlassen hatte. Die Zofe teilte sich ein Zimmer mit Kenley, damit sie ihn überwachen konnte. Sie verstand sich so gut mit dem Jungen, dass Pippa dachte, sie wäre vielleicht besser geeignet, sein Kindermädchen zu sein.

Pippa war froh, allein zu sein, denn sie war nicht in Stimmung, sich zu unterhalten bei all den finsteren Gefühlen, die sie wegen ihrer Abreise aus Bath immer noch plagten. Und was ihre anderen Gefühle anging... die für Rhys... nun, die machten die Sache nur noch schwieriger.

Er war jetzt nur wenige Meter von ihr entfernt. Drei Türen weiter den Flur entlang, auf der gegenüberliegenden Seite. Eine leicht zu überwindende Distanz. Wenn sie zu ihm ginge, würde er sie nicht zurückweisen. Das wusste sie. Er wollte sie, er liebte sie. War es gerecht, Liebe gegen Bequemlichkeit einzutauschen? War es gerecht, ihnen beiden immer wieder das Herz zu brechen?

Sie ging bereits zur Tür, auch wenn sie sich diesen Antworten nicht stellen wollte. Sie wollte zu ihm, aber als sie ihre Zimmertür aufriss, schnappte sie erschrocken nach Luft. Da stand er, selbst in einen seidenen Schlafmantel gehüllt und die Hand erhoben, als wolle er anklopfen.

Sie sahen einander für einen knisternden Moment an, dann umfasste er ihre Wangen und zog sie zu einem Kuss an sich, während er sie in ihr Zimmer zurückschob und die Tür hinter sich zutrat. Er schloss sie noch ab, bevor er sie zum Bett führte.

„Du wolltest zu mir kommen", murmelte er zwischen Küssen und zog am Verschluss ihres Nachtgewands.

Sie nickte unter seinen Lippen und schob ihre Hand unter seinen Mantel. Er trug nichts darunter, was ihr ein freudig überraschtes Zischen entlockte, als sich ihre Finger in seinem feinen Brusthaar verfingen.

„Ich habe dich gebraucht", gab sie zu, während er ihr den Morgenmantel abstreifte und auch ihr Nachthemd auszog, bis sie nackt vor ihm stand. Er trat zurück, musterte sie, prägte sie sich ein, dachte sie. So wie sie sich ihn so oft eingeprägt hatte.

„Ich brauche dich", gestand er ebenfalls. Seine Stimme war jetzt rau, voller Verlangen, Emotionen und einer Verzweiflung, die sie gleichzeitig hasste und nach der sie sich sehnte.

Ihre Münder fanden sich wieder, hitzig und getrieben. Er schlüpfte aus seinem Mantel, hob sie aufs Bett, und dann gab es nur noch Haut an Haut. Sie schlang ihre Arme um seine Schultern, zog ihn an sich und erschauderte unter seiner Wärme. Seiner Stärke. Wenn er sie berührte, wenn er sie in seinen Armen hielt, war er ihre ganze Welt, wenn auch nur für einen Moment. Sie brauchte das hier, sie brauchte ihn.

Also ließ sie ihn ihr Zentrum sein, ihr Herz, ihre Seele, ihr Ein und Alles. Und tat so, als würde es nie enden.

KAPITEL 15

Etwas an Phillipa war anders. Rhys konnte nicht genau sagen, was es war, aber er fühlte es an der Art, wie sie sich entspannte. Als wäre ein Krieg vorbei und sie hätte sich ergeben. Ihr Kuss wurde zarter, ihre Finger fuhren durch sein Haar. Er umfasste ihre Hüften und wiegte sie, als sie ihre Beine um seine nackten Hüften schlang.

Er wollte für immer so verharren. Das war Freiheit, diese heimlichen Momente mit ihr. Er wollte weder das hier noch sie verlieren. Weil er sie liebte. Das war kein Schock für ihn. Er wusste es schon seit einiger Zeit, auch wenn er es nicht gewagt hatte, es in Worte zu fassen. Aber als er sie jetzt in seinen Armen hielt und spürte, wie sich ihr Atem beschleunigte, als sein Mund über ihren Hals wanderte, konnte er die Tatsache nicht länger leugnen.

Er liebte sie. Er würde sie immer lieben. Es war nur so, dass es, wie so oft in seinem Leben, nicht darauf ankam, was er wollte. Das quälte ihn wie ein Brandmal auf seiner Haut, aber er ignorierte den glühenden Schmerz. Er lohnte sich, wenn er dafür bei ihr sein konnte. Aber da dies vielleicht das letzte Mal war, musste er eine bleibende Erinnerung schaffen. Er musste diese Augenblicke zu etwas machen, das keiner von ihnen jemals vergessen könnte. Er musste etwas daraus machen, das ihm Halt gab, wenn sein Leben in London wieder düster wurde.

Und so kostete er sie und genoss ihre Haut, während er sie irgendwie aufs Bett manövrierte. Sein Mund streifte ihren Hals und saugte am Übergang zu ihrer Schulter. Ihre Finger pressten sich in seinen Rücken und sie stieß einen zitternden, lustvollen Seufzer aus.

Er zog seine Lippen tiefer und genoss ihren leicht salzigen Geschmack, als er über ihre Brust strich und seine Zunge um ihre Brustwarze kreiste. Als sie ihren Rücken wölbte und erregt keuchte, wurde er sofort hart. Ihr dabei zuzusehen, wie sie die Kontrolle verlor, war das beste Aphrodisiakum. Er war süchtig danach, nach ihr, nach dem, was passierte, wenn sie zusammen waren.

Er ließ seine Zunge immer wieder kreisen, saugte und neckte, während sie sich wand. Dabei ließ er seine Hand tiefer wandern, an ihrem Körper hinab, bis sie zwischen ihre zitternden Beine glitt. Sie öffnete sich ihm bereitwillig und feucht, als er mit seinen Fingern über ihre Hitze strich. Er tauchte in sie ein und genoss es, wie sie sich um ihn herum zusammenzog, wie sie unterdrückte Geräusche wortloser Lust von sich gab.

Er nahm sie mit einem Finger, dann mit zweien, während sein Daumen über ihren Kitzler rieb und sein Mund abwechselnd ihre Brüste neckte. Ihre Hüften hoben sich, ihr Körper zuckte im Takt seiner Stöße und er spürte, wie ihre feuchte Hitze zunahm, als sie sich auf ihren Höhepunkt zubewegte. Er wollte ihr dabei zusehen, wie sie kam, und als sie es tat, enttäuschte sie seine Erwartungen nicht. Ihr Rücken wölbte sich heftig, ihr Mund öffnete sich und sie keuchte leise, als sich ihre Innenwände um seine Finger zusammenzogen. Er zog ihren Orgasmus so lange wie möglich hinaus, bevor er seine Finger aus ihr zurückzog und sie mit einem Lächeln ableckte.

Ihre Pupillen weiteten sich und sie schüttelte den Kopf. „Ich glaube, du täuschst den ganzen Tag über deinen Anstand nur vor, Mylord."

Er lächelte über die Bemerkung. „Nur du kennst mein wahres Ich."

Er hatte es als leichtfertige Antwort gemeint, aber in dem Moment, als die Worte aus seinem Mund kamen, veränderte sich die Atmosphäre im Raum. Ihr Blick wurde ein wenig zärtlicher und er senkte den Kopf. Das stimmte. Er hatte ihr viel mehr von sich offenbart, als er es je einer anderen Person gezeigt hatte.

Aber er wollte heute Nacht nicht darüber reden, was sie nicht haben konnten, was sie schon bald verlieren würden. Er wollte das feiern, was sie miteinander teilen konnten. Also verdrängte er den Kampf in seinem Herzen und beugte seinen Kopf, um wieder ihre Lippen zu erobern.

„Lass uns das hier genießen", flüsterte er und sie nickte. „Was willst du als Nächstes?"

Sie zog sich leicht zurück und beäugte ihn im Feuerschein. „Was will ich als Nächstes?"

„Wenn du heute Nacht alles von mir haben könntest, was würdest du als Nächstes wollen?", führte er aus, während er die Linie ihres Kiefers mit seinen Fingerspitzen nachzeichnete. „Ich stehe dir zu Diensten."

Sie stützte sich auf ihre Ellbogen und neigte ihren Kopf, um sein Gesicht konzentriert zu mustern. „Ich zittere immer noch von dem, was du gerade getan hast", hauchte sie, als sie ihn berührte. Ihre Berührung sollte ihn nicht verführen, obwohl das immer geschah, wenn ihre Hände auf ihm waren. Sie fuhr über seinen nackten Bizeps und verschlang ihre Finger dann mit seinen. „Kannst du… einen Moment bei mir liegen? Kannst du mich einfach in deinen Armen halten?"

Er nickte. „Selbstverständlich."

Sie rutschte etwas zur Seite und machte ihm Platz neben sich. Er legte sich auf den Rücken und sie kuschelte sich an ihn. Dann schlang er seine Arme um sie und sie legte eine Hand auf seine Brust.

„Ich kann dein Herz spüren", flüsterte sie.

Er antwortete nicht, denn er kannte sie so gut, wie sie ihn kannte, und wusste, dass sie nicht über den Herzschlag in seiner Brust sprach, obwohl sie den wahrscheinlich auch fühlen konnte, wenn man bedachte, wie sein Puls raste. Sie sprach über etwas Tieferes als das, über so viel mehr. Sie sprach darüber, wie sie sich fühlten, was sie beide wollten, was zwischen ihnen brannte und zwischen ihnen gebrannt hatte, seit er sie zum ersten Mal gesehen hatte.

„Ich spüre dein Herz auch", erwiderte er und beugte sich zu ihr herunter, um sie auf die Stirn zu küssen. Sie schmiegte ihr Gesicht an seine Schulter, und er spürte die Feuchtigkeit von Tränen auf seiner Haut. Er drehte sie etwas und rollte sich auf sie. Sie sah zu ihm hinauf. Tränen glitzerten in dem herrlichen Grün ihrer Augen.

„Noch nicht", flüsterte er. „Sei noch nicht traurig, Phillipa. Diese Nacht geht es nur um uns."

Sie nickte und wischte sich mit einem Räuspern die Tränen weg, bevor sie sich zu einem zittrigen Lächeln zwang. „Du hast recht. Dann weiß ich, was ich will, Rhys."

„Was denn?"

Sie ließ ihre Hand an seiner Seite hinuntergleiten und umfasste seine Hüfte. „Ich will dich in meinen Mund nehmen."

Seine Augen weiteten sich und er grinste. „Ich werde dir deinen Wunsch nicht abschlagen. Aber nur unter einer Bedingung."

„Du stellst Bedingungen?", entrüstete sie sich, und diesmal war ihr Kichern echt. „Du hast mir nicht gesagt, dass dies eine Verhandlung ist."

„Das war listig von mir, ich weiß. Aber warte, bis du meine Bedingungen hörst, bevor du sie ablehnst." Er küsste sie hart und fordernd, bevor er fortfuhr. „Ich werde zulassen, dass du mich in deinen Mund nimmst..."

„Ein edles Opfer", warf sie trocken ein.

„...aber ich verlange, dass ich dasselbe mit dir machen darf. Zur selben Zeit."

Sie blinzelte zu ihm hoch. „Wie... soll das funktionieren?"

Er rollte sich auf den Rücken und zog sie mit sich, sodass sie auf ihm lag. „Nun, ich liege hier", erklärte er. „Und du schaust in diese Richtung. Und während du an mir lutschst, bis mir die Augen ausfallen, sitzt du genau hier...", er deutete auf seinen Mund, „und ich lasse dich auf meiner Zunge erzittern."

Einen Moment lang fürchtete er, er wäre zu weit gegangen, weil ihre Augen sehr groß wurden. Trotz all ihrer Scherze über seine verdorbene Art war sie vielleicht für so etwas nicht zu haben. Sie war schließlich eine Dame, der vermutlich beigebracht worden war, dass solche Dinge schmutzig waren, wenn sie überhaupt darin unterrichtet worden war.

„Das klingt nach Spaß", meinte sie schließlich und küsste ihn dann schnell, bevor sie sich in Stellung brachte.

Sie drehte sich um, setzte sich dann auf seine Brust und blickte auf sein hartes Glied hinab. Sie streichelte es zuerst ein paarmal mit der Hand und jagte schon allein dabei mächtige Empfindungen durch alle Nervenenden seines Körpers. Dann beugte sie sich über ihn und leckte seine geschwollene Spitze. „Ist das so richtig?"

Er versuchte sich zu konzentrieren, während er auf ihr feuchtes Geschlecht blickte, das gerade außerhalb der Reichweite für das schwebte, was er vorhatte. „Fast", grunzte er, packte ihre Schenkel, zog sie zu sich und drückte sie an seinen Mund. Dann streckte er seine Zunge heraus. „Perfekt."

Sie kreiste ihr Becken, spürte bereits, wie sich der nächste Höhepunkt ankündigte, und keuchte: „Perfekt."

Und dann verschlang sie ihn, wie er sie verschlang.

∼

Pippa hatte seit ihrer Ankunft in Bath viele Male mit Rhys geschlafen. Es war leidenschaftlich und wild gewesen, manchmal auch eher süß und tröstend... aber es war nie ein Rennen, ein Wettkampf gewesen. Jetzt jedoch, als seine Zunge gekonnt Muster über ihren Kitzler wirbelte, fühlte sie sich herausgefordert. Wer würde zuerst kommen? Wer würde als Erster die Kontrolle verlieren?

Sie wollte, dass er es war. Sie wollte seine salzige Flut spüren und wissen, dass sie seine Kontrolle weggefegt hatte. Aber er war so gut in dem, was er tat, saugte erst unerbittlich an ihrem Kitzler und wechselte dann dazu, sie mit seiner Zunge aufzuspießen, bis sie befürchtete, sich weit vor ihm zu verlieren.

Aber andererseits, selbst wenn sie verlor, konnte sie bei diesem Mann nur gewinnen, denn er nahm nie mehr, als sie ihm gab, beklagte sich nie oder strafte sie. Zu solcher Grausamkeit war er schlichtweg nicht fähig, nicht einmal im kleinsten Ausmaß.

Sie verdrängte diese Gedanken und konzentrierte sich stattdessen darauf, ihm Vergnügen zu bereiten. Sie wusste, was sie zu tun hatte. Sie hatte ihn studiert. Sie nahm ihn in ihren Mund, so tief sie konnte, ohne zu würgen, und ließ ihre Zunge um seine Länge wirbeln. Sie wusste, welche Wirkung das auf ihn hatte, denn er stöhnte, was wiederum ihr eigenes Geschlecht unter den Vibrationen seiner Stimme zucken ließ. Trotzdem verlor sie nicht die Konzentration, sondern zog sich fast vollständig zurück, strich mit ihrer Hand über seine Länge und verteilte die Feuchtigkeit auf seiner Spitze.

Dann nahm sie ihn wieder tief in den Mund und presste ihre Lippen zusammen. Sie ließ ihre Zunge wirbeln und saugte. Sie tat alles, was ihm Vergnügen bereitete, und fühlte, wie er sein Tempo beschleunigte. Natürlich ließ er nicht von ihr ab, sondern attackierte ihren Kitzler mit seiner Zunge, was höchst ungerecht war, weil sie schon einmal gekommen war. Sie war sensibler und dem Abgrund näher als er.

Sie hätte diesbezüglich vielleicht protestiert, hätte sie nicht den Mund voll gehabt. Also machten sie weiter und versuchten, den Lustpunkt zu finden, der den Sieg davontragen würde. Sie spürte, wie sich die Anspannung in ihr aufbaute. Sie versuchte so sehr, sich dem nicht zu ergeben, denn seine Beine begannen zu zittern und sie wusste, dass er kurz davor war.

Aber am Ende war nichts zu machen. Sie kam und klatschte gegen seinen Mund, als sie ihren Kopf zurückwarf und in der Stille seinen Namen rief. Er packte ihre Hüften und zwang sie, sich an seinem Gesicht zu reiben, mehr Lust zu finden, als sie für möglich gehalten hatte, und gerade als die Welle der Erlösung ein wenig nachließ, schob er sie von sich, kniete sich hinter sie und spießte sie in einem langen Stoß mit seinem Schwanz auf.

Sie griff mit beiden Händen nach der zerknitterten Bettdecke, als sie mit dem Rücken gegen ihn schlug.

„Oh ja", stöhnte er. „Gott, ich möchte, dass das nie aufhört."

„Ich auch", wimmerte sie. „Wir werden dieses Zimmer und dieses Bett niemals verlassen. Bitte, bitte."

Er umarmte sie von hinten und umfasste ihre Brüste mit beiden Händen, während er erneut zustieß. Sie schaukelte ihm entgegen, und sie fanden den Rhythmus, der ihnen beiden gefiel, zunächst langsam, dann schneller und schneller, bis ihr Schweiß verschmolz und ihr keuchender Atem das einzige Geräusch in dem stillen Raum war.

Er ergriff ihre Hand, stützte sich auf dem Bett ab, schob sie zwischen ihre Beine und führte ihre Finger. Sie rieb sich gegen ihre ineinander verschlungenen Hände und suchte ein letztes zerschmetterndes Mal nach dem Höhepunkt. Und erst als sie kam, stieß er noch ein paar Mal in sie und zog sich dann zurück, kurz bevor die klebrige Hitze seines Höhepunkts auf ihre Schenkel spritzte.

Sie sank nach vorn, und er fiel neben sie. Er zog sie mit dem Rücken fest an seine Brust, während sie ihre Köpfe am Fußende betteten und ihre Beine in der Nähe der Kopfkissen ruhten. Für eine Weile war es still, und sie genoss die Wärme seiner Arme um sie herum, genoss es, wie sich sein Atem an ihrem Hals langsam beruhigte, genoss den Trost seiner Nähe.

Und doch wusste sie, dass es nicht von Dauer sein konnte. Sie hatten sich lange geliebt. Es war spät. Spät genug, dass er in sein eigenes Bett zurückkehren musste, damit sie nicht erwischt wurden. Sie spürte, wie er sich bewegte, fühlte, wie er anfing, sich von ihr zu lösen.

Sie drehte sich zu ihm um, und sie sahen einander in der zunehmenden Dunkelheit des erlöschenden Feuers an. Er berührte ihre Wangen, und sie spürte, wie die Tränen, die ihr vorher in die Augen geschossen waren, zurückkehrten. Sie blinzelte sie fort. Sie würde später genug Zeit dafür haben – sie wollte sie jetzt nicht.

Er lächelte, küsste erst ihre Lippen, dann ihre Wange und ihre Stirn. „Ich wünschte, ich könnte bei dir bleiben."

„Aber das kannst du nicht", fügte sie an. „Ich weiß."

Er küsste sie noch einmal und stand dann auf. Als er seinen Mantel übergestreift hatte, sah er sie an. Sie zog die Laken enger um ihren Körper und seufzte. „Ich-ich weiß, dass sich die Dinge in London ändern werden, Rhys."

Sein Lächeln verschwand langsam. „Phillipa…"

„Ich will diese Nacht nicht ruinieren", wandte sie schnell ein, „aber dies ist vielleicht das letzte Mal, dass wir wirklich allein sind, und ich muss das hier sagen."

Er nickte, aber es war ruckartig, gezwungen. „Sag, was immer du sagen musst."

„Wir haben einander nie etwas versprochen", begann sie. „Wir wussten beide, dass wir uns kein Versprechen geben können. Wir wussten beide, dass dies ein geliehenes Glück ist, das nicht von Dauer sein kann. Und morgen kommen wir in London an, wo der Skandal immer noch brodelt. Ich weiß, dass du alle Hände damit zu tun haben wirst, so viel wie möglich von deinem eigenen Leben zu retten. Und du sollst wissen, dass ich das verstehe."

Er sah sie an, regungslos, sprachlos. Zum ersten Mal seit sehr langer Zeit konnte sie ihn nicht deuten. War er erleichtert? Tat es ihm leid? War er wütend? Angewidert? Wer konnte es schon sagen, wenn er diese Lords-Miene machte, die so unergründlich und distanziert war?

Sie rutschte etwas unbehaglich auf dem Bett umher und fuhr fort: „Ich möchte dir auch mein Versprechen geben, dass ich dir niemals Unannehmlichkeiten bereiten werde. Kenleys wegen müssen wir uns regelmäßig sehen. Ich werde dir zu Diensten sein und mich niemals auf eine Weise verhalten, die die Dinge für dich erschweren."

Er schwieg noch immer, die Hände an den Seiten zu Fäusten geballt.

„Bitte sag doch etwas", flehte sie.

Sie hielt den Atem an, als er sich mit einer Hand durchs Haar fuhr. Sie wusste, dass er sie liebte, auch wenn er es nie gesagt hatte. Und vielleicht hoffte ein Teil von ihr, dass er es jetzt sagen würde. Dass er ihr seine Liebe gestehen würde, ungeachtet dessen, was als Nächstes passierte, dass er einfach mit ihr zusammen sein wollte.

Das war natürlich Wunschdenken. Ein Traum. Aber dennoch wünschte sie, er würde wahr werden.

Stattdessen trat er vor und umfasste ihre Wangen. Er küsste sie, innig und tief und für eine gefühlte Ewigkeit. Als er sich von ihr löste, legte er seine Stirn an ihre. „Bereust du es?"

Schon bei der bloßen Vorstellung hielt sie den Atem an. „Nein", erwiderte sie. „Ich werde es nie bereuen, Rhys. Im Gegenteil, es wird mir in den kommenden Jahren Halt geben."

„Mir auch", flüsterte er und küsste sie noch einmal. Sie klammerte sich an seine Unterarme, prägte sich das Gefühl und den Geschmack von ihm ein, weil ihr klar wurde, dass dies das letzte Mal war. Es erschütterte sie tief im Herzen, aber sie schaffte es, die Wahrheit vor seinen Augen zu verbergen, als er sie losließ und zurücktrat.

„Lebwohl", sagte er an der Tür, als er ihr einen letzten Blick zuwarf. Dann ging er und sie war allein.

Lebwohl. Er hatte dieses Wort absichtlich gewählt, das wusste sie. Sie würden sich am nächsten Tag sehen und noch an vielen weiteren Tagen. Aber es wäre nicht mehr dasselbe. Es würde nie wieder dasselbe sein.

Und als diese Erkenntnis sie traf, sank sie erschüttert aufs Bett. Sein Geruch hing immer noch in den Laken und an ihrem Körper und sie weinte bitterlich.

KAPITEL 16

Pippas Wangen schmerzten vom falschen Lächeln, als die Kutsche in die kreisförmige Auffahrt von Abigails Haus in London einbog. Es war ein sehr langer Tag gewesen, dank ihrer Erschöpfung nach der Nacht zuvor mit wenig Schlaf und der Distanz, die Rhys zwischen ihnen geschaffen hatte. Er war den ganzen Tag auf seinem Pferd geritten und hatte sich nicht zu ihr in die Kutsche gesellt. In ihrer Mittagspause früher am Tag hatte er bei Kenley und Mr. Barton gesessen.

Ihr Abschied am Vorabend war für sie beide fürchterlich schmerzhaft gewesen, aber er schaute nach vorn. Und sie wusste, dass es für sie an der Zeit war, dasselbe zu tun. Aber bei Gott, es tat verdammt weh.

Die Kutsche hielt an und sie holte tief Luft, um sich zu sammeln, während sie darauf wartete, dass der Diener die Tür öffnete und ihr heraushalf. Kenley quiekte, und der hohe Ton klingelte in ihren Ohren, während sie in der Hoffnung, ihn zu beruhigen, auf und ab hüpfte. „Ja, es war eine schwierige Reise. Aber du hast sie so gut gemeistert."

Das half natürlich nichts, und als sich die Tür der Kutsche öffnete, wurden alle in der Auffahrt von einem Kreischen empfangen, das sich in einen Schrei verwandelte, der so schnell in Frust umschlug, wie man „Mittagsschlaf" sagen konnte.

Ein Diener half ihr herunter, und sie blickte zum Haus hinauf. Abigail stand am Fuß der Treppe, Rhys war bereits von seinem Pferd gestiegen und hatte sich zu ihr gesellt, und neben ihnen standen Owen und Celeste. Alle beobachteten sie, und als sie auf sie zuging, kam Celeste ihr entgegengeeilt.

„Oh, was für ein hinreißendes Baby!", gurrte sie.

Kenley hörte auf zu schreien und wandte sein Gesicht an Pippas Schulter. Sie lächelte, als Celeste sich vorbeugte, um sie auf die Wange zu küssen. „Der lange Tag macht unseren kleinen Freund hier nicht sehr zugänglich für neue Bekanntschaften."

„Aber natürlich nicht", erwiderte Celeste mit einem breiten Lächeln, bevor sie zu Owen zurücktrat und ihm einen vielsagenden Blick zuwarf.

Die Botschaft war nicht misszuverstehen. Offensichtlich plante Celeste bereits zielstrebig ihre eigene Familie und Owen schien dieser Idee nicht abgeneigt zu sein. Für einen kurzen Moment verschmolzen die Blicke der beiden miteinander in einer wortlosen Unterhaltung und Pippa konnte nicht leugnen, dass sie eifersüchtig war.

Sie wollte, dass Celeste glücklich war, aber zu wissen, dass sie selbst es nie sein könnte... nun, das machte es schwer, das Glück anderer mitanzusehen.

Sie warf einen kurzen Blick zu Rhys, wandte sich aber rasch Abigail zu, die auf sie zukam. „Willkommen zu Hause, Liebes. Nun, in deinem vorläufigen Zuhause."

Rhys räusperte sich. „Ja, ich entschuldige mich für die Umstände. Das Haus, das mein Anwalt ausgesucht hat, wird perfekt sein, aber es braucht noch einige Reparaturen. Ich bin mir sicher, dass es in weniger als einer Woche vollständig hergerichtet sein wird. Mr. und Mrs. Barton waren so freundlich, in der anderen Kutsche vorauszufahren, um alles vorzubereiten."

„Danke dir, Abigail, dass du mir hier eine Bleibe angeboten hast", sagte Pippa. „Das weiß ich sehr zu schätzen, obwohl dieses schreiende Kind deine Meinung vielleicht ändern könnte."

Während sie das sagte, trat Nan vor und streckte ihre Arme nach Kenley aus. „Ich nehme ihn, Ma'am. Ich werde ihn wickeln und schlafen legen, und in ein paar Stunden fühlt er sich bestimmt wieder besser."

Pippa übergab ihr den Jungen dankbar, und Abigail winkte einem Diener, der Nan in Kenleys Zimmer führen sollte. „Dein Zimmer liegt direkt neben dem des jungen Master Kenley, wenn du damit einverstanden bist."

„Sehr gut", beteuerte Pippa. „Obwohl Nan vielleicht sein Kindermädchen wird, möchte ich auf jeden Fall in seiner Nähe sein."

Rhys runzelte die Stirn. „Nan soll sein Kindermädchen sein?"

Sie presste ihre Lippen zusammen. „Ja, ich habe nach dem Mittagessen in der Kutsche mit ihr darüber gesprochen."

Er schwieg einen Moment, dann neigte er den Kopf. „Eine sehr gute Wahl. Nun, dann schätze ich, werden wir eine neue Zofe für Euch einstellen."

Sie schüttelte den Kopf. „Ich stehe jetzt in Eurem Dienst, Mylord. Ich werde keine Zofe mehr brauchen. Ich kann mich selbst um mich kümmern."

Rhys trat von einem Fuß auf den anderen, und die Stille zwischen ihnen musste sich gespannt anfühlen, denn Abigail legte ihre Hand in Pippas Armbeuge und drückte sie sanft. „Kommt doch herein! Uns erwartet Tee mit wunderbaren Köstlichkeiten, und wir würden uns gern mit Euch beiden unterhalten."

Doch Rhys räusperte sich und schüttelte den Kopf. „Ich weiß das Angebot sehr zu schätzen, Abigail, aber ich habe viel zu tun. Ich denke, ich werde besser unverzüglich nach Hause gehen. So kann ich mir auch gleich die Beine vertreten. Guten Tag."

Er drehte sich um, und seine Augen verweilten einen Moment zu lange auf Pippa, dann ging er die Treppe hinunter und sagte ein paar Worte zu dem Diener, vermutlich bezüglich seines Pferdes, seinen Gesten nach zu urteilen.

Pippa sah ihm nach und wünschte sich, dass ihr nicht wieder Tränen in die Augen steigen würden. Sie blinzelte, als könnte sie sie so verjagen.

Owen warf Celeste einen vielsagenden Blick zu und meinte dann: „Ich denke, ich werde ihn begleiten. Ich habe einiges mit ihm zu besprechen."

Er sprang die Stufen hinunter und ließ Abigail und Celeste zurück. Die drei Mrs. Montgomerys sahen einander an, wie sie es vor Wochen bei ihrer ersten Begegnung hier getan hatten. Nur kannte Pippa die beiden inzwischen gut und zählte sie zu ihren Freundinnen.

Sie konnte ihr gebrochenes Herz nicht länger verbergen und senkte ihren Kopf. Abigail und Celeste eilten erschrocken an ihre Seite, und plötzlich wurde sie von beiden umarmt. Sie ließ sich von ihnen stützen und ins Haus führen.

„Das ist so albern", wisperte sie.

Abigail schüttelte den Kopf, während sie sie in den vorderen Salon führten, wo der Tee serviert wurde. „Nein, das ist es nicht", widersprach sie und lächelte, als Celeste Pippa zum Sofa brachte, wo sie alle zusammen Platz nahmen. „Nicht im Geringsten. Möchtest du etwas essen oder trinken?"

„Vielleicht in Kürze", erwiderte Pippa. „Nachdem ich mich ein wenig gesammelt habe und nicht wie eine Närrin schluchze."

„Oh bitte, du schluchzt ja gar nicht", entgegnete Celeste lachend. „Aber wir sehen, wie aufgewühlt du bist. Oh Pippa, was ist nur in Bath passiert?"

Pippa biss sich auf die Lippen und starrte auf die gefalteten Hände in ihrem Schoß. Ihre beiden Freundinnen saßen neben ihr und warteten schweigend und sehr geduldig… obwohl Pippa keinen Zweifel daran hatte, dass sie sich nicht um eine Antwort herumdrücken konnte.

Sie räusperte sich. „Nach meiner Ankunft hatte ich Schwierigkeiten mit meinen Eltern. Und da sich die Wahrheit über Erasmus und seine vielen Frauen in der Öffentlichkeit herumspricht, gab es auch einige unangenehme Begegnungen in der Stadt."

Ihre beiden Freundinnen zuckten zusammen. Das war etwas, das sie alle betraf.

„Ich bin sicher, das war alles sehr unangenehm", warf Abigail mit einem schnellen Blick auf Celeste ein. „Aber ich denke, du weißt, dass wir fragen, was zwischen dir und Lord Leighton vorgefallen ist."

Pippa schnappte nach Luft und riss ihren Kopf hoch, um zu sehen, dass ihre beiden Freundinnen sie gleichermaßen musterten. „Ich..."

„Du musst es uns natürlich nicht erzählen", versicherte Celeste ihr und legte sanft eine Hand auf ihr Knie. „Aber es ist offensichtlich, dass etwas vorgefallen ist, und wir sind doch Schwestern in dieser schrecklichen Erfahrung, nicht wahr? Niemand will dich verurteilen, wir wollen nur helfen."

„Oh, ich weiß, dass ihr mich nicht verurteilen würdet", betonte Pippa leise. „Obwohl ich es verdient hätte."

Sie warteten und ließen sie über ihre nächsten Worte nachdenken. Um ehrlich zu sein, wollte sie den beiden am liebsten alles anvertrauen. Sie musste es einfach laut sagen, um ihr Herz auszuschütten, weil es dann vielleicht nicht mehr so in ihr brennen würde. Wenn sie es laut hörte, könnte sie vielleicht einen Weg finden, dagegen anzukämpfen.

Also holte sie tief Luft und redete sich alles von der Seele. Dass sie in ihn verliebt war. Dass sie glaubte, dass er auch in sie verliebt war. Dass sie ein Liebespaar geworden waren. Und dass es nun vorbei war, was die heutige Spannung zwischen ihnen erklärte. Als sie fertig war, spürte sie, wie ihr Tränen über die Wange liefen, und hasste sich dafür.

Aber keine ihrer Freundinnen schien daran Anstoß zu nehmen. Abigail legte ihre Arme um Pippa, zog sie näher zu sich und ließ Pippas Kopf auf ihrer Schulter ruhen. „Ihr zwei hattet schon immer eine tiefere Verbindung", sagte sie leise. „Vom ersten Moment an, als er und Mr. Gregory am Anfang dieses Wahnsinns mit dir auftauchten, habe ich den Funken zwischen euch gesehen."

„Ich werde nie vergessen, wie er in die Pension kam, in der ich wohnte, während ich nach Erasmus suchte. Als Rhys hereinkam, war es, als würde mich jemand umhauen", gab Pippa zu. „Ich konnte kaum atmen. Ich schämte mich dafür, dass ich so schwach war, und noch mehr dafür, dass der Earl Erasmus' Bruder war. Wie ungehörig! Wie schrecklich und falsch."

„Nein, das ist es nicht", widersprach Celeste mit einem entschlossenen Kopfschütteln. „Es ist nichts Falsches daran, dass wir nach Liebe suchen. Erasmus war in vielerlei Hinsicht schrecklich, aber sein Bruder war immer anständig. Und er sieht sehr gut aus. Bist du sicher, dass es keine Hoffnung für euch beide gibt?"

„Natürlich nicht!", rief Pippa, stand auf und ging im Zimmer auf und ab. „Wir alle kennen doch die Tatsachen. Rhys hat ein Vermächtnis zu schützen, einen Ruf und einen Titel, den es wieder herzustellen gilt. Wenn er sich mit mir einlassen würde… selbst als bloße Geliebte… würde das Wellen in der Gesellschaft schlagen, von denen er sich wahrscheinlich nie erholen würde." Sie seufzte. „Ich-ich könnte ihm das nicht antun. Dafür liebe ich ihn viel zu sehr."

„Oh, Pippa", hauchte Abigail.

„Bitte hab kein Mitleid mit mir", mahnte Pippa. „Ich könnte es nicht ertragen, und dabei muss ich noch so viel mehr ertragen. Ich werde helfen, Kenley großzuziehen. Rhys will an seinem Leben teilhaben und ihm helfen, auf alles vorbereitet zu sein, was ihm die Zukunft bringen wird. Ich muss einen Weg finden, das zwischen uns loszulassen und es zu begraben, auch wenn ich meine Gefühle nicht abschalten kann. Wenn ich euch beide anschaue und jedes Mal Mitleid sehe, wenn ich Rhys' Namen erwähne oder mit ihm im selben Raum bin…"

„Ich verstehe", beeilte sich Celeste zu erwidern. „Du wirst kein Mitleid bei uns sehen, Liebes. Das verspreche ich. Wir unterstützen dich voll und ganz."

„Ja", bestätigte auch Abigail, wenn auch etwas langsamer. „Du kannst immer auf unsere Unterstützung zählen." Sie kaute auf ihrer Unterlippe. „Aber wie war es?"

Celestes Kinnlade klappte auf, und sie drehte sich zu ihrer Freundin um. „Abigail!"

„Ach, bitte, als ob du dich nicht dasselbe fragen wolltest!", schnaubte Abigail.

Celeste öffnete und schloss ihren Mund wie ein Fisch, aber ihre Wangen erröteten, was Abigails Verdacht bestätigte. Bei jedem anderen auf der Welt hätte Pippa die völlig unangemessene Frage zurückgewiesen, aber bei ihren Freundinnen? Hier konnte sie ehrlich sein.

Sie ging auf sie zu und schlug die Hände vor die Brust. „Ich hatte keine Ahnung, dass es so sein könnte. Der Mann ist… magisch."

„Ausgezeichnet", freute sich Abigail und warf Celeste einen raschen Blick zu. „Du hast nicht weniger als das verdient. Obwohl ich annehme, dass unsere liebe Celeste immer noch den Hauptgewinn ergattert hat, denn sie hat ihren Magier geheiratet."

Celeste wurde pflaumenrot. „Ihr beide seid unmöglich!" Sie schnappte nach Luft.

Pippa lachte und der freche Kommentar schien den Raum aufzuhellen. Alle gingen zur Anrichte, um Tee zu holen, aber selbst während Pippa versuchte, mit ihren Freundinnen zu einer Art Normalität zurückzukehren, konnte sie nicht anders, als an den Mann zu denken, der vor weniger als einer halben Stunde von ihrer Seite gewichen war.

Sie wusste, dass die Dinge nie wieder so sein würden wie vorher und dass sie den Rest ihres Lebens nur vortäuschen würde, das zu akzeptieren.

~

R hys senkte Kopf und hielt seinen Blick auf den Weg vor sich gerichtet. Der Weg durch den Park gegenüber von Abigails Haus war eine hervorragende Abkürzung zu seinem Zuhause, obwohl er nicht an sein Zuhause oder an alles, was er zu tun hatte, dachte. Er hatte nur einen Gedanken: Phillipa.

„Leighton!"

Er riss den Kopf hoch, als sein Name hinter ihm gerufen wurde. Er drehte sich um und sah, wie ihm Owen Gregory nacheilte. Seine Laune verdüsterte sich. Er war nicht in der Stimmung zu reden, nicht einmal mit einem Mann, den er als Freund betrachtete. Gregory war ein zu guter Ermittler, um nicht zu sehen, was Rhys verbergen wollte. Aber die Begegnung war unvermeidbar, also hielt er an und wandte sich auf dem Weg um, damit Gregory ihn einholen konnte.

„Ich habe Euch nicht gehört", entschuldigte sich Rhys.

„Ich weiß", keuchte Owen. „Ich folge Euch schon seit einiger Zeit und rufe Euren Namen."

„Oh." Rhys schüttelte den Kopf. „Ich war wohl in Gedanken versunken."

„Ich weiß, dass Euch viel durch den Kopf gehen muss", beschwichtigte Gregory. „Konntet Ihr Euch in Bath um alle Angelegenheiten kümmern?"

Rhys schürzte die Lippen und versuchte, nicht daran zu denken, wie er mit Phillipa geschlafen hatte. Welches Band sie in Bath geknüpft hatten und was es ihm bedeutete, denn wenn er zu angestrengt darüber nachdachte, würde Gregory es sehen. Vielleicht würde er ihn nicht darauf ansprechen, aber er würde Bescheid wissen.

„Ich glaube, ich habe alles klären können", erwiderte Rhys vorsichtig. „Aber bei meinem Bruder kann man sich nie sicher sein. Der von mir beauftragte Anwalt glaubt zumindest, alle Schulden und Probleme aufgedeckt zu haben, und ich habe alles beglichen."

Gregorys Gesichtsausdruck wurde weicher. „Es tut mir sehr leid.

Ich bin sicher, das war nicht einfach. Aber jetzt, wo Ihr wieder in London seid, kann ich Euch zumindest helfen."

Rhys schnaubte. „Ich bin mir nicht sicher, ob ich mir deine Dienste noch leisten kann, Owen."

Gregory zog angesichts der unerwarteten Vertrautheit die Augenbrauen hoch, korrigierte Rhys aber nicht. „Ich habe mich nicht als Angestellter angeboten, *Rhys*."

Rhys musterte ihn, diesen Mann, der ihm früher schlechte Nachrichten überbracht hatte und ihm nun seine Freundschaft anzubieten schien. Freunde hatte Rhys wenige genug, dank des Skandals jetzt sogar noch weniger.

„Das würde ich zu schätzen wissen", entgegnete er leise. „Vielen Dank."

„Ich habe während deiner Abwesenheit nach Rosie Stanton gesucht", eröffnete ihm Gregory.

„Kenleys Mutter", seufzte Rhys. „Diese Geschichte nimmt kein Ende. Vor meiner Abreise gab es Gerüchte, dass sie ein Schiff Richtung Amerika bestiegen hat. Hat sich das bestätigt?"

„Sie wurde am Hafen gesehen. Sie hat zweimal nach einer Überfahrt gefragt, einmal nach Maryland, einmal nach Niederkanada, aber…" Owen sah ihn eindringlich an. „Es gibt keine Beweise dafür, dass sie tatsächlich eines der beiden Schiffe bestiegen hat."

Rhys runzelte die Stirn. „Warum sollte sie das nicht tun? Sie hat einen Mann ermordet, und obwohl das Ganze als Unfall vertuscht wurde, muss sie sich dennoch vor den Konsequenzen fürchten. Warum sollte sie nicht ein neues Leben beginnen wollen?"

„Es ist anzunehmen, dass es die Bindung zu ihrem Kind ist, die sie hier hält", vermutete Gregory. „Meine größere Sorge ist, warum sie so öffentlich gezeigt hat, dass sie möglicherweise das Land verlässt. Vielleicht hat sie einfach ihre Meinung geändert. Aber sie könnte auch versuchen, ganz bewusst eine Spur zu legen, die uns davon überzeugt… die vor allem dich überzeugt… dass sie fortgegangen ist, obwohl sie in Wirklichkeit noch hier ist."

Rhys wurde flau im Magen. „Wenn es sich um eine List dieser

Art handelt, wäre das in der Tat beunruhigend." Er dachte an Kenley und Phillipa, die letztendlich das Ziel der Frau wären, wenn sie Rache im Sinn hatte oder ihr Kind zurückholen wollte. „Kannst du Abigails Haus unauffällig bewachen lassen?", fragte er.

„Ich werde die nötigen Vorkehrungen treffen", bestätigte Gregory. „Aber solltest du es Pippa nicht sagen? Und den anderen?"

Rhys nickte. „Das sollte ich wohl. Und das werde ich auch, aber ich würde gern warten, bis ich ein bisschen mehr weiß. Bis ich mir sicherer bin. Phillipa ist… es ist schon schwierig genug für sie, ohne ihren Sorgen etwas hinzuzufügen, was sich als ungerechtfertigte Befürchtung erweisen könnte."

Gregory sah Rhys aufmerksam an. „Ich verstehe."

„Ja, ich bin mir sicher, dass du es verstehst. Deine Auffassungsgabe ist eine lästige Angewohnheit, aber ich will nicht darüber reden, jedenfalls nicht jetzt."

„Es könnte helfen", wandte Gregory leise ein.

„Ja, das mag sein. Aber im Moment möchte ich mich nur in meinem Elend suhlen. Der Schmerz zeigt mir, dass es noch etwas anderes zu fühlen gibt. Etwas, das die Qual wert ist." Rhys streckte eine Hand aus und Gregory schüttelte sie fest. „Danke für deine Hilfe und für deine Freundschaft. Ich verdiene sie vielleicht nicht, aber ich weiß sie trotzdem zu schätzen."

„Du verdienst sie sehr wohl", widersprach Gregory. „Und du kannst dich immer auf mich verlassen. Jetzt sollte ich zu meiner Frau zurückkehren. Ich werde noch vor Sonnenuntergang eine Wache für das Haus besorgen."

Rhys neigte den Kopf. „Nochmals vielen Dank."

Er machte auf dem Absatz kehrt und entfernte sich von seinem Freund, aber mit jedem Schritt fühlte sich sein ganzer Körper schwerer an. Diese Unterhaltung war eine deutliche Erinnerung daran, dass die Taten seines Bruders seine Zukunft zerstört hatten. Eine Erinnerung daran, dass alle Träume, die er vielleicht einmal gehabt hatte, vergessen werden mussten, zusammen mit der Frau, die er bei Abigail zurückgelassen hatte.

KAPITEL 17

Die drei Tage seit ihrer Rückkehr nach London waren viel geschäftiger gewesen, als Pippa es sich vorgestellt hatte. Abigail und Celeste unterhielten sie, wohl mit dem Ziel, sie von ihren Sorgen abzulenken. Sie konnte nicht leugnen, dass es wunderbar war, wieder mit den beiden zusammen zu sein.

Gelegentlich kam Mrs. Barton mit Mustern und Skizzen vorbei, damit Pippa Entscheidungen über Möbel und Dekorationen für das neue Haus treffen konnte. Kenley hatte sich eingelebt und sprudelte wieder wie üblich vor Freude. Er war der große Liebling ihrer Freundinnen und aller Angestellten in Abigails Haus.

Es hätte eine sehr erfüllte und aufregende Zeit sein sollen. Und doch war Pippa nicht glücklich. Auch jetzt stand sie am Fenster ihres Zimmers, starrte auf den Garten unter ihr und ihre Gedanken wanderten zu Rhys.

Sie hatte ihn nicht mehr gesehen, seit er sie am Nachmittag ihrer Ankunft hier zurückgelassen hatte. Er war sie nicht besuchen gekommen, er hatte nicht geschrieben. Sie hatte zu viel Angst, nach ihm zu fragen, obwohl sie vermutete, dass er Owen Gregory besuchte und Celeste ihn vielleicht dort sah. Aber ihre Freundin erwähnte nichts dergleichen. Das war sicher nur umsichtig von ihr, aber all das ließ Pippa sich so leer fühlen. In der Zeit, die sie in Bath verbracht hatten, hatte sie sich daran gewöhnt, Rhys jeden Morgen an ihrem Tisch zu sehen. Sie hatte sich daran gewöhnt, mit ihm über ihre Probleme, über Kenley oder gar über das Wetter reden zu können.

Und nachts... nun, die Nächte waren am schlimmsten. Ihr Bett fühlte sich riesig an, und sie ertappte sich dabei, dass sie auf die andere Seite hinübergriff, um sich zu vergewissern, ob er da war. Um sich zu vergewissern, ob er sich irgendwie zu ihr geschlichen hatte. Sie sehnte sich nach ihm und erwachte erregt und zitternd aus Träumen von seinen Händen auf ihr, von seinem Mund auf ihr.

Und doch war sie immer allein.

„Es wird vergehen", sagte sie sich leise und drückte ihre Hand auf das kühle Glas. „Die Zeit heilt alle Wunden."

Sie äußerte diese Worte, aber noch war es schwer, sie zu glauben. Es war nur eine Hoffnung, dass das leere Gefühl einmal verschwinden würde.

„Mrs. Montgomery?" Pippa drehte sich um und sah eines von Abigails Dienstmädchen an der Tür stehen. „Mrs. Montgomery bittet Euch, ihr beim Tee Gesellschaft zu leisten."

Pippa nickte. Die armen Diener verhaspelten sich immer noch dabei, wie sie all die Ehefrauen eines Betrügers anreden sollten. Wenigstens hatte Celeste einen neuen Namen, das machte es einfacher. Trotzdem war es an der Zeit darüber nachzudenken, ob sie sich wieder Pippa Windridge nennen wollte. Gott, wenn ihr Vater davon erfuhr...

„Ma'am?"

Sie zuckte zusammen, als ihr klar wurde, dass sie so in Gedanken versunken gewesen war, dass sie der armen jungen Frau, die auf sie wartete, gar nicht geantwortet hatte. „Selbstverständlich. Ich komme gleich hinunter."

Als die Dienerin fort war, ging Pippa zum Spiegel und strich sich mit der Hand übers Haar. Seit Nan die Aufgaben des Kindermädchens für Kenley übernommen hatte, hatte Pippa begonnen, sich morgens allein zurechtzumachen. Das war gar nicht so schwierig, immerhin hatte sie es monatelang getan, während Rosie Stanton Erasmus' Kind ausgetragen hatte.

„Dies ist nicht der richtige Zeitpunkt, um verbittert zu sein", murmelte Pippa, bevor sie das Zimmer verließ und den langen Flur hinunterging. Sie stieg die Treppe hinab und versuchte, ihre wirren Gedanken zu ordnen. Als sie den Salon betrat, in dem sie und Abigail immer Tee tranken, bemerkte sie: „Weißt du, vielleicht ist heute ein guter Tag, um mit Kenley in den Park zu gehen. Das Wetter ist noch..."

Sie unterbrach sich, denn als sie eintrat, merkte sie, dass Abigail gar nicht allein war. Rhys stand mit blassem Gesicht am Kamin. Sie starrten einander einen Moment lang an. Gott, er sah so gut aus! Noch besser, als sie sich in ihren hitzigen Träumen erinnerte. Und alles, was sie tun wollte, war, den Raum zu durchqueren, seine Wangen zu umfassen, seinen Mund zu ihrem zu ziehen und in ihm zu ertrinken.

Sie hatte sich geirrt, als sie dachte, diese Gefühle würden mit der Zeit verschwinden. Sie würden niemals verschwinden. Sie sah plötzlich ihre lange Zukunft vor sich und wusste mit absoluter Gewissheit, dass es jedes Mal so sein würde, wenn sie diesen Mann sah. Es würde mehr wehtun, nicht weniger, wenn er schließlich sein Leben ohne sie fortsetzte. Wenn er heiratete. Wenn er Kinder mit einer anderen Frau bekäme. Es würde nur noch schlimmer werden.

„Lord Leighton leistet uns Gesellschaft", informierte sie Abigail von der Anrichte aus, wo sie Tee einschenkte. „Aber das hast du offensichtlich bemerkt."

Pippa warf ihrer Freundin einen bösen Blick zu. Abigail hatte diese Begegnung eindeutig arrangiert und ihr nichts davon erzählt. Um sie zu überraschen. Um sie davon abzuhalten, Rhys zu entkommen.

„Lord Leighton", grüßte sie und wünschte sich, ihre Stimme wäre nicht so atemlos.

„Mrs... Miss..." Er senkte den Kopf. „Phillipa."

Ihre Knie wurden weich, als er ihren Namen sagte. Verdammt. Sie kämpfte gegen die Reaktion an und ging zur Anrichte, um Abigail mit dem Tee zu helfen.

„Warum?", zischte sie ihre Freundin zwischen zusammengebissenen Zähnen an.

Abigail ignorierte sie und reichte ihr eine Tasse. „Bring das bitte unserem Gast, meine Liebe."

Mit bebenden Nasenflügeln nahm Pippa die Tasse und brachte sie zu Rhys. Seine Finger streiften ihre, als er die Tasse nahm, und Pippa holte so tief Luft, dass sie fast den Tee über ihn geschüttet hätte, als sie ihre Hand fortriss.

„Ich wollte von Rhys Neuigkeiten darüber erfahren, was vor sich geht", sagte Abigail und bedeutete ihnen, sich gemeinsam auf das Sofa zu setzen, während sie sich ihnen gegenüber auf den Sessel am Kamin setzte.

Pippa schürzte die Lippen. Abigail ging zu weit – Pippa würde sich später ernsthaft mit ihr unterhalten müssen. Trotzdem setzte sie sich neben Rhys und versuchte, mit ihrem Knie seines nicht zu berühren, obwohl er das Sofa mit seiner unglaublichen, wunderbar männlichen Präsenz ausfüllte.

Er räusperte sich und nahm einen Schluck Tee, ehe er antwortete. „Ich bin mir nicht sicher, welche Neuigkeiten ich Euch mitteilen kann. Ich treffe letzte Vorkehrungen, um die Schulden für dieses Haus zu begleichen, damit es Euch überschrieben werden kann, Abigail."

Pippa warf Abigail einen Blick zu. Damit konnte sie wenigstens zufrieden sein. „Ich bin so froh, dass du das Haus behalten kannst."

Abigail lächelte. „Ich habe Rhys mehrmals gesagt, dass dieses Geschenk zu extravagant ist, zumal er mich auch finanziell unterstützen will, aber er ist, wie du vermutlich weißt, nur schwer von seiner Meinung abzubringen."

Rhys stellte seine Tasse ab und fuhr sich mit der Hand durchs Haar, so wie er es immer tat, wenn er sich unbehaglich fühlte.

„Mein Bruder hätte diese Vorkehrungen für seine Frau treffen sollen."

„Ja, aber für welche seiner Frauen?", erwiderte Abigail mit einem schwachen Lachen. „Ich bin mir sicher, dass er mit uns und allen anderen Geliebten, die er nebenbei hatte, etwas überfordert war."

Rhys' Mundwinkel verzogen sich, und er wandte den Blick ab, fast so, als fühlte er sich schuldig. „Jetzt fällt es nun einmal mir zu, mich um all das zu kümmern. Das Haus wurde meinem Bruder nach dem Tod unseres Vaters geschenkt. Ihr solltet nicht darunter leiden, dass er es mit einer Hypothek belastet hat, um all seine Missetaten zu finanzieren. Es wird Euch gehören, so wie es immer hätte sein sollen. Und dass ich Euch eine Unterstützung zahle, ist mehr als angemessen. Ihr müsst immerhin von etwas leben."

Pippa spürte seine Besorgnis diesbezüglich, wusste aber auch, was für eine Belastung all diese Vorkehrungen für ihn bedeuteten. Und doch traf er sie, ohne zu klagen und ohne zu zögern. Er übernahm die Verantwortung für etwas, das nicht seine Schuld war, und leistete Wiedergutmachung auf eine Weise, die ihm nichts einbringen würde. Einfach, weil es das Richtige war.

Abigail wirkte ebenso beeindruckt wie sie und lächelte ihn an. „Ihr seid zu gut, Lord Leighton." Sie warf Pippa einen vielsagenden Blick zu und bemühte sich nicht, es unauffällig zu tun, bevor sie hinzufügte: „Da fällt mir ein, dass ich meinen Angestellten noch ein paar Anweisungen geben muss. Wenn Ihr mich bitte für einen Moment entschuldigen würdet."

Sie wartete nicht auf eine Antwort, sondern eilte aus dem Raum und schloss die Tür hinter sich. Pippa schnappte nach Luft und warf Rhys einen kurzen Blick zu.

„Sie ist nicht sehr subtil, oder?", fragte er mit einem halben Lächeln.

Sie schüttelte den Kopf. „Nein", lachte sie, obwohl sie plötzlich nervös war. „Das ist sie nie."

„Sie vermutet… dass etwas zwischen uns passiert ist?"

Sein Ton ließ nicht erkennen, was er davon hielt, aber dennoch überkamen sie Gewissensbisse. Sie war so unvorsichtig gewesen, die Wahrheit zu sagen, auch wenn sie es nur ihren Freundinnen gegenüber getan hatte. Zu gestehen, wie sie sich fühlte und was sie getan hatte, hatte etwas von dem Druck von ihr genommen.

„Die beiden sind... intelligent", erwiderte sie. „Und sie haben Augen im Kopf."

Er nickte. „Ja. Ich glaube, Owen Gregory hat auch einen Verdacht. Es scheint, wir sind nicht gut darin, unsere Gefühle zu verstecken."

Sie neigte den Kopf. „Dann müssen wir wohl besser darin werden."

Es folgte ein langes Schweigen, und sie spürte, wie sein Blick sie durchbohrte. Dann seufzte er. „Du siehst wunderschön aus, Phillipa. Wie ein Traum."

Er wandte sich ihr zu, nahm ihre Hand und ließ seinen Daumen über ihre Haut gleiten. Zitternd sah sie zu ihm auf und das Glühen in seinem Blick entging ihr nicht.

„Wir müssen dagegen ankämpfen, nicht wahr?", fragte sie heiser. „Auch wenn wir es nicht wollen."

„Ich weiß, dass du Recht hast", stimmte er zu, ließ sie aber nicht los. „Ich möchte unsere Vereinbarung einhalten. Aber ich vermisse dich."

Bei diesem Eingeständnis, leise gegeben, aber doch stark wie eine Sturmböe, hielt sie den Atem an. „Rhys", hauchte sie und wich etwas zurück, wofür sie alle Kraft aufwenden musste.

„Es tut mir leid", warf er ein und strich seine Jacke glatt. „Das war uns beiden gegenüber nicht gerecht."

„Nun, nichts an unserer Lage ist gerecht", betonte sie. „Das ist weder deine noch meine Schuld."

„Wie geht es Kenley?"

Sie lächelte über den Themenwechsel, denn zumindest verursachte der Junge ihr keine unangenehmen Gefühle. „Sehr gut. Er mag Abigail sehr und gewöhnt sich gut an Nan als Kindermädchen, aber ich glaube, er vermisst dich."

Rhys schürzte die Lippen. „Ich habe ihn in den letzten Tagen wohl vernachlässigt und das ist ihm gegenüber nicht fair. Ich werde Zeit einplanen, um ihn regelmäßiger zu sehen."

Rhys war gut darin, Probleme zu lösen. Sie mochte diese Seite an ihm: Die des Planers. Des Mannes, der die Dinge in Ordnung brachte. „Das wird ihm sicher gefallen, besonders wenn wir in das neue Haus umziehen. Er wird Zeit brauchen, um sich dort einzugewöhnen, und vertraute Gesichter werden ihm helfen."

Rhys erhob sich und tat von einem Bein aufs andere und sein Blick schweifte ab, aber ihr entging die Sorge in seinem Gesicht nicht. Ihn bedrückte noch etwas anderes als die Sehnsucht nach ihr und Zweifel bezüglich Kenleys Zukunft.

„Was hast du?"

Er holte tief Luft. „Rosie Stanton hat London nicht verlassen."

All ihre verworrenen Gedanken über Rhys verschwanden aus ihrem Kopf, von Angst verdrängt. Sie erinnerte sich an Rosies wütendes Gesicht, als Pippa, Abigail und Celeste sie zur Rede gestellt hatten. Wie sie es zugelassen hatte, dass Celeste mit einer Waffe bedroht worden war. Sie erinnerte sich auch an den Moment, als Rosie auf Erasmus geschossen hatte. An diese kranke Wut, die ihre hübschen Gesichtszüge erschreckend entstellt hatte.

Sie sprang auf und starrte ihn an. „W-was?"

Er kam näher. „Du bist blass. Setz dich lieber."

Sie gehorchte und sank erneut auf das Sofa. „Bitte sag mir, was los ist", flehte sie.

„Wir dachten, sie hätte das Land auf einem Schiff nach Maryland verlassen."

„Ja, ich erinnere mich an diese Information, noch bevor wir vor mehreren Wochen nach Bath aufgebrochen sind. Willst du damit etwa sagen, dass sie es nicht getan hat?"

„Owen hat herausgefunden, dass sie sich zwar bei einem Schiff nach einer Überfahrt nach Amerika und bei einem anderen nach Niederkanada erkundigt hat… aber sie hat keines der beiden Schiffe bestiegen. Sie scheint ihr bisheriges Leben hier in der Stadt weiterzuführen."

Pippa konnte jetzt ihren Herzschlag in den Ohren hören. „Ich… Aber warum sollte sie das tun, wenn sie so viel zu verlieren hat?" Er musterte sie schweigend und sie lehnte sich zurück, als könnte die Distanz ihre Erkenntnis auslöschen. „Kenley."

Er nickte. „An dem Tag, an dem sie meinen Bruder erschoss, machte sie sehr deutlich, wie sehr sie den Jungen liebt."

„Erasmus wollte ihn zurücklassen und das machte sie wütend. Egal, was sie sonst getan hat, ich weiß, dass sie ihr Kind innig und aufrichtig liebt", hauchte Pippa. „Aber das ändert nichts an der Tatsache, dass sie an einer Reihe von Erasmus' Missetaten mitschuldig war."

„Und dass sie ihn getötet hat", fügte Rhys leise hinzu.

Sie hörte den Schmerz in seiner Stimme und wollte nach seiner Hand greifen, hielt sich dann aber zurück. Sie hatten diese Unterhaltung damit begonnen, festzustellen, sie müssten besser darin werden, ihre Gefühle füreinander zu verbergen. Egal was sie wollte, sie musste sich anstrengen. Also zwang sie ihre Hand zurück in ihren Schoß.

„Ja, das auch." Pippa versuchte sich zu konzentrieren, versuchte darüber nachzudenken, welcher vernünftige Schritt als nächstes unternommen werden musste. „Ich würde mich wohler fühlen, wenn wir eine Wache im Haus hätten. Wenn Rosie weiterhin Interesse an dem Kind hat, brauchen wir jemanden, der nach ihr Ausschau hält, damit sie uns nicht schutzlos vorfindet."

Er tat nun, wovon sie sich selbst abgehalten hatte, und ergriff ihre Hand. „Darum habe ich mich bereits gekümmert, Pippa. Jemand bewacht das Haus seit ein paar Tagen und wird es auch weiterhin tun, bis wir wissen, was Miss Stanton vorhat."

Sie starrte ihn an, als ihr die Erkenntnis dämmerte, und zog dann langsam ihre Hand aus seiner. „Jemand hat das Haus seit Tagen beobachtet?“

„Seit unserer Rückkehr nach London“, bestätigte er. „Warum fragst du?“

„Du… du wusstest von dieser Bedrohung und hast es mir nicht gesagt?“ Sie stand auf und ging ein paar Schritte in den Raum hinein.

Er sah ihr nach und erblasste. „Phillipa…“

„Warum hast du es mir vorenthalten?“

Er stieß einen erschöpften Seufzer aus, bevor er auf näher trat. „Es war so viel los, es gab so viele Dinge, um die du dich nach unserer Ankunft in London kümmern musstest, damit sich Kenley und du hier eingewöhnt.“

Sie blickte zu ihm auf und ballte die Hände zu Fäusten. „Du hast mich Kenleys wegen nach London zurückgebracht. Meine Pflicht ist es, auf dieses Kind aufzupassen, und wenn ich nicht alle Einzelheiten über eine potenzielle Gefahr für ihn kenne, kann ich das nicht tun. Ich kann ihn nicht beschützen. Was wäre, wenn sie an deiner Wache vorbeigekommen wäre, Rhys? Ich hätte nicht einmal geahnt, dass sie eine Bedrohung darstellt…“

Er schüttelte den Kopf und unterbrach sie. „Zunächst einmal habe ich dich nicht nur Kenleys wegen nach London gebracht und das weißt du auch.“

Diese Worte verschlugen ihr die Sprache, denn sie bedeuteten zu viel. Sie verschränkte die Arme und beobachtete ihn aufmerksam, als er fortfuhr: „Und ich sehe jetzt, dass es ein Fehler war, dich im Dunkeln zu lassen. Ich entschuldige mich dafür. Ich habe dabei nur dein Wohlergehen im Sinn gehabt und wollte dich nicht verärgern. Ich wollte nicht, dass du dir Sorgen wegen Rosie Stanton machen musst. Nicht nach allem, was sie dir angetan hat.“

Pippa blinzelte angesichts der Leidenschaft in seiner Stimme. Angesichts der liebenswürdigen Gründe für sein Fehlurteil. Wie konnte er sie so wütend machen und sie gleichzeitig dazu bringen, ihn küssen zu wollen?

Aber nein, daran durfte sie jetzt nicht denken. „Du bist nicht für mich verantwortlich", gab sie leise zurück. „Ich bin keine zarte Blüte, die du beschützen musst."

„Aber ich wollte dich beschützen", knurrte er und seine blauen Augen waren so dunkel wie die stürmische See.

„Ich bin..." Sie schluckte schwer, weil der nächste Teil so schmerzhaft war. „Ich bin nicht dein Problem, Rhys. Lord Leighton. Ich war es nie."

Seine Lippen pressten sich fest zusammen, aber er widersprach ihr nicht. Wie könnte er auch? Sie wussten beide, was vor sich ging, und sie waren beide erwachsen.

„Ich sollte... nach ihm sehen", bemerkte sie. „Bitte schickt mir die Einzelheiten zu Miss Stanton und Eurer Wache. Ich würde den Mann gern kennenlernen. Dann werde ich Euch eine Nachricht schreiben und Euch wissen lassen, ob ich mit seiner Anstellung einverstanden bin."

Er lachte erstickt über ihre Worte, aber es lag keine Fröhlichkeit, sondern nur Schmerz darin. „Aha. Wir werden nun also nur noch per Brief korrespondieren?"

Sie nickte. „Das könnte angesichts der Umstände für eine Weile das Beste sein. Wir werden unseren persönlichen Kontakt auf die Begegnungen mit dem Kind beschränken."

„Tu das nicht", flehte er leise.

Tränen stiegen in ihre Augen, und sie holte ein paar Mal tief Luft, um sich zu beruhigen, damit sie nicht herunterfielen. „Ich muss es tun. Euer Wunsch, mich zu beschützen, darf nicht Eure Pflicht übertrumpfen, Kenley zu beschützen... oder Euch selbst." Sie ging zur Tür. „Die Zeit wird diese Gefühle verblassen lassen, Mylord. Sie muss es tun. Und sobald es so weit ist, können wir wieder Freunde sein. Wir können vergessen, dass jemals mehr zwischen uns gewesen ist. Auf Wiedersehen."

Sie ließ ihn zurück und eilte mit zitternden Händen den Flur hinunter. Auf dem Weg zur Treppe kam sie an Abigail vorbei, und ihre Freundin sprach sie an, aber sie ignorierte sie und lief stattdessen weiter zu Kenleys Zimmer. Sie hatte die Fassung verloren, aber das konnte sie wieder gutmachen. Auch wenn sie keine einzige Silbe ihrer Abschiedsworte an Rhys glaubte. Auch wenn sie wusste, dass sich ihre Gefühle nicht ändern würden, egal wie viel Zeit verging, egal wie sehr sie versuchte, sie verschwinden zu lassen.

KAPITEL 18

Rhys wandte sich von der Tür ab, als Phillipa aus dem Zimmer lief, und trat ans Fenster. Es blickte auf die Straße hinunter, auf den Park gegenüber, aber er sah nichts davon, weil alles in seinem Herzen, in seiner Seele und seinem Körper auf die Tatsache konzentriert war, dass sie die Kraft gefunden hatte, die er selbst nicht finden konnte. Sie war gegangen, und es fühlte sich endgültig an.

Er schlug mit einem gequälten Knurren mit der Hand gegen das Fenster und senkte den Kopf. Sein Bruder sollte dafür verdammt sein, so viel Zerstörung über jeden in seinem Leben gebracht zu haben. Dafür, dass er Phillipa wehgetan hatte. Und dafür, dass er eine Situation geschaffen hatte, in der Rhys sie niemals haben könnte.

„Rhys, geht es Euch gut?"

Er zuckte zusammen und drehte sich um. Abigail stand in der Salontür und sah ihn mit ihren braunen Augen besorgt an. Er kämpfte darum, etwas Würde zu bewahren, zu lächeln und das alles zu überspielen. Aber er hatte keine Kraft dafür. „Lasst es gut sein, Abigail", bat er.

Ihr Gesichtsausdruck veränderte sich und sie trat vor. „Rhys..."

„Lasst es gut sein", wiederholte er, diesmal schroffer, lauter, und er hasste sich dafür, dass er auf diese Weise die Selbstbeherrschung verlor, aber nun war die Katze aus dem Sack und er konnte sie nicht wieder einfangen. „Mir ist durchaus bewusst, dass Ihr etwas darüber wisst, was zwischen Phillipa und mir in Bath vorgefallen ist. Sicher denkt Ihr, das gibt Euch das Recht, Euch einzumischen, wie Ihr es heute Nachmittag getan habt. Aber ich bitte Euch noch einmal, lasst es gut sein."

Ihre Lippen öffneten sich und er sah… Mitleid in ihren Augen. Vermutlich sollte er sich an diesen Ausdruck gewöhnen. Wer ihn überhaupt noch eines Blickes würdigte, der tat dies entweder mit Mitleid oder mit Verachtung. Außer Phillipa. Und jetzt hatte er auch sie noch verloren.

„Ich verstehe, warum Ihr nicht mit mir darüber sprechen wollt", erwiderte Abigail in sanftem Ton, als würde sie mit einem Kind sprechen, das nicht viel älter als Kenley war. „Rhys, Ihr quält Euch wegen Phillipa und allem anderen. Es kann nicht gesund sein, all das für Euch zu behalten und so zu tun, als wärt Ihr stark genug, diese Last allein zu tragen."

„Nun, die Person, mit der ich darüber sprechen würde, hat mich gerade hier im Salon zurückgewiesen", warf er ein und hob die Hände. „Was soll ich Eurer Meinung nach tun, Abigail? Soll ich mir im Park auf der anderen Straßenseite die Adern aufschneiden, damit die Welt mich bluten sehen kann?"

„Natürlich nicht." Sie trat näher. „Ich kann nicht glauben, dass ich das vorschlage, wenn man bedenkt, dass er der irritierendste Mann ganz Londons ist – nein, im ganzen Land –, aber vielleicht solltet Ihr erwägen, den Duke of Gilmore aufzusuchen?"

Rhys schloss die Augen. „Gilmore ist nicht in der Stadt."

„Aber er kommt morgen früh zurück", gab Abigail zurück. „Und er ist Euer Freund, Rhys. Ihr braucht ihn jetzt."

Rhys sah sie an und fragte sich, warum sie über das Kommen und Gehen von Gilmore so gut Bescheid wusste, obwohl sie mehr als einmal gesagt hatte, dass sie ihn verabscheute. Aber er war zu müde und außerdem lag sie nicht falsch darin, dass er sich jemandem anvertrauen musste, der ihn kannte. Jemandem, der ihn nicht verurteilen würde.

Oder zumindest nicht allzu sehr.

Abigail trat noch etwas näher. „Ich… ich habe mich heute eingemischt, weil ich es für harmlos hielt, aber ich sehe, dass das ein Irrtum war. Es tut mir leid."

Er schüttelte den Kopf. „Mir sollte es leid tun. Ich bin zwar nicht in bester Stimmung, aber Ihr verdient meinen Zorn nicht."

„Nein, ein toter Mann im Grab verdient ihn", stimmte Abigail mit einem Achselzucken zu. „Aber keiner von uns kann ihn mehr für seine Verbrechen büßen lassen, als er es ohnehin schon tut. Also müssen wir etwas verständnisvoller miteinander umgehen. Ich verzeihe Euch Eure Reaktion jedenfalls."

„Danke", murmelte er und meinte es ernst. „Ich muss jetzt gehen. Ich kann nicht länger bleiben."

Sie trat zur Seite, um ihm den Weg freizumachen, und er winkte nur kurz zum Abschied. Dann stürmte er aus ihrem Haus und überquerte die Straße für den kurzen Spaziergang durch den Park und dann noch ein paar Straßen weiter bis zu seinem Haus.

Aber mit jedem Schritt fühlten sich sein Körper, sein Kopf und sein Herz schwerer an. Und all das, was er wegen Erasmus verloren hatte, war noch viel schwerer zu ertragen.

Pippa war immer noch benommen, als sie später zum Abendessen die Treppe hinuntertrottete. Sie hatte sich nicht zu Abigail gesellen wollen, sondern wollte in Kenleys Zimmer bleiben und über ihn wachen, als ob die Höllenhunde jeden Moment über das Haus hereinbrechen könnten.

Nein, keine Höllenhunde. Nur die Mutter des Kindes. Eine Frau, die einen Anspruch auf ihn hatte, im Gegensatz zu Pippa. Eine Frau, die aber auch eine Bedrohung für den Jungen darstellen könnte. Was war also richtig? Was war am besten?

Sie schüttelte den Kopf. Sie wäre zu gern an seiner Seite geblieben, hätte ihm beim Spielen und beim Schlafen zugesehen, aber sie konnte Abigails Einladung nicht ablehnen. Als sie das Esszimmer betrat, stellte sie fest, dass Abigail nicht da war, sondern Celeste.

„Guten Abend", grüßte Pippa und ging auf ihre Freundin zu. „Dich habe ich heute Abend nicht hier erwartet."

„Abigail hat mich gebeten, mich euch anzuschließen", erklärte Celeste und küsste sie auf die Wange. Als sie sich zurückzog, spürte Pippa ihren besorgten Blick. „Wie geht es dir?"

„Abigail hat dir alles erzählt", stellte Pippa seufzend fest.

Abigail hatte natürlich Pippas Flucht vor Rhys bemerkt, Pippa aber nicht darauf angesprochen. Im Gegenteil, sie hatte ihre Freundin den ganzen Nachmittag über in Ruhe gelassen, bis sie sie zum Abendessen hatte rufen lassen. Pippa hatte schon gehofft, Abigails forschenden Fragen zu entgehen, doch anscheinend hatte Abigail stattdessen nur auf Verstärkung gewartet.

„Ja, aber nur, weil ich mir Sorgen um dich mache." Sie drehten sich beide um, als Abigail den Raum betrat. Sie kam herüber, um Pippas Hand zu nehmen, und drückte sie. „Nur, weil du mir wichtig bist."

Als Abigail sie losließ, sank Pippa auf ihren Platz am Tisch, und die anderen schlossen sich ihr an. Sie seufzte erneut. „Mir ist klar, dass du es nur gut meinst. Aber niemand kann in dieser Angelegenheit helfen, und ihr beide habt gewiss bessere Dinge zu tun. Celeste, du bist erst seit ein paar Wochen verheiratet. Solltest du nicht jeden wachen Moment mit deinem in dich vernarrten Ehemann verbringen?"

Celeste errötete leicht. „Ich verbringe die meiste Zeit mit ihm, das versichere ich dir. Aber zwischendurch brauchen wir beide etwas frische Luft. Außerdem gefällt es mir, dass er mich vermisst."

Ihr Glück war so offensichtlich, dass Pippa nicht anders konnte, als zu lächeln, und es erleichterte die Last, die sie trug, ein wenig.

Sie richtete ihre Aufmerksamkeit auf Abigail. „Und du hast doch sicher auch deine eigenen Probleme, oder etwa nicht?"

Abigail schnaubte ein Lachen, bevor sie einen großen Schluck Wein aus ihrem Glas nahm. „Ich wurde heute aus einem Geschäft vergrault, also sollte ich wohl ja sagen. Aber mich auf deine Probleme zu konzentrieren statt auf meine scheint mir so viel weniger abscheulich zu sein."

„Du wurdest aus einem Geschäft vergrault?", knüpfte Pippa an und beugte sich vor.

Abigail zuckte mit den Schultern. „Wir wissen alle, dass der Skandal sich herumgesprochen hat. Wir sind doch nicht naiv, oder?"

Celeste seufzte. „Das tut mir leid. Es ist nur so furchtbar grausam, dass jemand den Opfern eines Verbrechens die Schuld gibt und nicht etwa dem eigentlichen Verbrecher."

„Sie würden ihm die Schuld geben, wenn er noch am Leben wäre", erwiderte Abigail mit einem trockenen Lachen. „Aber leider sind nur noch wir und sein armer Bruder übrig."

Pippa kniff die Augen zu, als sie an Rhys und seinen erschöpften Gesichtsausdruck früher an diesem Tag dachte. An den Schmerz in seiner Stimme in Bath, als er ihr von der Entfremdung von seinem Bruder erzählt hatte, die lange vor Erasmus' schlimmen Untaten begonnen hatte. Er hatte so viel verloren. Dieser Umstand hatte sie eine Zeit lang zusammengebracht.

„Möchtest du darüber reden, was heute Nachmittag zwischen dir und dem Earl passiert ist?", fragte Abigail.

„Da gibt es nichts zu bereden." Das stimmte zwar nicht, aber Pippa konnte einfach nicht darüber sprechen. „Wie ihr wisst, leidet Lord Leighton noch mehr als wir unter den Konsequenzen der Taten seines Bruders. Ich habe schlichtweg erkannt, dass das Beste, was ich für ihn tun kann, wenn... er mir etwas bedeutet, darin besteht, ihn gehen zu lassen. Er kann es nicht gebrauchen, dass meine Anwesenheit in seinem Leben ihm noch mehr Schwierigkeiten bereitet."

„Pippa", hauchte Celeste.

Sie hob eine Hand. „Nein, bitte nicht. Wenn ich darüber rede, breche ich zusammen, und das darf ich jetzt nicht. Vielleicht werde ich mir später, wenn sich die Dinge beruhigt haben, einen guten altmodischen Nervenzusammenbruch gönnen."

Abigail kaute auf ihrer Unterlippe. „Alles in mir drängt mich dazu, dich zu bedrängen, zu quälen und zu provozieren, wie ich es dem Duke of Gilmore zufolge ohnehin ununterbrochen tue. Aber ich werde versuchen, in dieser Hinsicht deine Wünsche zu respektieren, Pippa."

„Vielen Dank."

Der erste Gang wurde serviert und die drei begannen zu essen. Während sie über alles und nichts plauderten, beobachtete Pippa ihre Freundinnen. Beide waren sehr klug, und abgesehen von Rhys waren sie die einzigen Menschen auf der Welt, die verstanden, was sie durchmachte.

Und auch wenn sie nicht mit ihnen über die komplizierte Situation mit Rhys sprechen konnte, konnte sie ihre Hilfe in einer anderen Angelegenheit erbitten.

Also nahm Pippa ihre Gabel nicht in die Hand, als das Dessert serviert wurde, sondern sagte stattdessen: „Ihr sagtet vorhin, dass ihr mir helfen wollt."

Abigail wurde sofort hellhörig. „Aber ja! Bist du bereit, darüber zu sprechen, was heute passiert ist?"

„Sehr lustig, Abigail, du bist in der Tat ein Quälgeist", wisperte Celeste, als könnte Pippa sie nicht genauso deutlich hören wie Abigail.

Sie lächelte trotz ihrer ernsten Lage. Sie liebte diese beiden Frauen. „Es geht nicht um Rhys. Niemand kann diesbezüglich etwas bewirken, nicht einmal ich."

Abigail öffnete den Mund, als wollte sie protestieren, aber Pippa hob lachend eine Hand. „Bitte hör auf, ich kann deine Gedanken lesen – du musst sie nicht äußern und diese Unterhaltung noch einmal beginnen."

„Wobei brauchst du Hilfe?", fragte Celeste mit einem weiteren finsteren Blick in Abigails Richtung.

„Es geht um Kenley", eröffnete ihnen Pippa, und das Lachen verschwand aus ihrer Stimme, weil nichts von dem, was sie besprechen wollte, auch nur im Geringsten amüsant war. „Rhys hat mir heute offenbart, dass Rosie Stanton das Land nicht verlassen hat, wie wir alle glaubten. Sie ist immer noch in London, und es besteht Grund zur Annahme, dass ihr Sohn der Grund dafür sein könnte."

Alle Sticheleien und Scherze zwischen den Frauen verschwanden augenblicklich. Abigail setzte sich aufrechter hin und Celestes Wangen wurden bleich. Sie waren dabei gewesen, als Rosie Erasmus Montgomery erschossen hatte. Sie alle waren von dieser Frau in einem Moment der Verzweiflung bedroht worden.

„Erzähl uns alles", drängte Celeste mit zitternder Stimme.

„Mehr gibt es nicht zu sagen", erwiderte Pippa seufzend. „Man hat mir nicht viel mehr erzählt, außer dass Rhys... Lord Leighton... vor ein paar Tagen einen Mann angeheuert hat, der seitdem dieses Haus bewacht."

Abigail runzelte die Stirn. „Ein Mann bewacht mein Haus?"

„Offenbar. Ich habe Lord Leighton gebeten, mir alle Einzelheiten zu schicken, damit ich prüfen kann, ob dieser Mann eine akzeptable Wache ist", ergänzte Pippa.

Abigail zog eine Augenbraue hoch. „Ich bin mir sicher, dass das gut bei ihm angekommen ist."

„Er war überrascht, so viel steht fest."

„Du brauchst ihn nicht ständig Lord Leighton zu nennen, nicht vor uns", warf Celeste leise ein.

Pippa senkte den Kopf. „Ich muss es aber üben. Ihn beim Vornamen zu nennen war schon immer zu vertraulich. Ich muss anfangen, Abstand zu nehmen, und das ist ein Schritt in diesem Prozess. Ich wünschte, ich könnte aufhören, an ihn als Rhys zu denken. Das wird sehr viel schwieriger."

„Oh, Liebste", Abigail ergriff ihre Hand, „bist du dir sicher, dass du nicht darüber reden willst?"

„Ich bin mir sicher", beteuerte Pippa. „Ich muss mir sicher sein. Und ich muss mich jetzt auf Rosie konzentrieren und darauf, was sie vielleicht von Kenley will. Ein Wachmann ist zwar ein guter Anfang, und ich hoffe, dass seine Anwesenheit den Jungen beschützen wird, aber Gewissheit haben wir dadurch nicht. Rosie ist schlau und einfallsreich, listig und hinterhältig. Ich brauchte lange, um zu erkennen, dass sie die Geliebte meines Mannes war, obwohl sich alles direkt vor meiner Nase abspielte. Sie ist die Art von Person, die alle Sicherheitsmaßnahmen überwinden könnte, die der Earl of Leighton getroffen hat."

„Du willst selbst etwas unternehmen?", schlussfolgerte Abigail.

Pippa nickte. „Ich denke, ich… wir… sollten vielleicht auf eigene Faust versuchen, sie zu finden."

Celeste stieß sich vom Tisch ab und sprang auf. „Rosie und Erasmus haben dich nicht nur zusammen hintergangen, sondern auch gemeinsam seinen Tod vorgetäuscht. Sie war eine Figur in seinem Plans, uns alle zu töten und Abigail einen Mord anzuhängen, der nicht passiert ist. Wie kannst du so eine Person nur ausfindig machen wollen?"

„Sie hat das alles nur für Erasmus getan. Sie allein hätte nie einen solchen Plan ausgeheckt", gab Pippa zu bedenken. „Immerhin hat sie ihren Zorn schnell genug gegen ihn gerichtet, was doch zeigt, dass sie Zweifel an seinen Methoden hatte. Aber ich verstehe deine Zurückhaltung, Celeste. Er hat dich schließlich mit einer Waffe bedroht. Und du hast so viel zu verlieren. Wenn du nicht an meinem Komplott beteiligt sein willst – wir nennen es, wie es ist, ein Komplott – dann verstehe ich das."

„Sicherlich suchen Rhys und Owen schon selbst nach ihr", wandte Abigail ein, während sie aufstand und ihren Arm um Celeste legte, um sie zu beruhigen. „Vertraust du nicht darauf, dass sie sich darum kümmern werden?"

„Doch, das tue ich", erwiderte Pippa. „Aber ich vertraue nicht darauf, dass Rosie sich von ihnen erwischen lässt."

„Und warum sollte sie sich von uns erwischen lassen?", fragte Celeste. „Wir stehen einander doch nun wirklich nicht sehr nahe."

„Nein, aber tief in ihrem Herzen muss sie wissen, dass uns etwas verbindet. Sie war sowohl Erasmus' Opfer als auch seine Komplizin. Wenn wir Kontakt zu ihr suchen, könnte sie auf unser Mitgefühl hoffen, besonders wenn wir es richtig anstellen. Ich bezweifle, dass sie Mitgefühl von Rhys erwarten würde."

Abigail schürzte die Lippen, als sie und Celeste einen Blick wechselten. „Das ist ein gutes Argument", räumte Abigail ein.

Pippa lächelte leicht. „Großartig. Ich habe stundenlang versucht, ein gutes Argument zu formulieren, und ich bin froh, dass es mir gelungen ist."

Celeste löste sich von Abigail und schritt einen Moment mit besorgter Miene im Raum auf und ab. Pippa ging zu ihr hinüber und ergriff ihre Hände. „Wenn dir das zu viel ist, verstehe ich das vollkommen. Du musst dich nicht daran beteiligen."

Celeste schüttelte den Kopf. „Owen wäre sehr wütend, wenn er herausfindet, dass ich hinter seinem Rücken Nachforschungen anstelle."

„Bist du nicht sauer, dass er selbst dir nichts von Rosie erzählt hat?", fragte Pippa und dachte wieder an ihre Auseinandersetzung mit Rhys an diesem Nachmittag.

„Nein", gab Celeste zu. „Er ist sich meiner emotionalen Reaktion auf die Ereignisse vor einigen Wochen sehr wohl bewusst. Er tröstet mich durch die Albträume, wenn ich welche habe. Wenn er es mir nicht gesagt hat, dann nur, um mich zu beschützen. Ich weiß, dass er mich darüber in Kenntnis gesetzt hätte, wenn die Zeit reif gewesen wäre."

Pippa blinzelte. Was ihre Freundin beschrieb, war Vertrauen. Absolutes Vertrauen in die besten Absichten ihres Partners, in die Stärke ihrer Bindung, die durch keine Dummheit gebrochen werden konnte. Celeste hatte Glück, eine solche Beziehung zu haben, und Pippa durfte das nicht gefährden.

„Mir wäre… wohler dabei", fuhr Pippa langsam fort, „wenn

jemand, dem ich in jeder Hinsicht vertraue, mit Kenley hier im Haus bliebe."

„Ja", stimmte Abigail zu. „Das ist eine ausgezeichnete Idee."

„Du willst mich nicht an deiner Seite haben?", flüsterte Celeste.

„Pippa und ich haben viel weniger zu verlieren", stellte Abigail klar. „Wir lieben dich zu sehr, um das zu bedrohen, was du dir aufgebaut hast. Außerdem hilfst du uns auf diese Weise sehr, weil du dir der Gefahren für Kenley bewusst bist."

„Nun, ich bin gern mit ihm zusammen", lenkte Celeste mit einem leichten Lächeln ein. „So kann ich für die Zukunft üben, wenn Owen und ich eigene Kinder haben."

Pippa lächelte. Celeste verdiente dieses Glück und diese Zukunft so sehr. „Damit wäre es also abgemacht. Abigail und ich erledigen die Arbeit vor Ort, um Rosie zu finden. Und Celeste hilft uns bei der Planung und kümmert sich um Kenley, während wir unterwegs sind."

Celeste wirkte immer noch unsicher, nickte aber.

„Sehr gut", freute sich Abigail. „Und wie schlägst du vor, dass wir Rosie finden?"

„Nun, wir wissen, wo sie zuletzt gewohnt hat", antwortete Pippa. „Und wo sie gearbeitet hat. Da könnten wir anfangen."

Abigail nickte. „Ich hole Stift und Papier, und wir können einige Details ausarbeiten, während wir unser Dessert essen."

Sie verließ den Raum, und Pippa und Celeste nahmen wieder ihre Plätze ein. Celeste sah Pippa eindringlich an.

„Was willst du mir mit diesem Blick sagen?", fragte Pippa.

Celeste zuckte mit den Schultern. „Wenn es euch gelingt, Rosie zu finden, und ihr sie dazu bringen könnt, mit euch zu reden, statt sich aus Angst vor euch zu verstecken… was erwartest du von ihr? Was soll sie tun?"

„Ich will nur… ihre Beweggründe dafür kennen, in London zu bleiben, anstatt das Beste für sich zu tun und fortzugehen. Ich möchte wissen, was sie in Bezug auf Kenley vorhat."

„Würdest du sie ihn sehen lassen, wenn es ihr Wunsch wäre?"

Pippa schluckte schwer. „Sie ist seine Mutter. Hat sie etwa kein Recht, ihn zu sehen? Hat er nicht das Recht, sie zu kennen?"

Celeste dachte darüber nach. „Angesichts unserer Geschichte mit der Frau fällt mir eine Antwort schwer. Ich verstehe, dass sie von Erasmus benutzt wurde, so wie er jeden in seinem Leben nur benutzt hat. Aber ich weiß auch, dass sie viele seiner Verbrechen gutgeheißen hat."

„Vielleicht fällt es mir leichter, die Antwort zu finden, wenn ich sie sehe", schloss Pippa. „Ich hoffe es."

Abigail kehrte mit Papier und Kohlestiften zurück. Sie verteilte alles, und während sie ihr Dessert aßen, taten sie genau das, was sie vorgeschlagen hatte. Sie schmiedeten einen Plan, um die Frau, die Phillipa in ihrem eigenen Haus hintergangen hatte, zu finden und sie zur Rede zu stellen. Die Frau, die ihr das Kind geschenkt hatte, das sie über alles liebte.

Pippa hoffte nur, dass sie zu dem Zeitpunkt, an dem sie sie fanden, wüsste, was zu tun war.

KAPITEL 19

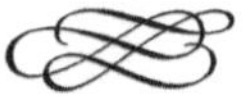

Rhys war froh, dass er sich in seinem auf den Kopf gestellten Leben auf eines verlassen konnte: Wenn er den Duke of Gilmore brauchte, dann war sein Freund immer zur Stelle. Auch wenn er nach seiner Rückkehr aus Cornwall, wo er letzte Woche seine Schwester besucht hatte, direkt von der Reise kam.

Gilmore war hier, und als Rhys den Salon betrat, stand der Duke auf und lächelte. „Guten Morgen."

„Guten Morgen", grüßte Rhys und streckte eine Hand aus. „Es tut mir leid, Euch direkt bei Eurer Ankunft in London so zu überfallen."

Gilmore zuckte mit den Schultern. „Wozu brauche ich Schlaf, wenn ich solche Freunde habe? Obwohl ich zugeben muss, dass ich überrascht war, dass Eure Nachricht auf mich wartete, als ich heute Morgen ankam. Ist alles in Ordnung?"

„Überhaupt nicht", erwiderte Rhys lachend. „Ich wurde aus meinem Club verbannt, Einladungen zu lange vorausgeplanten Partys wurden zurückgenommen. Ich würde sagen, dass ich von etwa der Hälfte unseres sozialen Umfelds gemieden werde."

Gilmore atmete mit einem leisen Pfeifen aus. „Herrje. Das ist schrecklich, Leighton. Kann ich etwas tun? Ich könnte im Club mit Samson und Williams sprechen."

Rhys schüttelte den Kopf. „Und Euren eigenen guten Namen beschmutzen? Die Tatsache, dass Ihr zu mir haltet, reicht dafür schon aus. Nein, ich habe eine Einladung von Fitzhughs erhalten, also werde ich wohl meine Mitgliedschaft kündigen."

„Fitzhughs ist ein guter Club", räumte Gilmore ein. „Klingt auf jeden Fall viel interessanter als unser alter."

„Wohl wahr." Rhys lachte auf. „Soll ich versuchen, Euch auch eine Einladung zu besorgen?"

Gilmore schnaubte. „Das wäre sehr nett, aber ich bezweifle, dass Ihr hier seid, um über Clubs und Gesellschaftliches zu sprechen. Wir haben beide geahnt, dass diese Dinge passieren würden."

„Das stimmt leider. Mein gesellschaftlicher Niedergang war in dem Moment besiegelt, in dem mein Bruder sich eine zweite Frau nahm." Rhys senkte seinen Blick zu Boden. „Das kommt dem Grund unserer Unterhaltung schon sehr viel näher."

„Ah." Gilmore winkte ihn zu den Sesseln vor dem Feuer und zog den zurück, von dem er sich erhoben hatte, als Rhys den Raum betreten hatte. „Dann geht es also um die schöne Pippa. Ich hatte mich schon gefragt, wann wir auf sie zu sprechen kommen würden."

„Ihr wusstet, dass es um sie geht?", staunte Rhys, und seine Überraschung war echt.

Gilmore lachte. „Seit ich Euch zum ersten Mal in Gegenwart dieser Frau sah, war mir klar, dass Ihr Euch zu ihr hingezogen fühlt und sie zu Euch."

„Nun, Abigail hat mir geraten, mit Euch über dieses Problem zu sprechen."

Gilmores Augenbrauen hoben sich. „Das hat dieser Plagegeist Euch wirklich empfohlen?"

Rhys kniff die Augen zusammen. „Es sei denn, Ihr möchtet lieber darüber reden, warum die erste Mrs. Montgomery Euren Zeitplan gut genug kennt, um mich dahingehend zu informieren, dass Ihr heute Morgen von Eurer Reise zurückkehrt. Interessant wäre auch nachzuforschen, warum Ihr so unruhig werdet, sobald von ihr die Rede ist."

„Wenn sie meinen Zeitplan kennt, liegt es wahrscheinlich daran, dass sie einen Überfall auf mich plant", schnaubte Gilmore. „Und ich werde unruhig, weil sie die anstrengendste Person ist, der ich jemals begegnet bin."

„Nun gut, dann heben wir uns dieses Thema für ein anderes Mal auf", lenkte Rhys ein. „Sie lag aber nicht falsch. Ich... muss mit jemandem über Phillipa sprechen. Und Ihr seid mein bester Freund."

Gilmore wurde sofort ernst. „Dann sprecht mit mir."

Rhys seufzte und beschrieb in einer kurzen Zusammenfassung seine Zeit mit Phillipa in Bath. Er gab selbstverständlich nur wenige Details preis, denn er war schließlich kein Wüstling, und dieses Gespräch hatte nicht den Zweck, mit seiner Eroberung zu prahlen.

„Was Ihr beschreibt ist die Einsicht, dass Ihr in diese Frau verliebt seid", sagte Gilmore, als Rhys fertig war. „Das ist keine bloße Affäre."

Rhys schürzte die Lippen. „Ich liebe sie. Das kann ich nicht leugnen."

„Obwohl Ihr es tun solltet", warf Gilmore nicht unfreundlich ein.

Rhys zuckte zusammen. „Vielleicht."

„Ihr wisst, dass Ihr es tun solltet, und das nicht nur *vielleicht*. Ein Mann, der von seinem Club ausgeschlossen und von gesellschaftlichen Veranstaltungen ausgeladen wird, sollte sich nicht mit der zweiten Frau seines bigamistischen Bruders einlassen. Ein Mann, der versucht, seinen Ruf wieder herzustellen, kann sich das nicht leisten."

„Das weiß ich alles." Rhys fuhr sich mit der Hand durchs Haar.

„Aber Ihr wollt es dennoch nicht tun", stellte Gilmore leise fest und lehnte sich beobachtend in seinem Sessel zurück. „Was wollt Ihr dann?"

Rhys bewegte sich unbehaglich. Wenn er laut aussprach, was er wollte, könnte er es, so fürchtete er, nie wieder in sich vergraben und so zu tun, als ob er es nicht wollte. Als ob er das alles hinter sich lassen wollte. Als ob er ohne sie weitermachen wollte.

Aber Gilmore rührte sich nicht, sondern erwiderte einfach seinen Blick und forderte ihn auf, ehrlich zu sein, wenn auch nur für einen Moment. Rhys seufzte. „Ich will mit ihr zusammen sein. Wenn ich ehrlich zu mir bin, möchte ich einfach nur für den Rest meines Lebens mit ihr zusammen sein."

„Obwohl Ihr wisst, dass das Eure Rückkehr in die Gesellschaft ruiniert?"

„Ja", erwiderte Rhys und war überrascht von der Schnelligkeit und Sicherheit, mit der er geantwortet hatte.

Gilmore legte seine Ellbogen über seine Knie. „Obwohl Ihr wisst, dass dies auch Eure finanzielle Erholung schwieriger machen würde?"

„Ja."

„Obwohl Ihr wisst, dass es sie und das Kind noch mehr mit gesellschaftlicher Verachtung brandmarken wird, als es bereits geschehen ist?"

Jetzt zögerte Rhys und schüttelte den Kopf. „Und genau da ist der Haken."

Rhys stand auf, ging zum Fenster und blickte auf die Straße hinaus, sah aber nichts. Gilmore ließ ihn für einen Moment nachdenken, dann stand er ebenfalls auf.

„Sie könnte Eure Geliebte werden. Es ist in Mode, sich in seine Geliebte zu verlieben."

„Verdammt." Rhys drehte sich zu seinem Freund um. „Ich will nicht eine andere Frau heiraten, die mir egal ist, nur um meine Stellung zu behalten, und dann die Frau, die ich liebe, als Nebenbuhlerin unterhalten. Das wäre grausam für alle Beteiligten. Ich wäre so schlimm wie mein Bruder."

Gilmores Gesicht wurde hart. „Nein. Das wärt Ihr nicht."

Sie sahen einander einen Moment lang an, und Rhys fühlte sich seltsam getröstet. Gilmore war schwer zu deuten, schwer zu verstehen, aber in den vielen Jahren, in denen sich Rhys Gilmores Freund nennen durfte, waren sie sich doch sehr nahe gekommen. Er wusste, dass der Duke nur sein Bestes wollte, selbst wenn er des Teufels Advokat spielte, um Rhys zu zwingen, alle Optionen zu erwägen. Das war schließlich der Grund gewesen, warum Rhys seinen Freund überhaupt zu Rate gezogen hatte.

Gilmore trat näher. „Es ist kompliziert, vertraut darauf, dass ich das weiß. Aber beantwortet mir eins, mein Freund: Spielt Euer Glück bei Eurer Entscheidung eine Rolle? Und was ist mit ihrem Glück?"

Rhys' Lippen öffneten sich. Diese Frage hatte er von Gilmore nicht erwartet. Er hatte den Duke für zu pragmatisch gehalten, um über solche Dinge nachzudenken.

Aber bevor er antworten konnte, betrat sein Butler den Raum. „Ich bitte um Verzeihung, Mylord, Euer Gnaden, aber Mr. Gregory ist eingetroffen."

Rhys blinzelte und wandte sich von Gilmores wissendem Blick ab. „Danke, Coleman. Bitte bring ihn herein, wir sind bereit, ihn zu empfangen."

Gilmore hatte ihn jedoch nicht aus den Augen gelassen, und als der Butler das Zimmer verließ, sagte der Duke: „Vielleicht sollte es eine Rolle spielen. Vielleicht sollte Euer beider Glück die einzige Erwägung sein, die wirklich zählt."

„Ich weiß nicht", erwiderte Rhys noch, bevor auch schon Owen Gregory den Raum betrat.

„Guten Morgen, meine Herren", grüßte er und streckte zuerst Gilmore und dann Rhys die Hand entgegen.

„Guten Morgen", sagte Rhys. „Danke, dass du zu so früher Stunde gekommen bist."

„Keine Ursache", winkte Owen ab. „Meine Frau ist heute Morgen bei Phillipa und Abigail und hat mir gesagt, ich solle sie nicht zum Mittagessen zurückerwarten. Das verheißt nichts Gutes für das, was sie im Schilde führen mögen."

„Unter Abigails Federführung?", murmelte Gilmore. „Wir sollten besser die Wache verständigen."

Rhys ignorierte ihn. „Es freut mich zu hören, dass wir vielleicht den ganzen Tag auf dich zählen können, denn wir brauchen dich womöglich. Gibt es Neuigkeiten bezüglich Rosie Stanton?"

Owens Miene wurde ernst. „Nicht viel mehr als in den letzten Tagen. Sie wurde an einigen ihrer alten Lieblingsorte gesehen, aber es gibt nichts Konkretes, das andeuten würde, warum sie hier ist und ob sie etwas Schändliches beabsichtigt."

„Rosie Stanton?", wiederholte Gilmore. „Ich dachte, sie hätte das Land nach Erasmus' unglücklichem… Unfall verlassen."

Die Männer brachten den Duke über die Wendung der Ereignisse während seiner Abwesenheit auf den neuesten Stand. „Ich fühle mich zunehmend unwohl dabei, den Aufenthaltsort dieser Frau nicht zu kennen", gestand Rhys. . „Zumal Phillipas und Kenleys neuer Wohnsitz morgen fertig sein wird, zumindest laut meinem Anwalt. Sie werden dorthin umziehen, ebenso wie der Wachmann, den ich angeheuert habe, aber dennoch ist die Umgebung neu, und ich würde es vorziehen, wenn diese Angelegenheit geklärt wird, bevor sie sich in dem neuen Haus niederlassen."

„Was schlägst du vor?", fragte Owen.

„Eine Suche, ähnlich unserer ersten Suche nach ihr vor ein paar Wochen. Wir drei geben ein beeindruckendes Team ab", schlug Rhys vor. „Vorausgesetzt, Ihr seid bereit zu helfen, Gilmore."

Der Duke nickte. „Aber natürlich."

„Gut." Rhys seufzte erleichtert. „Warum fangen wir nicht in der Kneipe an, in der sie für ihren Vater gearbeitet hat?"

„Einverstanden", stimmte Owen zu, „obwohl wir bei unserem letzten Besuch dort nicht besonders freundlich empfangen wurden, wie du dich erinnerst."

Rhys zuckte mit den Schultern. „Es ist mir egal, ob sie in mein Bier spucken. Ich will nur Informationen."

„Ich verstehe", sagte Owen. „Sollen wir uns gleich auf den Weg machen?"

Die anderen beiden gaben ihre Zustimmung und Owens Kutsche wurde geholt, da sie die einzige ohne ein verräterisches Wappen war, das Aufmerksamkeit auf sich ziehen würde. Doch als sie das Gefährt bestiegen und alle gleichzeitig redeten und Pläne schmiedeten, verspürte Rhys keinerlei Aufregung. Sein Gespräch mit Gilmore hatte viele Fragen in seinem Kopf aufgewühlt.

Darunter auch die Frage, ob sein Glück etwas war, das er jemals wieder in Betracht ziehen konnte, wenn er seine Zukunft plante.

~

Pippa folgte Abigail aus der Kutsche und sah auf das Haus vor ihnen. Das Haus, in dem Erasmus mit Rosie gewohnt hatte, als sie nach London gekommen waren. Das Haus, in dem sie vor Wochen mit ihren Freundinnen gefangen gehalten worden war und in dem Erasmus gestorben war. Sie zitterte.

„Ich bin froh, dass Celeste bei Kenley geblieben ist. Sie wurde hier mit vorgehaltener Waffe festgehalten… Hierher zurückzukehren hätte sie gewiss aufgewühlt.“

„Mich wühlt es auch auf“, gestand Abigail.

„Es ist noch unheimlicher, jetzt, wo es mit Brettern vernagelt ist“, murmelte Pippa, als sie auf die Holzlatten blickte, die kreuz und quer die Fenster und die Tür verschlossen. Sie konnte immer noch durch die Ritzen spähen, aber das Haus sah verlassen aus.

Abigail nickte. „Ja. Rhys hat etwas darüber gesagt, bevor ihr nach Bath abgereist seid. Er ließ es reinigen, ausräumen und schließen. Ich nehme an, er wird es verkaufen, sobald er ein paar dringendere Angelegenheiten in Ordnung gebracht hat.“

Pippa wandte ihr Gesicht ab. Sie war eine dieser dringenderen „Angelegenheiten“, die er in Ordnung bringen musste. Eine weitere Last auf seinen Schultern. Vielleicht hatte ihr Zusammensein diese Last vorübergehend verringert, aber es war nicht von Dauer gewesen. Vielleicht war am Ende nichts im Leben von Dauer.

Sie räusperte sich. „Ich denke dennoch, wir sollten anklopfen.“

Abigail bedeutete dem Kutscher zu warten, während sie mit Pippa auf das Haus zuging. Sie hob die Hand und klopfte. Aber natürlich antwortete niemand. Der verlassene Eindruck hatte sie nicht getäuscht.

„Kann ich Euch behilflich sein?"

Pippa zuckte zusammen und wirbelte zusammen mit Abigail herum. Aus einem der Nachbarhäuser war eine Frau getreten. Sie hielt einen Besen in der Hand und hatte ihre Haare mit einem Tuch bedeckt.

„Ähm, ja", gab Pippa zu. „Unsere alte Freundin Rosie hat hier einmal gelebt. Wir wollten ihr einen Überraschungsbesuch abstatten."

Die Frau senkte den Kopf. „Oh, Ihr werdet sie hier nicht antreffen, fürchte ich. Das arme Ding hat vor ein paar Wochen ihren Mann verloren. Seitdem ist das Haus verriegelt."

„Das ist ja tragisch", stieß Pippa hervor.

„Ihr wisst nicht zufällig, wohin sie danach gegangen ist?", fragte Abigail mit einem warmen Lächeln.

„Nun, als ich sie vor ein paar Tagen das letzte Mal gesehen habe, erwähnte sie etwas davon, zu dem Ort zurückzukehren, wo alles angefangen hat. Ich weiß aber nicht, was das bedeutet."

Pippa schluckte. „Einen Moment, Ihr habt Rosie Stanton hier gesehen... vor ein paar Tagen?"

„Ja." Die Frau stützte sich auf ihren Besenstiel. „Das Haus war bereits mit Brettern vernagelt, aber sie ging durch die Hintertür. Sie trug eine Tasche bei sich und grüßte mich. Wir haben uns kurz unterhalten. Sie sagte, sie müsse noch ein paar letzte Dinge holen, die ihr Mann zurückgelassen habe. Ich wünschte ihr viel Glück und sie ging zu Fuß in die Stadt zurück."

„Danke", krächzte Abigail.

Die Frau nickte, obwohl sie ihnen einen seltsamen Blick zuwarf, bevor sie sich wieder daran machte, vor ihrer Haustür zu kehren. Abigail ging zur Kutsche und sprach kurz mit dem Fahrer, bevor sie zusammen mit Pippa einstieg.

„Ich habe Thomas gebeten, einen Moment hier zu halten, während wir unseren nächsten Schritt besprechen", erklärte Abigail. „Was hältst du von alldem?"

Pippa schüttelte den Kopf. „Sie muss wegen etwas zurückgekommen sein, das Erasmus hier versteckt hat. Geld oder etwas anderes."

„Es hätte alles Mögliche sein können", meinte Abigail stirnrunzelnd. „Etwas, das er unrechtmäßig erworben hat, oder auch nicht. Aber denk darüber nach, was Rosie gesagt hat. Sie wollte zu dem Ort zurückkehren, an dem alles angefangen hat."

„Zur Kneipe ihres Vaters? Dem *Stag and…*" Pippa wiegte ihren Kopf gegen den Sitz. „Ach, wie hieß sie noch? Rhys hat den Namen ein paar Mal erwähnt."

„*Stag and Serpent*", sagte Abigail. „In Cheapside."

„Wagen wir es, dorthin zu fahren?", fragte Pippa.

„Als ich nach Rhys' und deiner Abreise nach Bath mit Owen und Celeste darüber gesprochen habe, klang es so, als wäre es kein allzu schrecklicher Ort", erklärte Abigail. „Wir zwei Damen könnten zwar etwas auffallen, aber ich bezweifle, dass wir in großer Gefahr wären, solange wir zusammen bleiben."

„Dann sollten wir es versuchen." Pippa seufzte. „Bei Gott, das ist wie ein Albtraum, der einfach nicht aufhört."

„Dann werden wir ihn eben beenden." Abigail stieg aus der Kutsche und Pippa hörte, wie dem Kutscher den Namen der Kneipe und das Londoner Stadtviertel nannte.

Sobald sie wieder im Schlag saß, fuhren sie los, und dank des Verkehrs zurück in die Innenstadt brauchten sie fast eine Stunde für die Fahrt. Normalerweise hätte Pippa sich währenddessen mit Abigail unterhalten, aber sie schwiegen beide. Die Spannung stieg mit jedem Kilometer.

„Ist das wirklich eine gute Idee?", flüsterte Pippa schließlich, als sie in eine lange Straße einbogen, die sie an ihr Ziel bringen würde.

Abigail atmete zitternd aus. „Wahrscheinlich nicht. Aber wir tun es für Kenley, nicht wahr? Also müssen wir weitermachen."

Pippa streckte die Hand nach Abigail aus. Ihr Verhältnis hatte sich vor ein paar Wochen etwas abgekühlt, denn es hatte Pippa verletzt, herauszufinden, dass Abigail mehr über Erasmus' Missetaten gewusst hatte, als sie anfangs zugeben wollte. Aber nun war alles vergeben.

„Danke für alles, was du für mich getan hast", sagte sie. „Dafür, dass du eine meiner treuesten Freundinnen bist. Es bedeutet mir so viel und ich werde es nie vergessen."

Abigail drückte sanft ihre Finger. „Wir halten zusammen. Immer."

Dann hielt die Kutsche und sie mussten sich der Zukunft stellen – wie auch immer sie aussah. Pippa war glücklicher denn je, dass sie nicht allein war.

KAPITEL 20

Rhys stützte seine Ellbogen auf die Theke des *Stag and Serpent*. Es war erst Mittag, aber schon jetzt war der Raum mit Männern und Frauen aus der Gegend gefüllt, die eine Mahlzeit bestellten und ein oder zwei Pints tranken. Er war schon einmal hier gewesen, auf der Suche nach der gleichen Frau. Beim ersten Mal hatte ihn nur Owen begleitet, und sie waren gelinde gesagt nicht freundlich empfangen worden.

Aber dank der Mittagsmenge konnte sich das Dreigespann besser unter die Leute mischen, und niemand schien sich darum zu kümmern, dass sie nicht wirklich hierher gehörten.

Eine der Kellnerinnen kam herbei und Rhys setzte sein strahlendstes Lächeln auf, änderte seinen Akzent etwas und sagte: „Wir suchen jemanden. Glaubst du, du könntest uns helfen?"

Sie rückte ein wenig näher und ließ ihren Blick über alle drei schweifen, während sie kokett lächelte. „Vielleicht könnte ich mich überzeugen lassen."

„Wir suchen nach Rosie Stanton. Ich glaube, sie ist die Tochter des Besitzers."

Ihr Lächeln wich einem bösen Blick. „Ich habe den Frauen schon gesagt, dass ich nicht weiß, wo Rosie ist. Und wenn Ihr hier zu viele

Fragen stellt, wird Euch die Antwort vielleicht nicht gefallen. Lasst Rosie in Ruhe, sie hat genug durchgemacht." Sie stapfte davon.

Rhys blinzelte Owen und Gilmore an. „Den Frauen?", wiederholte er mit einem flauen Gefühl im Magen.

Er sah sich in der Menge um, diesmal auf der Suche nach einem Gesicht, das ihm weitaus vertrauter war als das von Rosie Stanton. Aber Owen kam ihm zuvor und deutete wortlos quer durch den Raum. „Da sind sie."

Rhys folgte seinem Fingerzeig, und als sich die Menge etwas teilte, sah er Phillipa und Abigail an einem Tisch in der Ecke sitzen. Sie sprachen mit einem Mann, der Rhys den Rücken zukehrte.

„Verdammt noch mal", brummte Gilmore und klang genauso aufgebracht wie Rhys sich fühlte.

Owen schüttelte den Kopf. „Ich frage mich, wo meine Frau ist. Schiebt sie etwa Wache? Tanzt sie in einem Theater über die Bretter oder raubt sie zu ihrer Unterhaltung vielleicht gerade eine Kutsche aus?"

Rhys stand auf, und seine Hände zitterten vor Entsetzen. Phillipa traute sich nur mit Abigail als Schutz hierher? Sie kam ohne Rücksicht auf ihr eigenes Wohl an diesen Ort, an den sie keinesfalls hingehörte?

Tausend Szenarien schossen ihm gleichzeitig durch den Kopf. Er dachte an die Gefahren, Verletzungen und Schlimmeres, die sie dank ihrer törichten Entscheidung hätte erleiden können. Bei jedem Gedanken schlug sein Herz schneller und das ungute Gefühl in seinem Magen wurde stärker.

„Kommt schon." Seine Stimme schwankte. „Es ist an der Zeit für eine Erklärung, und ich kann es kaum erwarten, sie zu hören."

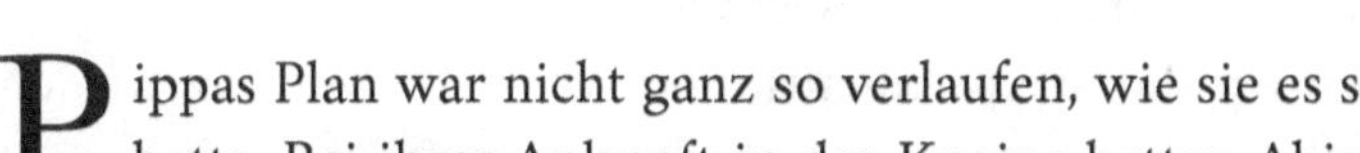

Pippas Plan war nicht ganz so verlaufen, wie sie es sich erhofft hatte. Bei ihrer Ankunft in der Kneipe hatten Abigail und sie niemanden gefunden, der bereit war, mit ihnen zu sprechen. Der

Mann, der gerade ihren Tisch verlassen hatte, tat zunächst so, als könnte er ihnen helfen, aber es war schnell klar, dass er nur mit ihnen flirten wollte.

Abigail seufzte. „Was für eine verdammte Zeitverschwendung."

Pippa blickte durch den Raum, während sie sich eine Erwiderung überlegte, aber bevor sie etwas sagen konnte, erhaschte sie durch die Menge einen Blick auf Rhys. Ihre Kinnlade klappte herunter, als sie sah, wie er auf sie zusteuerte. Und er war nicht allein. Owen Gregory und der Duke of Gilmore begleiteten ihn.

Sie packte Abigails Arm und schüttelte ihn. „Sie sind hier!"

„Wer ist hier?", fragte Abigail. „Wer ist… Oh!"

„Steht nicht auf", zischte Rhys durch zusammengebissene Zähne. Er vibrierte fast vor Wut, als er sie anfunkelte. „Macht keine Szene."

„Wir machen keine Szene", erwiderte Abigail und sah ihn mit hochgezogener Augenbraue an. „Aber Ihr drei scheint kurz davor zu sein."

„Sie hat recht", räumte Owen ein. „Es wäre ratsam, uns schnell zu zerstreuen. Sagt mir einfach, wo meine Frau ist, dann können wir uns unauffällig entfernen."

Pippa zwang sich, den Blick von Rhys abzuwenden, obwohl sie nie aufhörte, seinen Blick auf sich zu spüren. „Celeste ist nicht hier", teilte sie ihnen leise mit. „Sie ist in Abigails Haus, bei Kenley. Sie wollte nicht hinter Owens Rücken handeln."

„Aber Ihr beide hattet keine derartigen Bedenken?", fragte Rhys.

„In der Kutsche kann das ausführlich diskutiert werden", warf Owen ein. „Kommt, gehen wir."

Pippa und Abigail standen auf. Owen ging voran, Gilmore marschierte hinter Abigail her, als wäre er ein Gefängniswärter, und Rhys nahm Pippas Arm, um die Nachhut zu bilden.

„Rhys…", begann sie.

„Ich will nichts hören", knurrte er leise.

Sie traten auf die Straße hinaus, und sofort fuhren ihre beiden Kutschen heran. Rhys winkte in Abigails Richtung. „Owen, du und Gilmore bringt Abigail nach Hause."

Er erklärte nichts weiter und marschierte mit Pippa zu Owens Kutsche. Er schob Pippa mit zusammengepresstem Mund ins Innere, sagte etwas zu dem Fahrer, sprang ihr gegenüber auf den Sitz und schlug die Tür mit einem Ruck zu.

„Rhys…", setzte sie noch einmal an.

Er schüttelte den Kopf. „Noch nicht."

Sein Blick brannte auf ihr, unnachgiebig, obwohl er sich weigerte, mit ihr zu sprechen. Sie bewegte sich unbehaglich und versuchte verzweifelt, die Situation in Ordnung zu bringen, obwohl Rhys kein Recht auf eine so starke Reaktion hatte. Sie gehörte ihm schließlich nicht.

Aber jeder Versuch, den sie auf der halbstündigen Fahrt unternahm, um mit ihm zu sprechen, wurde mit der gleichen Ermahnung vereitelt. *Noch nicht.* Und er starrte sie weiter einfach an und kniff seine blauen Augen zusammen. Abgesehen davon, dass er verärgert war, waren seine Gefühle unergründlich.

Schließlich lehnte sie sich zurück, wandte ihr Gesicht ab, um sich seinem scharfen Blick nicht stellen zu müssen, und sah aus dem Fenster, bis sie durch ein hohes Tor in eine kreisförmige Auffahrt vor einem riesigen Haus einbogen. Da schnappte sie nach Luft, als ihr klar wurde, dass dies sein Anwesen war. Sie war noch nie hier gewesen und legte nun eine Hand gegen das Fenster, während sie den hoch aufragenden Bau mit Säulen betrachtete.

Die Kutsche hielt und Rhys stieg aus. Sofort winkte er den Diener fort, der gekommen war, um ihr behilflich zu sein. Rhys' Hand streckte sich nach ihr aus und sie ergriff sie, aber selbst als sie ihre Füße auf den Boden gesetzt hatte, ließ Rhys sie nicht los, sondern zog sie die Treppe hinauf, vorbei an einem erstaunten Diener.

„Mylord, darf ich…"

„Nicht jetzt, Coleman", bellte Rhys, bevor er Pippa einen langen Flur entlang und dann in ein Arbeitszimmer zog. Erst dort ließ er sie los und schlug die Tür hinter ihnen zu.

Sie ging auf und ab und nahm den Raum in sich auf. Kirschholzgetäfelte Wände, hohe Bücherregale, wunderschöne Kunstwerke. Dieser Raum war wahrscheinlich der Zufluchtsort für viele Männer gewesen, die im Laufe der Jahre Rhys' Titel getragen hatten. Und trotzdem passte er zu ihm. Er war ordentlich und aufgeräumt, die Papiere waren säuberlich gestapelt, und es gab wenig Schnickschnack, der das Ambiente störte.

Hinter ihr klapperte Rhys mit den Flaschen auf der Anrichte und goss sich einen Drink ein. Er kippte die Hälfte davon in einem Zug herunter und stellte sein Glas dann unsanft ab. Bernsteinfarbene Flüssigkeit schwappte auf das Holz, aber er schien es nicht zu bemerken.

„Was hast du dir nur dabei gedacht?", schrie er und stellte endlich die Frage, auf die sie gewartet hatte, seit er an ihren Tisch im *Stag and Serpent* getreten war.

„Ich habe mir gedacht, dass ich herausfinden muss, was Rosie treibt", schnappte sie zurück.

„Das hättest du uns überlassen können", fauchte er.

„Glaubst du, sie würde mit dir reden, nachdem sie deinen Bruder vor deinen Augen ermordet hat? Sie spricht eher mit mir als mit dir. Wir waren einmal... so etwas wie Freundinnen, auch wenn das alles eine Farce war. Sie kennt mich."

Er starrte sie an und etwas von der Wut verschwand aus seinem Gesichtsausdruck. „Das ist... kein schlechtes Argument."

„Danke", erwiderte sie leise.

„Aber es ändert nichts an der Tatsache, dass du an einem Ort warst, der sehr gefährlich hätte sein können..."

„Aber ich war nicht allein", unterbrach sie ihn.

Sein Blick verengte sich noch weiter, als er fortfuhr: „Du hast dich nach einer Frau erkundigt, die einen Mord begangen hat, ganz zu schweigen davon, dass du vor wenigen Wochen selbst mit einer Waffe von ihr bedroht wurdest."

„Aber Abigail war bei mir", beharrte sie erneut.

Er ballte seine Hände. „Abigail interessiert mich nicht." Sein Ton war so scharf, dass er sie zum Schweigen brachte. „Wie kannst du verdammt noch mal nicht verstehen, dass ich verärgert bin, dass *du* an diesen Ort gegangen bist, dass *du* dich in Gefahr gebracht hast."

Und wieder waren sie genau da, wo alles angefangen hatte. Sie liebten sich, aber es gab keine Hoffnung darauf, dass daraus etwas werden konnte. Sie holte ein paar Mal tief Luft, um sich zu beruhigen, da er dazu anscheinend nicht in der Lage war.

„Was Rosie getan hat, war Erasmus' Lügen und seiner Überzeugungskraft geschuldet. Ich bin mir sicher, dass sie keine Gefahr mehr für mich darstellt, und ich musste das Risiko für Kenley eingehen."

Sie dachte, das würde ihn besänftigen und ihn den Sinn ihrer Entscheidung erkennen lassen. Doch stattdessen machte er einen großen Schritt auf sie zu und schloss die Distanz zwischen ihnen. „Auf wie viele Arten soll ich es noch sagen, Phillipa? Ich will nicht, dass du Risiken eingehst. Für niemanden, nicht einmal für Kenley. Du bist mir zu… kostbar."

Sie beugte ihren Kopf, als Schmerz sie stark und heiß durchfuhr. „Rhys", hauchte sie.

Er antwortete nicht, sondern legte seine Hand unter ihr Kinn und hob ihr Gesicht zu seinem. Sie zwang sich, ihn anzusehen, nahm alles an ihm in sich auf, sein wunderschönes Gesicht so nah an ihrem, seine vor Begierde leuchtenden Augen, die Gefühle in seinem Blick. Und als er sie küsste, wich sie nicht zurück. Sie konnte es nicht. Sie wollte das hier zu sehr, um bedacht zu handeln.

Sobald er sie berührte, war es um jede Umsicht geschehen. Seine Finger gruben sich in ihr Haar und neigten ihren Kopf, um sie heftiger küssen zu können. Sie zog an den Knöpfen seines Mantels und öffnete einen, bevor sie ihre Hände unter den Stoff schob, seine Wärme genoss und ihre Finger über seinen muskulösen Rücken gleiten ließ.

Er schob sie durch den Raum, bis sie mit dem Hintern gegen seinen Schreibtisch stieß, und hob sie dann hoch. Seine Hände zitterten, als er ihr Kleid öffnete, aber ihre Hände zitterten genauso, während sie seine Jacke beiseiteschob und an seinem Hemd zog.

Sein Mund wanderte ihren Hals hinab, seine Zähne knabberten an ihrer zarten Haut und seine Finger gruben sich in ihre Hüften, als er sie näher zog.

Sie flüsterte seinen Namen an seiner Schulter, während sie sein Hemd aus seiner Hose zog. Er ließ sie lange genug los, um es über seinen Kopf zu ziehen, und sie seufzte genüsslich, bevor sie ihren Mund an seine Brust drückte. Sie ließ ihre Zunge um seine flache Brustwarze kreisen und fuhr mit ihrer Hand über seinen Bauch.

Keuchend löste er sich von ihr, und einen Moment lang dachte sie, er wolle diesem Wahnsinn ein Ende bereiten. Stattdessen zog er sie vom Schreibtisch, riss ihr Kleid herunter und trat es beiseite. Dann legte er sie mit dem Rücken auf den Schreibtisch und trat zwischen ihre Beine. Ihr Unterkleid war hochgeschoben, seine Hose war halb offen, und er könnte sie ohne große Umstände hier und jetzt nehmen.

Aber er tat es nicht. Sein Kuss verlangsamte sich, als würde er sie jetzt genießen. Sie schlang ihre Arme fester um ihn, gab sich seiner Hitze und seiner Stärke hin, atmete seinen Duft ein und prägte sich alles ein. Seine Hand glitt an ihrer Seite hinunter und schob sich zwischen ihre Körper. Er tauchte unter ihre Unterwäsche und seine Finger fanden ihr Geschlecht.

Sie ließ ihren Kopf mit einem lustvollen Keuchen zurückfallen, während er ihren Eingang nachzeichnete. Er saugte an ihrer Kehle, als er einen Finger in sie tauchte. Sie war bereits feucht und voller Sehnsucht. Sie packte ihn und rieb sich sogar gegen dieses kleine Eindringen, das stärker wurde, härter, als er einen zweiten Finger hinzufügte.

Er küsste weiterhin ihren Hals, während er anfing, fester und schneller in sie zu stoßen, bis seine Finger eine verborgene Stelle tief in ihr fanden. Ihre Hüften zuckten außer Kontrolle dem Vergnügen entgegen, das er ihr zu entlocken versuchte. Es war genau dort, direkt am Abgrund, ein neuer Ort, den sie noch nicht kannte, aber unbedingt erforschen wollte.

Der Orgasmus packte sie, und sie beugte ihren Rücken gegen

seinen freien Arm. Einige Gegenstände auf seinem Schreibtisch fielen herunter, weil sie so schaukelten, aber nichts davon spielte eine Rolle. Nichts zählte außer der elektrisierenden Lust, die durch ihre Adern strömte, als er ihr Vergnügen bereitete.

Die Wellen der Erlösung waren noch nicht einmal vollständig abgeebbt, als sie es schaffte, die Knöpfe an seinem Hosenschlitz zu öffnen. Sie griff nach seinem Glied, sobald es vom Stoff befreit war, und zog den harten Beweis seines Verlangens nach ihr näher.

„Ich will das hier", murmelte sie, als sie ihren Kopf neigte, um ihn erneut zu küssen.

Er schlug ihr ihren Wunsch nicht ab, sondern zog sie fast bis zur Tischkante vor und brachte sich in Position. Dann tauchte er in ihr immer noch zuckendes Inneres, packte ihren Hintern und brachte sie zurück an den Abgrund, von dem sie gerade gestürzt war. Er hämmerte gnadenlos in sie hinein, als wollte er sie dafür bestrafen, dass sie sich in Gefahr gebracht hatte. Aber seine Bestrafung war pures Vergnügen. Sie griff nach seinen nackten Schultern, ihre Nägel kratzten seine Haut auf, während sie ihren Körper an seinen drückte. Sie rangen miteinander und doch wollten sie beide dasselbe.

Als sie wieder kam, war es heftiger als zuvor, war geballter, und sie konnte nicht anders, als in dem stillen Raum zu schreien. Er erstickte ihre Schreie mit seinem Mund, gewährte ihr aber keine Pause, als sie immer wieder kam. Erst als sie in seinen Armen erschlaffte, stieß er noch ein paar Mal zu, zog sich dann rasch zurück und kam mit einem kehligen Schrei zwischen ihnen.

Sie verharrten für eine gefühlte Ewigkeit so, ihre Arme umeinander geschlungen, und ihr Schweiß vermischte sich. Sie wollte ihn nicht gehen lassen, wollte nicht in die Realität zurückkehren, die so kalt war, wo doch das zwischen ihnen sie für immer wärmen konnte. Aber das war nun einmal nicht möglich.

Er küsste ihre Halsbeuge und murmelte: „Haben Abigail und du etwas herausgefunden?"

Sie lachte, weil sie einfach nicht anders konnte. „Sieh an, jetzt willst du von den Entscheidungen profitieren, für die du mich noch vor ein paar Augenblicken ausgeschimpft hast."

„Ich glaube nicht, dass ich dich vor ein paar Augenblicken ausgeschimpft habe", erwiderte er und sah zu ihr auf. „Oder willst du das bestreiten?"

Sie lächelte. „Nein."

Er küsste sie und sie seufzte an seinen Lippen. „Wir haben nichts Konkretes herausgefunden", gab sie zu. „Obwohl ich unseren Ausflug nicht als Zeitverschwendung bezeichnen würde."

„Ach nein?"

Sie zuckte mit den Schultern. „Sie wird erfahren, dass wir sie suchen. Sie könnte Kontakt zu mir suchen."

Sein Mund zuckte. „Eine neue Gefahr. Das gefällt mir nicht."

„Ich weiß, aber das bedeutet nicht, dass es falsch ist."

„Versprichst du mir wenigstens, es mir oder Owen zu sagen, wenn sie sich bei dir meldet?"

Sie fuhr mit ihren Fingern über sein Gesicht. „Das werde ich, obwohl du jetzt, wo du wieder in London bist, sicher sehr beschäftigt sein wirst."

„Nicht so beschäftigt, wie du glaubst." Er richtete sich auf und schloss seine Hose. Sie konnte die Sorgenfalten in seinem Gesicht sehen.

„Warum nicht?"

Er lehnte sich neben sie gegen den Schreibtisch und stützte seine Hände direkt neben sie auf der Tischkante ab. Sie legte ihren Kopf auf seine Schulter. Einen Moment lang war es still, aber sie konnte seine Sorgen spüren.

„Ich-ich sollte nicht mehr dazu sagen", murmelte er.

Sie hob den Kopf und sah ihn an. „Warum nicht?" Er begegnete ihrem Blick und ihre Lippen öffneten sich. „Was ist passiert?"

„Ich sollte dich nicht damit belasten", entgegnete er. „Das ist mein Problem. Ich habe mich nur so sehr daran gewöhnt, mit dir zu reden."

„Aber jetzt willst du nicht mit mir reden", stellte sie fest. „Was ist passiert, Rhys?"

Er schüttelte den Kopf. „Ich wurde aus meinem Club ausgeschlossen."

Ihre Augen füllten sich sofort mit Tränen. „Erasmus' wegen. Unseretwegen."

„Nicht deinetwegen", widersprach er, aber sie wussten beide, dass es eine Lüge war. „Jedenfalls ist es nicht deine Schuld."

Vielleicht war es das nicht. Nicht direkt. Sie hatte unklugerweise einen Mann geheiratet, der sie davon überzeugt hatte, dass er ihr Leben interessanter machen würde. Sie hatte sich eingeredet, dass sie ihn liebte und das Leben wollte, das er ihr vorgegaukelt hatte. Das machte sie zwar dumm, aber es machte sie nicht schuldig an allem, was danach passiert war.

Aber Tatsache war dennoch, dass die Leute ihren Namen im Kopf hatten, wenn sie Rhys verschmähten. Das würde mit der Zeit verblassen, wenn auch sie verblasste. Aber wenn sie mit ihm zusammen war, wenn sie ihn liebte, würde ihn das nur noch mehr zerstören.

Ihr eigenes Verhalten war sehr wohl ihre Schuld und allein ihre Verantwortung.

Sie stieß sich vom Schreibtisch ab und griff nach ihrem Kleid. Er beobachtete sie, als sie es sich überzog und es schloss. „Phillipa", sagte er leise.

Sie weigerte sich, ihn anzusehen, während sie ihre Locken so gut sie konnte richtete. „Bitte tu das nicht."

„Was soll ich nicht tun?", fragte er, als er sich ebenfalls vom Schreibtisch löste, ihren Arm ergriff und sie näher zog.

Sie drückte beide Hände gegen seine warme, feste Brust und schob ihn von sich. „Bitte mach es nicht schwerer als es ist."

„Was soll ich nicht schwerer machen?"

In diesem Moment hasste sie ihn dafür, dass er sie dazu zwang, das schlimmste Wort der Welt zu sagen. Sie hasste alles, was zu diesem Augenblick geführt hatte. „Lebwohl."

~

Phillipas Stimme zitterte, als sie dieses Wort sagte, und doch hatte es so viel Kraft wie ein Fluch, der vom Himmel selbst herabgeschrien wurde.

„Nach dem, was gerade passiert ist, kann das nicht dein Ernst sein", sagte er. „Es muss einen anderen Weg geben."

„Nein, den gibt es nicht. Es hat ihn nie gegeben. Und ich habe diesen Schritt hinausgezögert, aber es ist zu viel passiert, als dass ich so weitermachen könnte."

„Nichts ist passiert", gab er zurück und bereute es, ihr davon erzählt zu haben, dass sein Club ihn ausgeschlossen hatte. „So funktioniert die Gesellschaft nun mal. Sie verschmäht und sie akzeptiert. Es gibt einen Weg zurück, und ich gehe ihn bereits. Ich wurde schon in einen anderen Club eingeladen, er ist nur anders. Das alles hat nichts mit dir zu tun."

„Es hat sehr wohl mit mir zu tun. Und wenn ich immer wieder zu dir zurückkomme, wenn ich diesem Sog zwischen uns weiter nachgebe, was wir wahrscheinlich nie hätten tun dürfen, werde ich dich für immer zerstören. Es wird dann keinen Weg zurück geben." Sie umfasste seine Wangen. „Das kann ich nicht zulassen."

„Was ist, wenn ich bereit bin, diese Konsequenzen zu tragen?", fragte er.

Ihr Gesicht verzog sich, als hätte er etwas Schreckliches statt etwas Wunderbares gesagt. „Und wie soll das aussehen, Rhys? Willst du mich als Geliebte behalten? Willst du mich…" Sie verstummte, als könnte sie nicht einmal eine Alternative dazu erkennen. „Nein. Es würde dich zerstören. Und du… du bedeutest mir zu viel, um das zuzulassen. Wir müssen das hier beenden."

„Nein", widersprach er und griff nach ihr.

Sie wich aus. „Doch."

„Nein!", wiederholte er und diesmal erwischte er sie. Er zog sie an sich und küsste sie. Einen Moment lang war sie weich in seinen Armen, aber dann stieß sie ihn wieder fort.

„Doch", wisperte sie. „Die Grenzen, die wir zu ziehen versucht haben… reichen nicht aus, so viel ist klar. Ich darf dich nicht mehr sehen. Ich werde dafür sorgen, dass Kenley regelmäßig zu dir gebracht wird, um dich zu besuchen. Nan wird ihn begleiten. Ich werde dich per Nachricht über unsere Freunde oder einen Anwalt über seine Gesundheit oder sein Wohlbefinden auf dem Laufenden halten. Und wenn das zu schwer ist, wäre es vielleicht das Beste für dich und ihn, wenn ich…" Ihr stockte der Atem. „Wenn ich fortgehe."

Er taumelte zurück. „Du willst ihn verlassen? Du willst mich verlassen?"

Sie nickte. „Kenley ist jung und von Menschen umgeben, die ihn lieben und beschützen. Es würde mir das Herz brechen, ihn zu verlieren, aber jetzt wäre ein besserer Zeitpunkt als in einem Jahr oder in fünf Jahren. Es ist ein letzter Ausweg, wenn ich nicht tun kann, was ich tun muss."

„Du meinst, mich zu vergessen." Er hörte, wie matt er klang. Innerlich fühlte er sich jedoch ganz anders. Er fühlte sich, als würde ihn jemand in Stücke reißen.

Sie atmete schluchzend aus und trat zu ihm. Sie berührte seine Wangen und sah zu ihm auf. Er sah ihren Zwiespalt, sah ihre Liebe zu ihm, obwohl sie sie ihm nie gestanden hatte. Er sah all ihr Bedauern, ihre Angst und ihren Herzschmerz, die gleichen Dinge, die in seinem eigenen Herzen tobten.

„Wenn ich etwas anderes tun könnte, würde ich es tun", brachte sie heraus.

Sie berührte seine Lippen mit ihren und drückte dann für einen Moment ihre Stirn an seine. Und dann löste sie sich von ihm. Sie wandte sich zum Gehen, und er wusste, dass er sie gehen lassen würde. Denn sie lag richtig mit ihrer Einschätzung darüber, was passieren würde, wenn er sie zum Bleiben überredete.

Aber als sie die Tür erreichte, eilte er ihr nach. „Eines muss ich noch wissen."

Sie wandte ihm den Rücken zu und ihre Schultern sackten nach vorn. „Was?“

„Wenn ich im Ballsaal deines Vaters in Bath aufgetaucht wäre, bevor du meinen Bruder kennengelernt hast. Wenn ich dir dort zuerst begegnet wäre, wenn du und ich uns eher getroffen hätten…“

Sie drehte sich zu ihm um. Ihre Wangen waren blass und ihre Augen voller Tränen. „Das ist eine grausame Frage.“

„Aber ich will die Antwort“, drängte er.

Sie ballte ihre Hände zu Fäusten, und ihre Finger öffneten und schlossen sich. „Wenn ich dir zuerst begegnet wäre, hätte es nie jemanden außer dir gegeben, Rhys. Du wärst immer meine erste und einzige Wahl gewesen.“

Sie sagte nichts mehr, drehte sich auf dem Absatz um und rannte aus dem Zimmer. Er blieb allein zurück. Gebrochen. Verloren.

KAPITEL 21

Es war eine Woche seit Pippas letzter Begegnung mit Rhys vergangen, und doch wachte sie immer noch jeden Morgen auf und dachte sofort an ihn. Wenn sie denn überhaupt schlief. Abigail und Celeste hatten erwähnt, wie müde sie aussah, und Pippa sah es selbst im Spiegel. Die Ringe unter ihren Augen waren dunkel. Aber wenn ihre Freundinnen nachfragten, schob sie die Erschöpfung immer auf die Aufregung der letzten sieben Tage.

Und das schienen sie zu glauben, selbst wenn sie besorgte Blicke miteinander wechselten, wenn sie dachten, dass Pippa nicht hinsah. Immerhin war das Haus, das Rhys für Kenley ausgewählt hatte, endlich hergerichtet und sie war zusammen mit dem Jungen vor drei Tagen dorthin umgezogen. Nun waren sie dabei, sich dort einzuleben.

Rhys war selbstverständlich nicht im neuen Haus aufgetaucht. Er leistete ihrer Bitte Folge, Abstand zu halten und das zu beenden, was sie miteinander geteilt hatten. Nan hatte Kenley sogar am Umzugstag zu ihm gebracht, damit der Junge nicht im Weg war.

Das Leben wurde so, wie es sein sollte. Pippa mochte den Teil Londons, in dem sie lebten. Es war ein anständiges bürgerliches Viertel in der Nähe eines Parks und mehrerer Geschäfte. Sie war nicht weit von Abigail oder Celeste entfernt und konnte sie oft besuchen.

Sie hatte sogar eine Einladung erhalten, Mitglied von Lady Lenas Salon zu werden, einer Gesellschaft, die von einer von Celestes guten Freundinnen geleitet wurde. Eine Mitgliedschaft dort war äußerst begehrt und Pippa freute sich auf die Besuche, obwohl sie sich nicht sicher war, welchen Zuspruch sie erhalten würde.

Das alles hätte ihr Frieden geben sollen, denn endlich begannen sich die Dinge einzuordnen. Aber sie fühlte nichts dergleichen.

„Gott, werde jetzt nicht rührselig", schalt sie sich, als sie vom Sofa aufstand, auf dem sie zu lesen versucht hatte, und ihr Buch beiseitelegte.

Draußen war es dunkel und sie trat ans Fenster, um das Lampenlicht auf der Straße zu betrachten. Kutschen rollten vorbei, und sie bemühte sich, die Wappen auf den Türen zu erkennen. Vielleicht war eine von ihnen ja Rhys' Kutsche.

„Mrs. Montgomery?"

Pippa drehte sich mit einem Lächeln zu Mrs. Barton um. „Wisst Ihr, ich denke, es ist an der Zeit, dass Ihr mich anders ansprecht. Schließlich war ich nie verheiratet. Jedenfalls nicht wirklich. Ich möchte Erasmus' Namen nicht länger tragen. Es wäre passender, wenn Ihr mich Miss Windridge nennt. Oder einfach Pippa, da ich nicht mehr Eure Arbeitgeberin bin."

Mrs. Barton bewegte sich unbehaglich. „Ich verstehe. Obwohl ich Euch nicht darin zustimmen kann, dass Ihr nicht die Herrin dieses Hauses seid."

„Aber das bin ich nicht. Wir sind alle Kenleys Angestellte, mich eingeschlossen. Ich bin genauso eine Bedienstete hier wie Ihr oder Mr. Barton."

Mrs. Barton runzelte die Stirn. „Das wird etwas gewöhnungsbedürftig sein, Ma'am... Miss?"

Pippa lachte trotz ihrer niedergeschlagenen Stimmung. „Wir werden uns schon darin einfinden. Was kann ich für Euch tun, abgesehen davon, Euch versehentlich in Verlegenheit zu bringen, wie ich es gerade getan habe?"

„Oh, Ihr habt mich keineswegs in Verlegenheit gebracht, Miss Windridge." Mrs. Barton warf einen Blick über ihre Schulter. „Nan hat Kenley vor etwa einer halben Stunde schlafen gelegt. Erwarten wir morgen Nachmittag immer noch Lord Leightons Anwalt?"

Pippa nickte. „Ja. In dem Brief, den ich heute Morgen erhielt, kündigte er sich für zwei Uhr an. Ich denke, er wird die Zulage für den Haushalt besprechen und das, was wir für Kenleys Ausbildung erwarten können."

„Werden wir auch Lord Leighton empfangen?"

Pippa öffnete den Mund, konnte aber keinen Laut hervorbringen, als sie versuchte, die Gefühle zu verdrängen, die diese Frage in ihr aufwühlte. „Nein. Ich glaube nicht, dass Lord Leighton uns oft hier besuchen wird, wenn überhaupt. Er muss sich seiner Arbeit widmen, und wir müssen uns auf Kenley konzentrieren."

In Mrs. Bartons Blick blitzte für einen Moment etwas wie Mitleid auf, aber sie überspielte es rasch, und sowohl sie als auch Pippa taten so, als wäre es nicht da gewesen. „Ich verstehe."

Pippa zwang sich zu einem weiteren Lächeln. „Ist das alles?"

„Ja, Miss." Mrs. Barton nickte und schlüpfte dann aus dem Zimmer.

Sobald sie gegangen war, seufzte Pippa. Trotz allem, was sie Mrs. Barton sagte, hatte sie keine Ahnung, was sie war, wer sie war. Sie wollte so verzweifelt davonlaufen und dem Kummer entfliehen, der damit einherging, ihre Position in der Gesellschaft zu akzeptieren und hinzunehmen, dass Rhys ihr nicht gehören durfte.

Aber sie konnte nicht davonlaufen. Kenleys wegen. Plötzlich sehnte sie sich danach, ihn zu sehen. Er würde sie trösten und sie daran erinnern, dass er all den Schmerz wert war, all den Verlust, den sie ertragen musste.

Sie stieg die Treppe hinauf und ging zu seinem Kinderzimmer. Sie öffnete sanft die Tür und trat ein. Doch zu ihrer Überraschung war der Raum nicht dunkel, wie es um diese Zeit hätte sein sollen, sondern von Kerzen erleuchtet. Kenley lag nicht in seiner Wiege.

Nein, Rosie Stanton hielt ihn in ihren Armen.

Ihr dunkles Haar war ein wenig wirr und ihre Augen waren feucht, als sie den Blick von dem Baby in ihren Armen zu Pippa hob, die gerade den Raum betrat. Beide hielten für eine gefühlte Ewigkeit die Luft an.

Pippas Herz raste, als sie schließlich flüsterte: „Rosie, bitte leg ihn in sein Bett zurück."

Aber Rosie ließ das halb schlafende Kind nicht los. Sie schüttelte nur den Kopf und sagte: „Bleib wo du bist. Zwing mich nicht, etwas zu tun, was wir beide bereuen werden."

Rhys starrte in die tanzenden Flammen in seinem Wohnzimmerkamin, während sich seine Gedanken von dem Flackern hypnotisieren ließen. Das Feuer lenkte ihn an einen Ort, zu einer Person, die er vergessen musste. Die er nicht vergessen konnte. Phillipa hatte vielleicht Recht damit, dass sie nicht so tun konnten, als gäbe es eine gemeinsame Zukunft, aber das war verdammt schwer zu akzeptieren.

Seit einer Woche rang er nun damit. Wie oft war er an ihrem neuen Zuhause vorbeigeritten und hatte gehofft, sie am Fenster zu sehen? Wie oft hatte er seinen Anwalt nach Kenley gefragt, weil er wollte, dass der Mann den Namen Phillipa Montgomery erwähnte und Rhys so versicherte, dass sie keine Fantasie war, die er in seinem Kopf heraufbeschworen hatte.

Er hatte das Gefühl, den Verstand zu verlieren.

„Also beschloss ich, mit dem Affen spazieren zu gehen und auf dem Clown zu reiten."

Er blinzelte bei den unsinnigen Worten, die Owen Gregory sagte, und drehte sich kopfschüttelnd zum Ermittler um. „Wie bitte?"

„Ach, ich habe mich nur gefragt, wie lange es dauert, bis du merkst, dass ich wirres Zeug rede", meinte Owen lachend. „Sieben volle Minuten, in denen ich mit Milchmädchen getanzt und beschlossen habe, mich zum König von Spanien zu krönen."

„Sieben Minuten?", wiederholte Rhys, während seine Wangen vor Verlegenheit heiß wurden.

Owen zuckte mit den Schultern. „Wenn die Uhr auf dem Kaminsims, den du umklammerst, richtig geht. Außerdem warst du so abgelenkt, dass du zugestimmt hast, meinen Stundensatz auf tausend Pfund zu erhöhen. Soll ich das erst einmal anschreiben, Mylord, oder kann ich Celeste sagen, dass sie sofort anfangen kann, sich prächtige Juwelen zu kaufen?"

Rhys schüttelte mit einem Lächeln über die Sticheleien den Kopf. „Offensichtlich war ich in Gedanken versunken. Ich entschuldige mich, das macht mich zu keinem guten Gastgeber."

„Ich kann einen schlechten Gastgeber verkraften. Normalerweise bist du das nicht. Meine größere Sorge ist jedoch, dass du schon seit Tagen neben dir stehst."

„Ich bin... damit beschäftigt, den Aufenthaltsort von Rosie Stanton herauszufinden", erwiderte Rhys. „Und ich bin mir sicher, dass du diese Frage beantwortet hast, während ich meilenweit entfernt war, aber hab Geduld mit mir und erklär es mir noch einmal: Wo stehen wir bei der Suche nach ihr?"

„Dass wir alle in der Kneipe ihres Vaters aufgetaucht sind, war unserer Suche nicht gerade zuträglich", gab Owen zu. „Alle ihre Bekannten schweigen wie ein Grab. Es gibt immer noch keinen Hinweis darauf, dass Rosie das Land verlassen hat, aber sie ist untergetaucht. Ich habe ihre Spur verloren und fürchte, ich habe deine Erwartungen enttäuscht."

Rhys wurde flau im Magen. „Das ist nicht deine Schuld. Ich bin mir sicher, mein Bruder hat ihr all seine Tricks beigebracht, als sie gemeinsam ihre Pläne schmiedeten." Er ballte seine Hände zu Fäusten, als Wut in ihm aufloderte. „Diese Frau hat immerhin vorgegeben, Phillipas Freundin und Zofe zu sein, während mein Bruder Phillipa die ganze Zeit mit ihr betrogen hat."

Owen nickte. „Wir können davon ausgehen, dass sie listig ist."

„Und sie hat allen Grund, sich vor mir zu verstecken", brummte Rhys. „Die offizielle Todeserklärung von Erasmus mag sich wie Selbstmord lesen, aber wir alle wissen, dass Rosie meinen Bruder erschossen hat. Sie muss Repressalien von mir befürchten."

„Du hast aber kein Interesse an Repressalien, oder?", fragte Owen. „Du sprichst nie davon, dich an ihr zu rächen."

„Nein, das habe ich auch nicht vor." Rhys fuhr sich mit der Hand durchs Haar. „Mein Bruder und ich standen uns nicht nahe und die Situation war verfahren. Selbst Rosie war letztlich ein Opfer, auch wenn sie Erasmus geholfen hat. Ich möchte diese Sache auf keinen Fall wieder aufs Tapet bringen. Ich will nur wissen, wo sie ist, damit ich Kenley und Phillipa beschützen kann."

„Ich werde weitersuchen", versprach Owen, „Und sowohl dich als auch Pippa über die Situation auf dem Laufenden halten. Obwohl ich gestehen muss, dass es einfacher wäre, wenn ich euch beiden zusammen Bericht erstatten könnte, statt es getrennt zu tun."

Rhys hielt den Atem an. Das würde ihm auch gefallen, nur um Phillipa zu sehen. Nur um die Luft in ihrer Nähe zu atmen und den Zitrusduft ihrer Haare und Haut zu riechen. Und schon driftete er wieder in Gedanken ab, die ihm nur Kummer bereiten konnten.

„Das ist nicht möglich", sagte er leise.

Owen lehnte sich in seinem Stuhl zurück und verschränkte die Arme. Seine strahlenden Augen ließen nicht von Rhys ab, während er den Kopf schüttelte. „Glaubst du, ich leiste schlechte Arbeit?"

Rhys stockte bei der Frage. „Wenn dem so wäre, wäre ich ein Narr, dich weiter zu bezahlen, und noch mehr, nachdem ich deinen Stundensatz auf tausend Pfund erhöht habe." Owen lachte und Rhys fuhr fort: „Warum fragst du mich so etwas Albernes? Es sieht dir nicht ähnlich, nach Komplimenten zu fischen."

„Das tue ich auch nicht, obwohl ich mich hin und wieder über ein Kompliment freue."

Rhys kicherte. „Dann werde ich mich bemühen, dir öfter welche zu machen, um dich zufrieden zu stellen."

„Das wäre sehr nett. Aber ich stelle dir diese Frage, weil du mich eindeutig für blind hältst", warf ihm Owen vor, „wenn du denkst, dass ich nicht weiß, dass deine Stimmung mit Pippa zu tun hat und ihre Stimmung mit dir."

„In welcher Stimmung ist Pippa denn?", knüpfte Rhys an und wünschte sich, er würde dabei lässiger klingen.

„Nun, sie ist genauso in sich gekehrt und bläst Trübsal wie du." Owen warf ihm einen vielsagenden Blick zu. „Ihr zwei seid wie füreinander geschaffen. Warum hörst du also nicht auf, ins Feuer zu starren, als würdest du in den Flammen das finden, was du verloren hast, und setzt dich stattdessen hin und redest mit mir?"

Rhys zog eine Augenbraue hoch und bemühte sich um einen autoritären Ton. „Wie kannst du es wagen…?"

Owen sah alles andere als eingeschüchtert aus. „Vor einer Weile war ich noch ein Angestellter, Mylord, und die Falten auf deiner Stirn hätten mich verstummen lassen, aber im Moment spreche ich als dein Freund. Und ich weiß, dass ich dein Freund bin, weil du es mir gesagt hast. Und als dein Freund kann ich dir versichern, dass ich mich nicht von deinem Blick entmutigen lasse, nur weil du der sechzehnte Earl of Leighton bist oder was auch immer an deinem Titel so schick ist."

Rhys starrte Owen an, dann setzte er sich, wie ihm aufgetragen worden war. „Ich bin der zehnte Earl", korrigierte er leise.

„Ich bitte um Verzeihung." Owen neigte den Kopf wie in einer leichten Verbeugung. „Bitte sprich mit mir. Jeder kann sehen, dass Pippa und du leidet, und wir wollen alle nur helfen. Lass mich dir helfen."

Rhys rieb sich mit den Händen die Schenkel. „Es hat keinen Sinn, darüber zu reden. Nicht nur mit dir, sondern überhaupt. Obwohl ich deine, Celestes, Abigails und Gilmores Fürsorge zu schätzen weiß, gibt es nichts, was ihr tun könntet. Was ich will, ist unmöglich. Phillipa hat daran keinen Zweifel gelassen. Schlimmer noch, obwohl ich es hasse, weiß ich, dass sie Recht hat."

Owen hob die Augenbrauen. „Und warum genau kannst du nicht haben, was du willst?"

„Wegen des Skandals, wegen des Ruins, wegen allem, was es zu verlieren gibt, wegen meinem verdammten Bruder Erasmus Montgomery und der Tatsache, dass er mein Bruder und ihr... Ehemann war, wenn auch nur zum Schein." Rhys warf frustriert die Hände hoch. „Verdammt nochmal."

Fluchen hätte helfen sollen. Aber das tat es nicht.

Owen zog bei diesem so untypischen Ausbruch die Augenbrauen hoch. „Ist das alles oder brauchst du noch ein paar Flüche? Ich kann dir kreative Vorschläge machen, wenn dir die Ideen ausgehen."

„Nein, das reicht erstmal", brummte Rhys. „Aber du musst doch einsehen, dass jegliche Diskussion keinen Sinn hat, weshalb ich das Thema mit niemandem besprechen will, weder mit dir noch mit Gilmore, Freund hin oder her."

Owens Gesichtsausdruck war unergründlich. Als Ermittler machte er oft dasselbe Gesicht und Rhys hatte es viele Male gesehen, als Owen den Mord an seinem Bruder untersucht hatte.

„Erklär mir etwas, Lord Leighton", setzte Owen schließlich an, und jetzt war auch sein Tonfall der eines Ermittlers. „Dieser Skandal ist bereits in der Welt, nicht wahr?"

Rhys stieß ein freudloses Lachen aus. „Oh ja, das ist er. Ich werde jedes Mal daran erinnert, wenn ich mich in der Öffentlichkeit sehen lasse oder jemandem begegne, von dem ich dachte, er sei mein Freund, und der mich jetzt meidet."

„Und das wird einige Zeit andauern", drängte Owen. „Monate. Vielleicht sogar Jahre."

Rhys funkelte ihn an. „Ja, vielen Dank für den Hinweis. Ich bin sehr froh, dass wir darüber gesprochen haben, jetzt geht es mir schon viel besser."

Owen schmunzelte über Rhys' trockenen Ton. „Ich gebe zu, das klang nicht nett. Es geht mir nicht darum, dir die unangenehmen Tatsachen unter die Nase zu reiben. Ich wollte damit nur sagen, dass diese Dinge bereits geschehen. Und so, wie die Gesellschaft tickt, ist daran nicht viel zu ändern."

„Nein, vermutlich nicht. Es kommt, wie es kommt, so lange, wie die Leute, die den Ton angeben, beschließen, mich zu verschmähen", räumte Rhys ein. „Nach dieser Klärung geht es mir auch nicht viel besser."

„Geduld, Geduld", seufzte Owen und hob die Hände in scheinbarer Kapitulation. „Ich bin ziemlich schlecht darin, dir ein meiner Meinung nach sehr gutes Argument vorzubringen. Beantworte mir folgende Frage: Willst du die nächsten Monate, Jahre, vielleicht sogar den Rest deines Lebens damit verbringen, diesen Skandal allein zu ertragen? Oder würdest du es lieber gemeinsam mit einer Partnerin tun? Mit einer Freundin? Mit der Liebe deines Lebens?"

Rhys starrte ihn an. Plötzlich war es, als wäre er in die Brust geschlagen oder unter Wasser getaucht worden. Der Raum schien zu verblassen. Owen klang weit weg und alles begann sich zu drehen.

„Du bist unglücklich, oder nicht?", fragte Owen durch den Nebel.

„Ja", stieß Rhys hervor.

„Ich kann bezeugen, dass ich lieber unglücklich wäre und Celeste an meiner Seite hätte, als das zu sein, was ich früher ohne sie für Glück hielt." Owen lächelte leicht. „Sie macht die Dinge besser."

„Was? Was macht sie besser?"

Rhys kannte die Antwort. Er wusste sie, noch bevor Owen „Alles" sagte.

Rhys schüttelte den Kopf. „Phillipa… sie würde niemals einwilligen, selbst wenn ich es täte."

„Weil sie die Konsequenzen nicht ertragen könnte?", spottete Owen.

Rhys kämpfte gegen den plötzlichen Wunsch an, Owen die Nase

zu brechen, aber genau das schien Owen provozieren zu wollen. Er wollte, dass Rhys Phillipa verteidigte. „Natürlich nicht. Sie will... mich beschützen."

„Umso besser. Du willst sie offensichtlich auch beschützen. Aber es ist noch wirkungsvoller, wenn ihr euch beide gegenseitig beschützt."

Rhys stand auf und schüttelte den Kopf. „Bei dir klingt das alles so einfach."

„Es ist einfach!", rief Owen aus.

„Weil dir und Celeste nicht so viele Hindernisse im Weg standen, um glücklich zu sein."

Owen zuckte mit den Schultern. „Es waren einfach nur andere Hindernisse. Aber vielleicht ist das nicht der wahre Grund deines Zögerns. Vielleicht willst du nur nicht so sehr mit ihr zusammen sein, wie der Rest von uns es dachte."

Rhys funkelte ihn an. „Natürlich will ich das. Ich bin seit Wochen in sie verliebt. Die Gedanken an sie quälen mich den ganzen Tag, verfolgen mich die ganze Nacht. Ich kann sie auf meiner Zunge schmecken, obwohl es Tage her ist, seit ich sie geküsst habe. Ich kann ihre Stimme so deutlich in meinem Ohr hören, dass ich mich manchmal umdrehe und hoffe, dass sie da ist. Sie ist die einzige Person, mit der ich über all die Schwierigkeiten sprechen möchte, mit denen ich zu kämpfen habe. Die einzige Person, mit der ich auch über die guten Dinge sprechen möchte. Die einzige Person, die ich jeden Tag meines Lebens bis zum letzten Tag sehen möchte."

Owen war von der Leidenschaft seines Geständnisses überrascht, aber Rhys konnte ihm kaum einen Vorwurf machen. Sobald er angefangen hatte, war es praktisch unmöglich gewesen, wieder aufzuhören.

„Und dennoch..." Owen stand auf und legte fragend den Kopf zur Seite. „...stehst du immer noch hier in deinem Salon mit mir."

Rhys stieß die Luft aus. „Was soll ich sonst tun? Zu ihrem Haus laufen und mich weigern zu gehen, bis Phillipa hört, wie ich ihr meine Liebe gestehe? Bis sie zustimmt, mir zu gehören, ungeachtet der Hindernisse, denen wir uns noch stellen müssen?"

Er hörte die Worte und stockte. Er starrte Owen an, als ihn die Einsicht wie ein Schlag in die Brust traf und ihm den Atem raubte. Seine Hände begannen zu zittern. „Das… das ist genau das, was ich tun muss, nicht wahr? Ich muss es jetzt gleich tun!"

Owen lächelte. „Das würde ich dir dringend empfehlen."

Bei dem Gedanken überkam Rhys Angst, aber es war eine gute Angst. Die Angst davor, vielleicht zu bekommen, was er wollte, oder es zu verlieren, die Angst davor, ein Risiko einzugehen und nicht zu wissen, wie die Sache ausging. Ja, es wäre schwierig. Und sie könnte zuerst nein sagen, fest entschlossen, ihn vor sich selbst zu beschützen.

Aber das bedeutete nicht, dass er es nicht riskieren sollte. Er strich seine Jacke glatt und sah an sich herunter, dann drehte er sich um und sah sich im Raum um. „Ich brauche ein Pferd", murmelte er.

„Kein Problem", sagte Owen und lachte über Rhys' Verwirrung. Er packte seinen Freund am Ellbogen und zerrte ihn aus dem Raum. „Coleman", rief er.

Der Butler erschien sofort. „Ja, Mr. Gregory?"

„Der Earl braucht sein Pferd. Und ich brauche wohl auch meins, damit ich nach Hause reiten und meiner Frau sagen kann, dass heute Abend etwas Wunderbares passieren wird."

Coleman beugte sich zur Tür hinaus, um die Lakaien zu rufen, die die Pferde betreuten. Dabei wandte sich Rhys an Owen. „Die Vorstellung, dass es wunderbar sein könnte, erschreckt mich etwas."

„Das sollte sie keinesfalls", versicherte ihm Owen. „Gott weiß, dass die Frau Hals über Kopf in dich verliebt ist. Ich habe volles Vertrauen, dass du heute Abend bei ihr zu Hause empfangen wirst und von ihr angenommen wirst, wie du es verdienst. Ich vertraue darauf, dass du heute das Glück finden wirst, von dem ich weiß, dass es euch beide ein Leben lang begleiten wird."

Die Pferde wurden gebracht und Owen winkte Rhys zu. Rhys schwang sich in den Sattel und blickte auf seinen Freund hinunter.

„Ich hoffe, dass du recht hast, mein Freund. Danke für die Ermutigung.“

„Ich habe dich nur sehen lassen, was du bereits wusstest“, winkte Owen ab und tätschelte dann die Flanke des Pferdes. „Und jetzt fort mit dir.“

Rhys drängte das Pferd in einen Trab aus dem Tor und dann schneller die Straße hinunter. Jetzt, da er wusste, was er für den Rest seines Lebens wollte, sollte dieser so schnell wie möglich beginnen. Er konnte nur hoffen, dass Owen recht hatte. Dass ihn heute Abend ein herzlicher Empfang und ein sehr glückliches Ende dieser Geschichte erwartete.

KAPITEL 22

Pippas Hände zitterten, als sie hinter sich griff und die Tür leise schloss. Sie hatte keine Ahnung, was Rosie Stanton vorhatte, aber ihre Worte klangen bedrohlich, und Pippa wollte weder die Bartons noch Nan in das hineinziehen, was als Nächstes passieren würde.

„Rosie", sagte sie so besonnen und sanft wie sie konnte, in der Hoffnung, dass ihre Gelassenheit die Frau beruhigen würde. „Bitte. Überdenke noch einmal, was auch immer du vorhast."

Sie trat einen Schritt vor, doch Rosie schüttelte den Kopf. „Ich habe eine Waffe", mahnte sie leise. „Ich möchte sie nicht ziehen, während ich Kenley halte, aber wenn du mir keine Wahl lässt, werde ich es tun."

Pippa erstarrte sofort, zu ihrem eigenen Schutz, aber auch zu seinem. Kenley hatte inzwischen seinen müden Kopf von Rosies Schulter gehoben und sah nun Pippa an. Er lächelte ein wenig, dann blickte er nervös zu seiner Mutter, bevor er seine Arme nach Pippa ausstreckte.

Rosie versuchte, ihn fortzudrehen, damit er Pippa nicht sah, aber Kenley griff weiter mit zunehmend ängstlichem Wimmern nach ihr.

„Er will zu dir", zischte Rosie schließlich. „Ich bin seine Mutter, aber er greift nach dir."

Pippa schüttelte den Kopf. „Das liegt nur daran, dass ich so viel Zeit mit ihm verbracht habe. Es ist Monate her, seit er dich gesehen hat, also bist du ihm fremd geworden. Wenn er dich öfter gesehen hätte, würde er sich wohler fühlen."

Rosie blinzelte, als hätte sie bisher nicht darüber nachgedacht, welche Auswirkungen es auf die Beziehung zu ihrem Kind hätte, wenn sie den Jungen monatelang allein ließ. Sie sah Kenley an. „Er ist so stark gewachsen", hauchte sie fast zu sich selbst.

Pippa nickte. „Ja. Es geht ihm sehr gut. Er entwickelt sich von Tag zu Tag mehr. Er fängt an, Laute von sich zu geben, die fast wie Worte klingen, und er kann auf das zeigen, was er will. Er krabbelt ohne Hilfe auf dem Boden herum und hat begonnen, Dinge im Auge zu behalten, an denen er sich hochziehen kann. Er ist ein guter Junge, Rosie. Du kannst sehr stolz auf ihn sein."

Rosies Augen füllten sich mit Tränen, die sie fortblinzelte. Ihr Mund verhärtete sich. „Und du spielst die Mutter für ihn, obwohl du unfruchtbar wie eine Wüste bist."

Pippa zuckte zusammen. Es hatte Zeiten gegeben, besonders während Rosies Schwangerschaft, bevor sie die schreckliche Wahrheit über den Vater des Kindes ihrer Zofe kannte, in denen sie eifersüchtig auf ihre bevorstehende Mutterschaft gewesen war. Aber bei Gott, sie war froh, dass sie kein Kind von Erasmus Montgomery bekommen hatte. Das hätte alles nur noch schlimmer gemacht.

„Ich mache mir keine Illusionen, dass ich seine Mutter bin", widersprach sie. „Obwohl ich ihn liebe. Ich könnte ihn nicht mehr lieben, wenn er mein eigener Sohn wäre."

Rosies Gesichtsausdruck wurde weicher, und Pippa hätte vielleicht mehr zu diesem Thema gesagt, um sie zu besänftigen, aber bevor sie dazu kam, öffnete sich die Tür zum Kinderzimmer. Sie drehte sich um und zu ihrem Schrecken trat Rhys mit einem breiten Lächeln auf seinem hübschen Gesicht ein.

„Phillipa, da bist du ja, du..." Er verstummte, als sein Blick an ihr vorbei zu Rosie schoss. Sein Lächeln verschwand unmittelbar, und er packte Pippa am Arm und zog sie hinter sich. Da wurde ihr klar, dass Rosie tatsächlich die Waffe gezogen hatte, mit der sie kurz zuvor gedroht hatte.

Es schien, als könnte Kenley die plötzliche Angst im Raum genauso spüren wie alle anderen, denn er fing an zu jammern. Anfangs sanft, dann aber mit wachsender Intensität. Rosie warf ihm einen schnellen Blick zu, besorgt und verärgert zugleich.

„Was machst du hier?" Rhys' Stimme war belegt von Angst und einem wütenden Unterton. Als Reaktion darauf begann Rosies Hand zu zittern und Pippas Knie wurden weich. Wenn sie die Situation nicht wieder beruhigte, könnten sie bald alle tot sein.

Sie atmete tief ein und schob sich wieder vor Rhys. Er ergriff erneut ihren Arm und seine Augen weiteten sich, weil sie sich in die Schusslinie begab, aber sie sah ihn eindringlich an und schüttelte sanft den Kopf, während sie ihn wortlos anflehte, ihr zu vertrauen. Sie sahen einander für den Bruchteil eines Augenblicks an, aber sie spürte, wie er nachgab, sah, wie sein Vertrauen in sie stärker war als sein Drang, sie zu beschützen. Er ließ ihren Arm los, obwohl er darüber nicht glücklich aussah, und erlaubte ihr, sich der Gefahr zu stellen.

„Rosie und ich reden nur, Lord Leighton. Wir reden miteinander." Sie wandte ihre Aufmerksamkeit wieder Rosie zu. „Steck die Waffe weg, meine Liebe. Niemand hier stellt eine Bedrohung für dich dar, das verspreche ich dir."

„Doch, natürlich ist er eine Bedrohung für mich", zischte Rosie und winkte mit dem Lauf der Waffe über Pippas Schulter in Rhys' Richtung, worauf Pippa flau im Magen wurde. Aus dieser Entfernung konnte Rosie sie beide mit einem einzigen Schuss töten. „Wir alle wissen, dass ich Erasmus getötet habe." Ihre Stimme brach. „Ich habe ihn getötet."

„Du hast ihn geliebt", wisperte Pippa. „Das wissen wir alle. Rhys weiß es. Nicht wahr?"

Rhys legte seine Finger sanft um Pippas Oberarme und sie

lehnte sich einen Moment lang an seine Brust. Sie wollte ihn nicht hier haben, wo er in Gefahr war. Seine Anwesenheit machte Rosie nur unberechenbarer. Und doch tröstete sie seine Nähe. Wenigstens war sie nicht allein.

„Ich weiß, dass du ihn geliebt hast", bestätigte Rhys. „Ich weiß, dass du ihn nicht verletzen wolltest. Was er gesagt hat, hat dich dazu getrieben, auf ihn zu schießen, weil er der Hauptschuldige an allem war. Ich will mich nicht an dir rächen, das schwöre ich dir."

„Und was ist mit der Polizei? Mit der Regierung. Sie wollen mich einsperren oder hängen, weil ich den zweiten Sohn eines Earls getötet habe, oder etwa nicht?", fauchte Rosie. „So etwas darf man doch nicht einfach zulassen, oder?"

Rhys schüttelte den Kopf. „Wir haben alle Behörden davon überzeugen können, dass der Tod meines Bruders ein Unfall war. Niemand weiß, dass Erasmus erschossen wurde oder dass du ihn erschossen hast. Wenn das bekannt wird, würde es das Durcheinander, das er hinterlassen hat, nur verschlimmern…" Er legte den Kopf schief, als würde er die Frau einschätzen wollen, die sie beide bedrohte. „Es wäre noch schlimmer für mich."

Rosie trat von einem Fuß auf den anderen. „Er hat euch ein ziemliches Chaos hinterlassen, was?"

„Das hat er. Und ich versuche, es so gut wie möglich in Ordnung zu bringen. Für mich und für alle, denen er geschadet hat. Für alle, Rosie."

Rosie sah unsicher aus, obwohl sie die Waffe ein wenig senkte, während Kenley weiter in ihren Armen weinte. „Ihr habt nach mir gesucht. Wenn ihr mich nicht einsperren wollt, was wollt ihr dann von mir?"

„Ich wollte dich verstehen", betonte Pippa leise. „Ich wollte herausfinden, warum du gesehen wurdest, wie du nach einer Überfahrt nach Amerika gefragt hast, dann aber das Schiff nicht genommen hast… zweimal."

Rosie schwieg einen Moment lang. „Ich-ich wollte fortgehen", flüsterte sie. „Nach dem, was ich getan habe, wusste ich, dass ich fliehen musste. Aber ich musste immer wieder an Kenley denken. Erasmus wollte ihn zurücklassen, und deshalb habe ich ihn erschossen. Was für eine Mutter wäre ich, wenn ich dasselbe täte? Also blieb ich, obwohl ich wusste, dass es riskant war."

„Du willst deinen Sohn beschützen", warf Rhys ein. „Genauso wie wir."

Rosies Augen verengten sich. „Du hast deinen Bruder gehasst. Warum willst du sein Bastardkind beschützen?"

Pippa griff nach oben, um Rhys' Hand zu bedecken, die sich fester um ihren Arm legte. Sie spürte seine Anspannung, den Schmerz inmitten der Angst. „Ich hatte Probleme mit meinem Bruder", gab er schließlich zu. „Aber ich hasse seinen Sohn nicht. Die Wahrheit ist, dass ich... ich ihn liebe, genau wie Phillipa es tut."

Er ließ Phillipa los und trat einen Schritt an ihr vorbei auf Rosie zu. Sie hob die Waffe erneut, und Pippa schnappte nach Luft, aber Rhys ließ sie nicht vorbei. „Ich würde alles tun, um dieses Kind zu beschützen, Rosie. Alles, um Phillipa zu beschützen. Auch wenn es bedeutet, in den Lauf deiner Waffe zu blicken, um ihn zu trösten, während er weint."

Er streckte seine Arme nach Kenley aus, und Pippa schlug sich die Hände vor den Mund. Sie war sich sicher, dass Rosie abdrücken würde. Dass sie gezwungen sein würde zuzusehen, wie Rhys auf dem Boden verblutete, wie sie es Wochen zuvor bei Erasmus gesehen hatte.

Aber Rosie schoss nicht, sondern ließ Kenley los, als Rhys ihn an sich nahm. Er drehte sich schnell um und überreichte ihn Pippa. Sie umklammerte ihn, spürte sein warmes Gewicht und wich zurück, aus dem Sichtfeld der Waffe. Kenley beruhigte sich in ihren Armen und vergrub seinen Kopf mit einem erleichterten Wimmern an ihrer Schulter.

Rhys wandte sich wieder Rosie zu. Sie richtete ihre Waffe immer noch auf ihn, aber ihr Handgelenk war schlaff geworden. Ihre

Augen waren mit Tränen gefüllt. Sie sah… verloren aus. Und trotz allem, was sie getan hatte, trotz allem, was sie Pippa heute Abend und an vielen anderen Abenden angetan hatte, tat sie Pippa leid.

„Du hast meinen Bruder lange geliebt, und mein Vater hat euch euer Glück verweigert", sagte Rhys. „Ich kann mir nicht vorstellen, was du durchgemacht hast."

Er streckte die Hand aus und legte sie um den Lauf der Pistole. Er verschob sie so, dass sie nicht mehr auf seine Brust zeigte, und drehte sie dann so, dass Rosie gezwungen war, sie loszulassen. Sobald sie das getan hatte, sank sie schluchzend auf die Knie.

Rhys steckte die Waffe ein, machte jedoch keine Anstalten, die Frau in irgendeiner Form in Gewahrsam zu nehmen. Pippa ging auf ihn zu und nahm seine Hand, während sie auf die Frau zu ihren Füßen hinabsahen.

„Was wirst du mit meinem Kind tun?", fragte Rosie schluchzend.

„Ich werde ihm das gleiche Leben ermöglichen, das ich meinem eigenen Sohn geben würde", versprach Rhys. „Ich werde ihn beschützen, ihn anleiten, ihn lieben. Ihm wird es an nichts fehlen, was ich ihm bieten kann."

Rosies Tränen ließen bei diesem Versprechen ein wenig nach, und sie sah erst zu ihm auf, dann zu Pippa. „Werdet ihr ihm eine Familie geben?", hauchte sie. „Eine Zukunft? Ihr beide?"

Pippa blinzelte, weil ihr klar wurde, dass Rosie davon ausging, dass sie und Rhys zusammen waren. Daraus würde wohl nichts werden, aber das spielte im Moment keine Rolle. Was jetzt zählte, war nur Kenleys Sicherheit.

„Ja", bekräftigte sie.

„Ich will nicht mehr hier leben", wimmerte Rosie. „In London, meine ich, in England. Ich vermisse Erasmus, ich bereue, was ich ihm angetan habe. Alles hier verfolgt mich. Ich dachte, ich könnte herkommen und Kenley mitnehmen und ein neues Leben anfangen. Aber als ich ihn sah… erinnerte er mich auch an alles, was passiert ist. Er hat so viel von Erasmus geerbt."

„Das hat er", stimmte Pippa zu. „Aber er hat auch so viel von dir.

Er ist dein Sohn, und ich möchte nicht, dass du denkst, ich wüsste das nicht."

Rosie schluchzte etwas heftiger. „Ich möchte ein neues Leben beginnen, aber die Vorstellung, ihn zurückzulassen, auch wenn ich weiß, dass er bei euch glücklich sein könnte..."

Pippa übergab Kenley an Rhys und sank vor Rosie auf die Knie, um sanft ihre Hände zu nehmen. „Ich werde dir schreiben, wohin auch immer du gehst. Ich werde dir mitteilen, wie er sich entwickelt. Und wenn er älter ist, alt genug, um das alles zu verstehen, kannst du ihn vielleicht eines Tages wiedersehen."

Sie meinte diese Worte. Fehlerhaft oder nicht, geplagt oder nicht, diese Frau war Kenleys Mutter. Die beiden hatten das Recht, einander zu kennen, einander zu lieben. Sie konnte dem Jungen das genauso wenig verweigern wie sie ihm jeden anderen Teil seiner Geschichte verweigern würde.

„Das würdest du tun?", schluchzte Rosie. „Das würde sie", beteuerte Rhys. „Sie ist zu gut, um ein Versprechen zu brechen. Und ich werde dir auch ein Versprechen geben. Ich werde dir die Mittel für deine Reise und ein wenig für einen Neuanfang zur Verfügung stellen, wohin du auch gehst. Das schulde ich dir. Mein Bruder schuldete dir viel mehr."

Rosie war einen Moment still und sah wieder zu ihrem Baby hinauf. Dann stand sie langsam auf und Pippa tat es ihr gleich. Rosie holte zitternd Luft und nickte dann. „Es wäre nicht einfach, mich allein um ihn zu kümmern... für keinen von uns. Und ich weiß nicht, ob ich ihn jemals ansehen könnte, ohne zu sehen, was ich... was ich getan habe." Sie stieß ein Schluchzen aus, bevor sie fortfuhr: „Es ist offensichtlich, dass er euch beide liebt. Wenn ihr ihn auch liebt, dann ist hier der beste Ort für ihn." Neben tiefer Traurigkeit war auch Erleichterung in ihrem Gesicht zu sehen. „Ich kann neu anfangen und er kann es auch."

Rhys warf Pippa einen Blick zu und sie erkannte, was er tun wollte. Sie nickte langsam, obwohl es beängstigend war. Es war richtig, aber doch auch erschreckend. Er holte tief Luft und hielt Kenley seiner Mutter hin.

„Willst du dich verabschieden?", fragte er leise.

Rosies Lippen bebten und sie nickte, während Tränen über ihr Gesicht strömten. Sie streckte ihre Arme aus, und dieses Mal warf Kenley einen Blick auf Rhys und Pippa. Da sie beide lächelten und versuchten, so entspannt wie möglich zu bleiben, schien er es besser zu akzeptieren. Er ließ sich von Rosie in die Arme nehmen, blickte aber immer wieder über die Schulter seiner Mutter zu Pippa zurück.

Rosie entfernte sich etwas von ihnen und ging in eine Zimmerecke. Sie sprach leise mit ihrem Sohn. Worte, die nicht für Pippa und Rhys bestimmt waren. Pippa schmiegte sich an Rhys' Seite, während sie die herzzerreißende, aber auch hoffnungsvolle Szene beobachteten. Ein Abschied, ja, aber gleichzeitig auch ein Neuanfang. Pippa hatte diese Frau einst gehasst und dann gefürchtet, aber nun bewunderte und achtete sie sie, weil sie beschlossen hatte, das Beste für ihr Kind zu tun.

Nach einiger Zeit kam Rosie zurück. Sie übergab Kenley an Pippa und wischte sich dann mit dem Handrücken über die Augen. „Ich wohne im Garrison House am westlichen Ende von Whitechapel. Ich werde dort auf die Person warten, die ihr schicken werdet, um die Einzelheiten zu arrangieren."

„Du vertraust mir, du vertraust uns", erwiderte Rhys. „Und wir werden dich nicht enttäuschen."

Rosie zuckte mit den Schultern, und ihre härtere Fassade kehrte zurück. Sie sah Kenley ein letztes Mal an und ging dann zum Fenster. „Ich gehe auf dem Weg, auf dem ich gekommen bin." Ihre Stimme zitterte. „Lebt wohl."

Sie verschwand und Pippa schnappte nach Luft und umarmte Kenley fest, während Rhys hinübereilte, um das Fenster zu schließen und zu verriegeln. Als er sich umdrehte, war sein Gesicht angespannt und blass. Er sagte nichts, während er den Raum durchquerte und Pippa und Kenley umarmte. Die drei klammerten sich für eine gefühlte Ewigkeit aneinander, aber es war immer noch nicht genug. Es würde nie genug sein.

Vielleicht konnte Pippa das, was sie wollte, nicht haben, aber sie klammerte sich dennoch fest an diesen Mann, den sie liebte, und freute sich darüber, dass Kenley in Sicherheit war, dass sie beide unverletzt waren und dass die Zukunft besser aussah, zumindest für den Jungen, der sich in ihrer beider Arme kuschelte.

KAPITEL 23

Phillipas Hände hatten seit Rosies Abgang nicht aufgehört zu zittern. Sie taten es immer noch, als sie die Decke um den kleinen Kenley wickelte. Einen Moment lang standen sie und Rhys zusammen an seinem Bett und sahen zu, wie er wieder in den Schlaf sank, den seine trauernde Mutter unterbrochen hatte.

Rhys legte einen Arm um Phillipas Taille, und sie legte ihren Kopf an seine Schulter. So sollte das Leben für immer sein, dachte er. Nun, ohne die Drohungen und den Schreck, ins Kinderzimmer zu kommen und Phillipa einer Frau ausgeliefert vorzufinden, die bereits einen Menschen getötet hatte.

Er erschauderte allein bei der Erinnerung daran.

„Sie liebt ihn", bemerkte Phillipa leise.

Er blickte auf sie hinunter. Trotz allem, was sein Bruder dieser Frau angetan hatte, allem, was ihre Eltern ihr angetan hatten, allem, was Rosie Stanton ihr angetan hatte… war sie nicht verbittert, kaltherzig oder hart geworden. Sie war immer noch mitfühlend und wunderbar, bereit, das Beste in anderen zu sehen, auch in ihm. Lieber Gott, wie sehr er sie liebte.

„Das tut sie", pflichtete er ihr bei. „Genug, um ihn gehen zu lassen, auch wenn es schwierig ist."

Sie zuckte zusammen. „Es ist sehr schwer, jemanden genug zu lieben, um ihn gehen zu lassen. Das weiß ich aus Erfahrung."

Er schaute sie an. „Redest du von mir?"

Sie antwortete nicht, sondern sah Kenley weiter an. Er schlief jetzt und seine kleine Faust öffnete und schloss sich, während er träumte.

„Ich weiß, dass ich gegen deine Wünsche verstoßen habe, indem ich heute Abend hierhergekommen bin", begann er.

Sie sah ihn an. „Ich habe dich zwar gebeten, wegzubleiben, aber ich war so erleichtert, als du ins Zimmer kamst. Alles, was ich wollte, war, dich zu sehen. Nur für den Fall."

Er schluckte schwer. „Für den Fall, dass sie dir wehgetan hätte, um ihn mitzunehmen, meinst du."

Sie nickte.

Bei dem Gedanken presste er die Lippen zusammen. „Komm mit mir. Lass ihn schlafen."

„Aber..."

Er ergriff ihre Hände und drückte sie. „Er schläft jetzt. Dass wir ein sehr wichtiges und langwieriges Gespräch an seinem Bett führen, ist nicht das Beste für ihn. Wir werden Nan bitten, bei ihm zu bleiben, einverstanden?"

Sie zögerte, denn sie hatte offensichtlich Angst, von der Seite des Jungen zu weichen. Aber Rhys vermutete, dass noch mehr dahinter steckte. Aber schließlich nickte sie und ließ sich von ihm aus dem Zimmer führen.

Draußen kam Mrs. Barton mit einem Lächeln den Flur entlang. „Ihr habt sie also gefunden, Mylord?"

Er trat vor und erzählte Mrs. Barton leise eine verkürzte Version dessen, was im Kinderzimmer passiert war. Die Wangen der Haushälterin erbleichten, und sie streckte die Hand aus, um sich an der Wand abzustützen.

„Meine Güte", keuchte sie. „Wie furchtbar. Was können wir tun, Mylord?"

„Holt Nan. Sie soll heute Nacht bei Kenley im Zimmer schlafen und nicht im Nebenzimmer. Mr. Barton soll vor die Tür treten und vom Treppenabsatz aus eine Hand heben. Hoffentlich signalisiert das dem Wächter, der das Haus in dieser Woche bewacht hat, dass er herkommen soll."

„Ein Wächter!" Mrs. Barton schnappte nach Luft und sah Phillipa an.

„Der nicht sehr gut ist, wenn man bedenkt, was hier gerade beinahe passiert wäre", murmelte Rhys.

Phillipa schüttelte den Kopf. „Wer hätte gedacht, dass Rosie am Spalier an der Rückseite des Hauses hinaufklettern und durch das Fenster einsteigen würde? Ich würde ihm nicht übelnehmen, dass er das nicht vorausgesehen hat. Offensichtlich trage ich Mitschuld an allem, sonst wäre ich wachsamer gewesen und hätte alle gebeten, doppelt zu prüfen, ob die Fenster verriegelt sind."

Rhys warf ihr einen nachdenklichen Blick zu. Natürlich nahm sie den Mann in Schutz. Und sie hatte nicht Unrecht. Ihre Perspektive half dabei, seine eigene zurechtzurücken, und er wollte sie in diesem Moment so verzweifelt küssen, dass er seine Hände zu Fäusten ballen musste, um sich zu beherrschen.

„Wenn der Gentleman hereinkommt, erklärt ihm bitte, was passiert ist. Er soll die Gegend absuchen, nur um sicherzustellen, dass es keine anderen Zugangsmöglichkeiten gibt, die jemand leicht ausnutzen kann. Ich glaube zwar nicht, dass Miss Stanton zurückkehren wird – ich bin mir sogar ziemlich sicher – aber es wird uns allen ein besseres Gefühl geben, wenn wir etwas unternehmen."

„Ja, Mylord", erwiderte Mrs. Barton, bevor sie davoneilte, um zu tun, was er ihr aufgetragen hatte.

Als sie gegangen war, nahm Rhys Phillipas Hand und führte sie die Treppe hinunter in den vorderen Salon. Er war seit dem Tag des Umzugs nicht mehr hier gewesen, als er allein gekommen war und in dem leeren Haus gestanden hatte, in der Hoffnung, dass es dieser Frau, die er liebte, und dem Kind, das sie verband, gefallen würde.

Jetzt lächelte er, denn in der kurzen Zeit, in der sie dort gelebt hatte, hatte Phillipa bereits begonnen, die Führung zu übernehmen.

Die Zimmer sahen aus wie sie, mit hellen Möbeln und Bücherstapeln hier und da. Wenn er das Glück hätte, heute Nacht ihr Herz zu erobern, würde sie auch sein Haus in London einrichten. Sie würde sein Leben hier und überall sonst, wo sie hingingen, bestimmen. Sie würde ihn provozieren, ihn beeinflussen und ihn zu einem besseren Mann machen, einfach indem sie... sie war.

„Du starrst mich an", stellte sie fest, als sie den Raum durchquerte, weg von ihm und hin zum Kamin. „Ich bin sicher, dass du mir viel zu sagen hast."

Er lachte fast, als er die Tür hinter sich zudrückte und sie zusammen einschloss. „Ich kann kaum einen klaren Kopf bewahren."

Sie drehte sich langsam um, und ihr Blick glitt über ihn, von Kopf bis Fuß, und dann zurück zu seinem Gesicht. Sie verschränkte ihre Hände vor sich und sagte: „Dann erlaube mir zu helfen. Oben im Kinderzimmer hast du etwas darüber gesagt, dass du meinen Wunsch nach Abstand missachtet hast."

„Ja, du hast sehr deutlich gemacht, dass du nicht willst, dass ich mich dir aufdränge, um dir mit meiner Anwesenheit das Leben schwer zu machen", bestätigte er. „Und ich weiß, dass ich mein Versprechen gebrochen habe."

Ihr Gesichtsausdruck wurde weicher. „Warum? Du konntest nicht wissen, dass Rosie hier sein würde, also bist du nicht zu meiner Rettung hergeeilt. Wir haben seit einer Woche nicht miteinander gesprochen... seit unserer letzten..." Ihre Stimme brach. „...Begegnung, bevor unser Haushalt hierher gezogen ist. Warum bist du gekommen, Rhys, unangemeldet und ungebeten, wo wir uns doch so sehr darum bemühen, einander nicht zu verletzen?"

Rhys konnte kaum atmen, als er einen Schritt auf sie zuging. Er beobachtete, wie sich ihre Pupillen weiteten und Verlangen neben tieferen Emotionen aufblitzte. Aber er sah auch, wie sie sich versteifte, sich stählte, um ihn erneut zurückzuweisen, weil sie dachte, dass sie es tun musste. Weil sie glaubte, es würde sie beide vor einem Sturm schützen, in dessen Zentrum sie sich längst befanden.

„Phillipa", begann er. „Ich bin heute Abend hierhergekommen, weil ich so lange gegen etwas angekämpft habe. Fast seit dem ersten Moment an, in dem ich dir begegnet bin, in dem du zu mir aufgeschaut hast und es mir den Atem verschlagen hat."

Sie kniff die Augen zusammen. „Oh, Rhys, bitte…"

„Ich kann es nicht länger zurückhalten. Ich will es auch nicht." Er trat wieder näher und sie stieß ein leises Wimmern aus, als ob seine Nähe sie schmerzte. Aber er musste es tun. Er musste die Wunde öffnen, damit sie heilen konnte. „Ich bin hergekommen, um dir etwas zu sagen, was du bereits weißt. Genauso weiß ich, dass du genauso empfindest. Ich liebe dich."

Sie sog schwer die Luft ein und er sah, wie sie sich bemühte, Worte zu finden. Er war froh, dass sie dazu noch nicht in der Lage war, denn er wusste, dass sie es leugnen wollte. Sie konnte ihm ihre Liebe nicht gestehen und seine Liebe nicht annehmen, nicht, bis er ihr zeigte, dass es einen Ausweg für sie beide gab.

„Gott, ich liebe dich mit jeder Faser meines Wesens." Er lachte fast darüber, wie wahr es war. Wie mächtig. „Ich liebe alle Kurven und Seiten an dir, all den Mut und deine Schwächen. Jetzt und für immer, heute und morgen, und daran wird sich nichts ändern. Vertrau mir, ich habe versucht, es zu ändern." Er griff nach ihr, packte sie aber nicht, sondern strich nur sanft mit seinen Fingern über ihre. „Ich liebe dich, Phillipa."

～

Phillipas Mund klappte auf, und sie hörte das kleine Schluchzen, das ihren Lippen entkam. Sie fühlte sich wie erstarrt, während sie dort stand, wie gebannt von seinem Blick, von der absoluten Gewissheit seiner Worte.

Sie wollte in seine Arme sinken, denn sie wusste, dass er sie sehnsüchtig erwartete. Sie wollte alle Vorsicht in den Wind schlagen und diese herrliche Sache akzeptieren, nach der sie sich selbst so verzweifelt sehnte. Aber seit dem letzten Mal, als sie sich geliebt hatten, hatte sich nichts geändert. Nichts war besser oder einfacher geworden. Die Hindernisse waren nicht ausgeräumt, und wenn er nicht stark genug sein konnte, das zu erkennen, musste sie es eben sein.

„Du bist von den Ereignissen des heutigen Abends überwältigt", erwiderte sie in dumpfem Ton, weil sie nicht anders konnte, während sie sich ihren Herzenswunsch abschlug. „Das hat dich dazu gebracht, dich selbst und alles zu vergessen, was du verlieren würdest, wenn du mich liebst."

Er zog eine Augenbraue hoch. „Du glaubst, mich so gut zu kennen."

„Du weißt, dass ich dich kenne."

Er lächelte, und er wirkte sich seiner so sicher, dass sie den schmerzhaften Stich der Hoffnung spürte. „Nun, das ist wahr, auch wenn nichts anderes von dem, was du gesagt hast, wahr ist."

„Alles, was ich gesagt habe, ist wahr", beharrte sie. „Und wir haben bereits darüber gesprochen…"

„Ja. Immer wieder. Sehr vernünftig. Aber Liebe ist nichts Vernünftiges. Ich bin verrückt nach dir. Ich kann nicht gehen, ohne dass du es weißt."

„Liebe", keuchte sie. „Du willst mich zu deiner Geliebten machen."

„Nein." Er schüttelte entschieden den Kopf. „Ich will dein Ehemann sein. Ich will mein Leben mit dir verbringen, öffentlich und frei. Ich will, dass wir Kenley als Familie großziehen, ich möchte, dass unsere eigenen Kinder unser Haus füllen. Ich möchte sie alle gleichermaßen lieben, wie mein Bruder und ich nicht geliebt wurden. Ich will dich jede Nacht in meinen Armen halten und dich jeden Tag in meinem Herzen tragen."

Sie schwankte. Sie zweifelte. Er musste es spüren, denn er fuhr unerbittlich fort. „Ich habe dir nicht gesagt, dass ich dich liebe, weil du heute Abend in Gefahr warst. Ganz und gar nicht. Ich bin heute

Abend hierher geritten, ohne zu ahnen, dass Rosie hier sein würde."

Sie trat von einem Fuß auf den anderen. Das konnte sie nicht abstreiten. Schließlich hatte sie es selbst einen Augenblick zuvor gesagt. „Und was hat dann diese große Veränderung bewirkt, wenn nicht der Schreck, den wir beide gerade erlebt haben?"

„Das ist keine Veränderung", wandte er ein. „Es ist nicht neu oder anders. Ich liebe dich seit Wochen. Ich habe es nie gesagt, weil ich ein Feigling war und dachte, es gäbe nur eine Richtung, um diesem Sturm zu entkommen." Er lächelte. „Aber heute Nacht wurde mir dank eines aufdringlichen und brillanten Freundes ganz plötzlich klar, dass es einen anderen Weg gibt."

Sie blinzelte. Er klang so sicher, und in diesem Moment wollte sie ihm glauben, obwohl sie wusste, dass es nicht stimmen konnte.

„Welchen anderen Weg?", hauchte sie. „Was kann all die Probleme auslöschen, die unser Zusammensein verhindern? Was kann unser Leben von Urteil und Schmerz befreien?"

Er stockte eine Sekunde lang. „Nichts. Selbst wenn es keine Einschränkungen für unser Zusammenleben gäbe, wäre dies keine Garantie für ein Leben ohne Schmerz. Schmerz ist Teil des Lebens. Ich trage deinen Schmerz mit und du trägst meinen mit. Das macht alles besser, es macht alles erträglicher."

„Das wird alles noch schlimmer machen", widersprach sie, „besonders für dich. Und vielleicht wirst du mich dafür nicht hassen, aber was ist, wenn ich mich dafür hasse?"

„In Bath mussten wir uns gewissen Herausforderungen stellen", entgegnete er. „Ich habe dich von meiner Arbeit ausgeschlossen, indem ich versucht habe, alle Missetaten von Erasmus allein aufzudecken, und ich habe darunter gelitten. Ich habe mich abgekapselt und war einsam. In den Momenten, in denen ich mich dir zuwandte, in denen ich deinen Schmerz akzeptierte und meinen mit dir teilte, war ich frei. Nicht frei vom Schmerz, Phillipa, aber frei von der Last. Das bedeutet es, einander zu lieben. Wir beenden den Schmerz nicht, aber wir machen ihn lohnenswert. All das würde sich lohnen, wenn ich jeden Tag mit dir an meiner Seite beginnen kann. Wenn ich meine Nacht mit dir an meiner Seite verbringe. Wenn ich mit dir weinen und lachen und sogar mit dir streiten kann. Das bedeutet es zu leben. Ohne dich würde ich nur… vor mich hin vegetieren."

Sie starrte ihn an. Er hatte Recht. In den letzten Tagen, seit sie das letzte Mal zusammen gewesen waren, hatte sie nur noch existiert. Sie wandelte durch den Tag, während sie sich nach ihm sehnte. Es hatte nicht weniger Schmerz oder Leid oder Vorurteile ihr gegenüber gegeben, wenn sie das Haus verlassen hatte. Nur weniger Freude und Glück und Liebe, weil er nicht bei ihr war.

„Rhys", wisperte sie entsetzt, weil die Tür, die er gerade geöffnet hatte, Hoffnung schürte. Zum gefährlichsten und schönsten Gefühl, das jemals auf dieser Welt existiert hatte.

Er nahm die Hand, die er gestreichelt hatte, und zog sie näher heran, nahe genug, dass ihr Körper seinen berührte, und es war, als würde sie nach Hause kommen. Er war ihr Zuhause und er bot ihr dieses Gefühl für immer an. „Ich kann die Zukunft nicht vorhersagen", fuhr er fort. „Ich kann nicht versprechen, dass unsere Ehe uns nicht noch mehr zu Ausgestoßenen macht. Oder dass wir nicht vielleicht etwas verlieren, was wir nicht vorhersehen konnten. Aber wir werden einander nicht verlieren. Wir werden die Familie, die wir geschaffen haben, nicht verlieren, du, ich und Kenley."

„Daraus folgt wohl, dass wir diese Familie verlieren werden, wenn wir uns voneinander trennen", schlussfolgerte sie.

Er nickte langsam. „Nimm mein Herz an, Phillipa. Nimm meinen Namen an. Und meine Probleme. Gib mir all deine Probleme. Wir werden sie vielleicht nicht gemeinsam lösen, aber wir werden mehr lachen, mehr lieben und besser leben, wenn wir zusammen sind, als wenn wir getrennt sind."

Sie hielt den Atem an. „Wie könnte ich dich abweisen? Du lässt alles so… perfekt unperfekt klingen. Ich liebe dich. So viel steht fest. Tief und innig. Als ich akzeptieren musste, dass du für mich verloren warst, war es, als hätte jemand einen Teil von mir abgeschnitten, etwas, das ich brauchte, um zu funktionieren. Und in dem Moment, als du ins Kinderzimmer kamst, war ich wieder ganz."

Sie umfasste seine Wangen und strich mit ihren Daumen darüber. Er war warm und er gehörte ihr. Er gehörte wirklich ihr. Er lächelte, weil sie es beide wussten. Sie strahlte, weil der Kampf vorbei war.

„Ich liebe dich."

Er neigte seinen Kopf und berührte ihre Lippen mit seinen. „Dann können wir nichts anderes tun, als glücklich bis ans Ende unserer Tage zu leben."

EPILOG

Einen Monat später

Herbstlaub wirbelte über den Rasen von Rhys' Londoner Garten, und er lächelte von der Terrasse herunter, als er Kenley ziemlich unsicher von Phillipa zu Celeste und dann zu Abigail stolpern sah. Er kicherte schallend, als die Damen sich benahmen, als wäre er das erste Kind auf der Welt, das so etwas tat.

„Das nennen die Damen Laufen?", fragte Gilmore, als er und Owen sich Rhys näherten und der Duke ihm einen Drink reichte.

„In der Tat", lächelte Rhys mit einem belustigten Blick. „Spielt die Tatsache nicht herunter, dass mein Sohn das intelligenteste und erstaunlichste Kind ist, das jemals diese Welt betreten hat, sonst sehen wir uns im Morgengrauen wieder."

Gilmore schnaubte. „Oh, so weit soll es nicht kommen." Er hob sein Glas. „Auf die Braut und den Bräutigam."

„Auf Pippa und Rhys", sagte auch Owen. Sie stießen an und Rhys nippte an dem bernsteinfarbenen Whisky.

Gilmore fragte: „Ich weiß, dass sie schon eine Weile fort ist, aber ich bin von Natur aus misstrauisch, also werde ich noch einmal fragen. Glaubt Ihr, wir werden in Zukunft noch einmal Ärger mit Rosie Stanton bekommen?"

„Nein", antwortete Rhys. „Owen hat sie zwei Tage nach den Unannehmlichkeiten in Pippas altem Zuhause selbst zum Schiff eskortiert. Sie wird wahrscheinlich bald in Niederkanada ankommen, sofern das Wetter es zulässt. Sie hat ein ausgezeichnetes Zeugnis des Earl of Leighton bei sich, das dort wahrscheinlich mehr Eindruck machen wird als hier. Sie versprach, uns ihre Adresse zu schicken, sobald sie sich irgendwo niedergelassen hat."

„Lady Leighton beabsichtigt also tatsächlich, ihren Teil der Abmachung einzuhalten und Rosie Stanton Informationen über das Kind zukommen zu lassen?", fragte Gilmore mit hochgezogenen Augenbrauen.

„Ja. Sie würde ein solches Versprechen nicht brechen und das sollte sie auch nicht", erwiderte Rhys.

Gilmore, pragmatisch wie er war, wirkte nicht so überzeugt davon wie Owen oder Rhys, aber er sagte nichts, und die Männer wandten sich wieder den Damen zu.

„Aus der Ferne ist sie fast erträglich", bemerkte Gilmore.

Rhys sah ihn aus den Augenwinkeln an. „Wer?"

„Abigail", brummte Gilmore. „Obwohl ich sie jetzt, da alles bezüglich Montgomery geklärt ist, wohl kaum noch sehen werde."

Owen wechselte einen kurzen Blick mit Rhys. „Das sollte Euch sehr glücklich machen."

Gilmore hielt seinen Blick einen Moment lang auf Abigail gerichtet. „Ja. Das sollte es." Er räusperte sich. „Ich denke, ich werde hineingehen. Es ist ziemlich kalt bei diesem Wind. Ich nehme an, der Rest wird mir bald folgen."

„Ich begleite Euch", bot Owen an. „Und es sieht so aus, als würden die Damen sich auch anschicken, hineinzukommen."

„Ich werde auf Phillipa warten", gab Rhys zurück. „Es scheint, als wollte sie auf die Terrasse kommen, während Abigail und Celeste Kenley durch die untere Tür hereinbringen."

Die anderen beiden verließen die Terrasse und Rhys sah zu, wie seine Gattin… ja, seine Gattin… die Treppe heraufkam. Sie lächelte ihn an, und er hatte das Gefühl, als hätte keiner von ihnen in den letzten vierzehn Tagen aufgehört zu lächeln, seit sie dank einer Sondergenehmigung in seinem Salon vor ihren Freunden, einem sehr gut bezahlten und äußerst vorurteilsbeladenen Geistlichen und ihrem Sohn geheiratet hatten.

In der Zwischenzeit hatte es in den Klatschspalten anonyme Beiträge darüber gegeben, auf der Straße wurde getuschelt und teils auch lautstark über ihr Verhalten diskutiert. Und doch spielte das alles keine Rolle, als sie über die Terrasse zu ihm eilte. Er war nie glücklicher gewesen, als in dem Moment, in dem sie ihn erreichte und sich auf ihre Zehenspitzen stellte, um ihn innig zu küssen.

Als sie sich voneinander lösten, legte sie den Kopf schief. „Ist alles in Ordnung? Du machst ein seltsames Gesicht."

„Ich habe nur darüber nachgedacht", erwiderte er, als er ihren Arm nahm, „dass ich der glücklichste Mann in ganz England bin. Und dass ich es kaum erwarten kann, bis all diese Leute nach Hause gehen, damit ich dir zeigen kann, warum."

Sie kicherte, als sie das Haus betraten, voll von Freunden und Hoffnung und Liebe, die genug Wärme spendeten, um die Kälte des Wetters und der öffentlichen Gesellschaft fernzuhalten.

Und alles war in Ordnung in seiner Welt.

Die drei Ehefrauen – Buch 3

„Wir hätten uns drei passende rote Kleider schneidern lassen sollen, nach allem, was wir drei im letzten Jahr durchgemacht haben. Das wäre eine wirksame Möglichkeit, der Gesellschaft die Stirn zu bieten“, meinte Abigail Montgomery seufzend.

Sie bemerkte den kurzen Blickwechsel ihrer beiden besten Freundinnen und wünschte sich, sie hätte nicht so etwas Unsensibles gesagt. Schließlich hatten Celeste und Pippa im letzten Jahr viele ähnliche Demütigungen ertragen müssen. Aber sie waren jetzt beide glücklich verheiratet und wollten wahrscheinlich kein Spektakel aus sich machen, auch wenn Abigail plötzlich den Wunsch danach verspürte.

„Ich denke, rot würde wunderbar zu deinem dunklen Haar passen“, sagte Pippa vorsichtig. „Aber vielleicht wäre es ein bisschen zu gewagt für die erste Veranstaltung der Saison nach dem Ende deiner Trauerzeit.“

Abigail verdrehte die Augen. „Ja, meine Trauerzeit.“

Das Jahr, in dem sie gezwungen worden war, öffentlich um ihren Ehemann zu trauern, war… gelinde gesagt interessant gewesen. Am Anfang voller Gefahren und Intrigen, was mit Erasmus' heimlichen Ehen mit den beiden Frauen zusammenhing, die ihr gerade Gesellschaft leisteten. Darauf waren alle möglichen Gefahren gefolgt. Aber das Jahr hatte auch Freude enthalten, denn sie hatte enge Freundschaften mit Celeste und Pippa geschlossen. Sie hatte miterlebt, wie sie beide größtes Glück in ihren neuen Ehen mit Männern gefunden hatten, die sie verehrten.

Aber das letzte Jahr war auch voller Einsamkeit gewesen, weil sie wusste, dass ein ähnlich glückliches, romantisches Ende für sie nicht in Sicht war. Sie hatte Erasmus einst geliebt… oder es zumindest geglaubt. Sie hatte sich nie etwas anderes als eine lange und gute Ehe mit ihm vorgestellt. Bis er alles zerstört hatte, Stück für Stück, bis nichts mehr übrig geblieben war. Schon lange bevor sie erfahren hatte, dass er ein Bigamist war, hatte sie aufgehört, mehr als Verachtung für ihn zu empfinden. Sie hatte gewusst, dass er dasselbe fühlte.

„Geht es dir gut, meine Liebe?", fragte Celeste Gregory.

Das riss Abigail aus ihren wehleidigen Gedanken und sie zwang sich, in die Gegenwart zurückzukehren. „Natürlich geht es mir gut. Mir geht es immer gut. Wir sprachen vom ersten Ball der neuen Saison. Wie aufregend. Und ich bin so froh, dass du uns eingeladen hast, deine neuen Kleider zu sehen, Pippa. Sie sind sehr schön."

Sie zwang sich ihrer Freundin zuliebe zu einem schwachen Lächeln. Pippa war die neue Countess of Leighton und war nervös wegen der bevorstehenden Frühjahrsveranstaltungen. Aus gutem Grund, denn ihre Ehe war mit vielen Skandalen verbunden. Aber Pippa war wunderschön. Mit ihrem Schopf aus widerspenstigen blonden Locken und ihren leuchtend grünen Augen sah sie immer aus wie ein leicht verruchter Engel. Wahrscheinlich verehrte sie der Earl of Leighton, Rhys, deshalb so sehr. Das Äußere entsprach dem Inneren.

„Du wirst einen bleibenden Eindruck hinterlassen", betonte Abigail.

Pippa hatte ein Kleid mit einem kunstvoll genähten Mieder hochgehalten, das sich an ihre Kurven schmiegte, und einen Rock aus etwas hellerer Seide. „Das hoffe ich", seufzte sie. „Der Schein bedeutet der Gesellschaft so viel."

„Das Grün passt perfekt zu deinen Augen!", schwärmte Celeste.

„Rhys hat den Stoff ausgesucht", gab Pippa errötend und mit einem glücklichen Lächeln zu. Sie war seit etwas mehr als einem halben Jahr verheiratet, und es schien, als würde der Funke zwischen den beiden nicht erlöschen. Abigail freute sich sehr für

Pippa. Es gab keine anderen, weniger angenehmen Gefühle, die ihre Brust zusammenzogen. Nein, kein einziges.

„Nun, es ist genauso hübsch wie alle anderen", versicherte ihr Celeste und faltete ihre Hände. „Du wirst auf jedem Ball die Schönste sein."

Pippas Lächeln verblasste leicht. „Da bin ich mir nicht so sicher", widersprach sie. „Ich freue mich auf die erste Veranstaltung der Saison. Nun, auf die erste Veranstaltung für Rhys und mich… Es verheißt wohl nichts Gutes, dass wir zu keinem anderen Ball eingeladen wurden und unser eigenes Fest veranstalten müssen, um uns bekannt zu machen."

Abigail nahm Pippas Hände und drückte sie sanft. Ihre eigenen Probleme traten für einen Moment in den Hintergrund. „Die Art und Weise, wie die Gesellschaft deine Beziehung zu Rhys beurteilt, ist… kompliziert."

„Ich weiß. Wäre ich rechtmäßig mit Erasmus verheiratet gewesen, hätte ich Rhys niemals heiraten dürfen."

„Ja", bestätigte Abigail mit einem Nicken. „Das kirchliche Gesetz verbietet es, dass eine Frau den Bruder ihres toten Mannes heiratet. Aber da du nun einmal nicht rechtmäßig verheiratet warst, hat sich dieses Problem erledigt."

Pippa zuckte mit den Schultern. „Ein wenig. Aber der Skandal um Erasmus' Bigamie und die Tatsache, dass ich seinen Bruder geheiratet habe und Countess geworden bin, hat den Druck auf Rhys nicht gerade verringert."

„Aber du hilfst ihm, den Druck zu ertragen, statt ihn größer zu machen", beharrte Celeste. „Das hat er Owen schon oft gesagt. Er hat es nie bereut, dich geheiratet zu haben."

„Ich bereue es auch nicht", wisperte Pippa und Tränen stiegen ihr in die Augen. „Aber ich fürchte, dass wir nie akzeptiert werden. Ich komme nicht aus seiner Welt, nicht wirklich, aber ich spüre, dass es ihm wichtig ist, angenommen zu werden. Es ist wichtig, wie die Welt uns sieht, zu unserem Wohl und zum Wohle von Kenley und unseren zukünftigen gemeinsamen Kindern."

Abigail versteifte sich bei der Erwähnung von Kenley Montgomery. Er war das Kind, das Erasmus mit einer weiteren Frau gezeugt hatte. Der Frau, der ihn ermordet hatte. Pippa und Rhys hatten den kleinen Jungen aufgenommen und zogen ihn auf, als wäre er ihr eigener Sohn. Kenley war ein fröhliches, aufgewecktes Kind, und Abigail genoss es sehr, ihn zu sehen, auch wenn er eine weitere Erinnerung daran war, wie wenig sich ihr verstorbener Ehemann um irgendjemanden außer sich selbst gesorgt hatte.

„Es ist kompliziert", wiederholte Abigail. „Und skandalös. Aber die Zeit wird es leichter machen. Rhys ist bei vielen wichtigen Leuten beliebt und respektiert. Diese Saison und vielleicht auch noch die nächste mögen schwierig werden, aber irgendwann wird ein weiterer Skandal passieren, vielleicht sogar ein noch schlimmerer, und alle werden ihren Zorn darauf lenken. Sei stark für Rhys und für dich selbst und sei gewiss, dass du nicht allein bist. Du hast eine Armee von Freunden und Verbündeten hinter dir."

„Das ist wahr." Pippas Gesicht hellte sich etwas auf. „Natürlich werden du, Owen und Celeste morgen dabei sein, Harriet hat zugesagt, mit Lena zu kommen, und das wird einen enormen Aufruhr verursachen, da jeder, der etwas auf sich hält, Mitglied ihres Salons sein möchte."

Abigail bewegte sich. „Hast du dir überlegt, ob du die freundliche Einladung an mich zurückziehen möchtest?"

Pippas Augen weiteten sich. „Warum um alles in der Welt sollte ich das tun?"

„Ich bin die rechtmäßige Ehefrau", erwiderte sie leise. „Wenn du deinen eigenen Ruf von Erasmus lösen willst, wird meine Anwesenheit morgen nichts dazu beitragen."

Pippa und Celeste wechselten einen bedeutungsvollen Blick, und dann kamen beide auf sie zu. Sie wurde in ihre Umarmung gehüllt, und für einen Moment verspürte sie den Drang, sich fallen zu lassen. Sich an ihre Freundinnen zu schmiegen und ihre Stärke zu vergessen, die in letzter Zeit ohnehin zu zerbröckeln schien.

Aber sie tat es nicht. Es hatte ihr noch nie ähnlich gesehen, zusammenzubrechen oder um Hilfe zu bitten. Also straffte sie stattdessen ihre Schultern und schüttelte den Kopf. „Meine Lieben, ich weiß nicht, was ich getan habe, um eine solche Zuneigung zu verdienen."

„Du verdienst sie, einfach weil du du bist", sagte Pippa, als sie beide zurücktraten. „Und es ist albern von dir zu glauben, dass ich dich nicht auf unserer Feier haben will oder dich nicht brauche. Wir halten zusammen und ich will nichts mehr darüber hören."

„Wie du meinst", lenkte Abigail ein und freute sich, dass ihre Stimme nicht vor Emotionen zitterte, welche diese unerschütterliche Unterstützung in ihr auslöste.

Sie liebte diese beiden Frauen. Wenn Erasmus sie schon mit anderen Frauen betrügen musste, wie er es getan hatte, so war sie zumindest glücklich darüber, auf wen seine Wahl gefallen war.

„Die Gäste, die Rhys eingeladen hat, sind uns alle freundlich gesinnt", fuhr Pippa fort. „Ich weiß, dass er Lord und Lady Goffard, den Earl of Yarrowood, den Duke of Gilmore und Sir William Livingston erwähnt hat…"

Abigail schürzte die Lippen und drehte sich um, um zum Kamin zu gehen. „Du hast versucht, Gilmore unbemerkt zwischen den anderen zu erwähnen, du kluges Geschöpf. Aber natürlich lädt Rhys ihn ein." Sie verdrehte die Augen. „Warum um alles in der Welt lässt sich ein so guter und anständiger Mann nur mit einem solchen… einem solchen… Schwachkopf ein?"

Sie warf einen Blick über ihre Schulter und sah, dass Celeste und Pippa einen weiteren dieser vielsagenden Blicke wechselten. Zwischen ihnen fand eine ganze Unterhaltung statt, und sie drehte sich um Abigail. Ihre Wangen wurden heiß und sie hasste sich dafür, dass sie sich in diese Situation gebracht hatte. Und den Duke of Gilmore hasste sie dafür umso mehr.

Was für ein schrecklicher Mann.

„Gilmore ist der beste Freund meines Mannes – und das seit Jahrzehnten", bemerkte Pippa, ein wenig zu besänftigend für Abigails Geschmack.

„Er ist auch einer von Owens besten Freunden geworden“, fügte Celeste leise hinzu. „Ich verstehe immer noch nicht, warum du ihn so hasst.“

Abigail stieß ein verächtliches Keuchen aus. „Ach nein? Ich verstehe nicht, warum ihr alle ihn *nicht* hasst. Er hat sich in die Situation mit Erasmus eingemischt…“

„Du hast ihn doch überhaupt erst in diese Situation gebracht, als du ihm einen anonymen Brief geschrieben hast, in dem du ihm mitteiltest, dass unser schrecklicher gemeinsamer Ehemann versuchte, Gilmores Schwester zu Ehefrau Nummer vier zu machen“, unterbrach sie Pippa.

Abigail verschränkte die Arme. Das stimmte. Das hatte sie getan, daran gab es nichts zu leugnen.

„Er… er hatte es verdient, die Wahrheit zu erfahren“, wandte sie ein, diesmal sanfter. „Er hatte eine Chance verdient, seine Schwester zu retten, und das hat er getan. Ich bin froh, dass er es getan hat.“ Sie räusperte sich über den plötzlichen Kloß in ihrem Hals hinweg. „Allerdings weiß er nicht, dass ich ihm den Brief geschrieben habe, und dabei soll es auch bleiben. Tatsache ist dennoch, dass er, anstatt nur seine Schwester zu beschützen und sich dann aus der Sache rauszuhalten, alles nur noch schlimmer gemacht hat. Er hat einen Ermittler angestellt und angefangen, Staub aufzuwirbeln, weshalb letztendlich alles ans Licht kam.“

„Aber es wäre so oder so ans Licht gekommen“, warf Celeste ein. „Und ich bin ziemlich froh, dass Gilmore diesen Ermittler eingestellt hat, wenn man bedenkt, dass ich ihn geheiratet habe.“

Abigail senkte den Kopf. „Ich drücke mich schlecht aus. Natürlich freue ich mich, dass Owen gekommen ist und uns allen geholfen hat und dass ihr euch ineinander verliebt habt. Es ist nur… Gilmore ist arrogant, nervtötend… und er ist so ehrgeizig und…“

„Du bist doch auch ehrgeizig!“, sagten ihre beiden Freundinnen gleichzeitig und lachten dann.

„Ja, aber auf eine gute Art“, betonte Abigail.

Celeste und Pippa unterdrückten ihr Lächeln und das machte

alles nur noch schlimmer. Jedes Mal, wenn sie über Gilmore sprach, wurde es schlimmer. Wenn sie seine negativen Eigenschaften aufzählte, ob nun laut oder für sich selbst, konnte sie nicht anders, als hinzuzufügen, dass er gut aussah. Sehr gut. Zu gut. Er hatte breite Schultern, einen markanten Kiefer und seine dunkelbraunen Augen schienen einen Menschen bis ins Innerste zu durchbohren.

Warum konnte er nicht weniger attraktiv sein? Dann wäre es einfacher, ihn zu hassen.

Pippa schüttelte den Kopf. „Es tut mir leid, dass du so empfindest, Abigail. Ich kann mir vorstellen, wie schwierig es ist, ständig jemandem zu begegnen, den man so wenig mag."

Abigail nickte. Aber sie war Gilmore in letzter Zeit nicht allzu oft begegnet. Nicht seit der Zusammenkunft in engem Kreis zur Hochzeit von Pippa und Rhys vor mehreren Monaten. Abigail war in ihrer „Trauer" gefangen gewesen und Gilmore war…

Nun, sie wusste, dass er den Winter auf seinem Anwesen in Cornwall verbracht hatte. Weit, weit weg von ihr.

„Vielleicht ist es das Beste, ihm aus dem Weg zu gehen", schlug Celeste vor.

Abigail schluckte. „Ja. Ich denke, das wird das Beste sein. Sicherlich mag er mich genauso wenig wie ich ihn, also wird es leicht genug sein."

Nachdem dieses Thema geklärt war, zumindest ihrer Einschätzung nach, machten sich Pippa und Celeste daran, den Rest von Pippas neuen Kleidern zu bestaunen. Aber obwohl Abigail immer nickte und freundliche Bemerkungen machte, schweiften ihre Gedanken immer wieder zum äußerst unangenehmen Duke of Gilmore ab.

Ihm auszuweichen war nie einfach gewesen. Aus irgendeinem Grund kamen sie sich immer gegenseitig in die Quere. Aber es war wirklich das Beste. Schließlich würde die Rückkehr in die Gesellschaft auch so schwer genug werden. Sie konnte Gilmore nicht gebrauchen. Sie wollte nicht, dass er sie in dem Spiel besiegte, das sie gespielt hatten, seit sie ihn zum ersten Mal gesehen hatte.

ÜBER DIE AUTORIN

USA Today-Bestsellerautorin Jess Michaels hat eine Vorliebe für geekiges Zeug, Vanilla Coke Zero, und alles, was mit Kokosnuss zu tun hat. Darüber hinaus mag sie Käse, flauschige Katzen, Feinhaarkatzen, einfach alle Katzen, viele Hunde und Menschen, die sich um das Wohl ihrer Mitmenschen kümmern. Sie hat das Glück, mit ihrem Lieblingsmenschen verheiratet zu sein und lebt im Herzen von Dallas, Texas, wo sie versucht, all die tollsten Gerichte der Stadt zu probieren.

Wenn sie nicht zwanghaft ihre Schritte auf Fitbit überprüft oder neue Geschmacksrichtungen von griechischem Joghurt ausprobiert, schreibt sie historische Liebesromane mit heißen Alphamännern und frechen Ladies, die alles tun, außer zu warten, um zu bekommen, was sie wollen. Sie hat für zahlreiche Verlage geschrieben und ist jetzt komplett unabhängig und liebt jeden Moment davon (naja, fast jeden Moment).

Jess liebt es, von ihren Fans zu hören! Also zögern Sie bitte nicht, sie unter Jess@AuthorJessMichaels.com zu kontaktieren (oder per Brieftaube):

www.AuthorJessMichaels.com

E-Mail: Jess@AuthorJessMichaels.com

Jess Michaels verlost JEDEN Monat einen Geschenkgutschein an Mitglieder ihres Newsletters, also melden Sie sich auf ihrer Website an:

http://www.AuthorJessMichaels.com/